望山看水

WANG SHAN
KAN SHUI

刘光富 著

天津出版传媒集团
百花文艺出版社

图书在版编目（CIP）数据

望山看水 / 刘光富著. -- 天津 : 百花文艺出版社，2023.12
ISBN 978-7-5306-8685-0

Ⅰ. ①望… Ⅱ. ①刘… Ⅲ. ①报告文学－中国－当代 Ⅳ. ①I25

中国国家版本馆 CIP 数据核字（2023）第 248366 号

望山看水
WANGSHAN KANSHUI
刘光富　著

出 版 人：薛印胜
责任编辑：赵　芳
特约编辑：刘　晓
装帧设计：张涛英
出版发行：百花文艺出版社
地址：天津市和平区西康路 35 号　邮编：300051
电话传真：+86-22-23332651（发行部）
+86-22-23332656（总编室）
+86-22-23332478（邮购部）
网址：http：//www.baihuawenyi.com
印刷：成都市昇华印务有限公司
开本：787 毫米 ×1092 毫米　1/16
字数：250 千字
印张：15.75
版次：2023 年 12 月第 1 版
印次：2023 年 12 月第 1 次印刷
定价：68.00 元

如有印装质量问题，请与成都市昇华印务有限公司联系调换
地址：成都蛟龙工业港双流园区黄河路 7 座（南河路 99 号）
电话：(0539)2925659　邮编：276017

目录

CONTENTS

眼底众山罗汉林

一

别说是罗汉林，即使我们的县城叙永，对生活在泸州之外的人而言，也是陌生的。如果在成都说起叙永，你一句一个“叙永”，人家却一再还你一个“遂宁”，“讨价还价”中，还在不断纠正着你的说法，就如同在一群熟悉的朋友聚会的环境里，突然闯进来一个很不懂事的陌生人，让众人为之诧异、愤怒。罗汉林，怎么就生在了比叙永更偏僻且不为人知的地方呢？倒不是责怪，就是有些心疼，就像是自己的女儿，怎么嫁到如此荒山野岭来了？

叙永县，隶属四川省泸州市，位于四川盆地和云贵高原过渡地带的中低山区，属于无限接近云贵高原的地带，而罗汉林又在叙永的更高处，无限接近天空的地方，近得就像随时伸手出去，白天就可扯下一片云朵，夜晚踮起脚也还能摘几颗星星。海拔 1902 米，凭空想象，也许没有什么概念，如果站在上面，云贵川远远近近连绵起伏的山峦尽收眼底，正可谓“会当凌绝顶，一览众山小”。要是遇上云雾飘来，眼前像有一头野兽，隐隐在动呢，如果骑上一匹“狼”或者一只“豹”，那又是怎样的感觉？也许上天早就已经考虑好了，一个无比贫穷的环境，就应该长出这么个地方来，默默地等待在那里，当康养度假成为该地区的“热馍馍”时，便会按捺不住，脱颖而出了。

那些年，一万多亩罗汉竹生长在上面，铺展得满坡满岭都是。罗汉林其实是寂寞的，只有罗汉笋长出来的短暂时节，才会有人翻山越岭，在进进出出间不断找寻，就像人们找寻虫草一样。听说当年还有找寻罗汉笋的当地人曾经走丢过。可惜那时罗汉笋的价格恐怕还不及虫草的百分之一，说起来，一公斤新鲜罗汉笋也不过就是三四元。有的地方，比如重庆、成都，新鲜的罗汉笋远远不止这个价。甚至还有许多年，罗汉笋只是当地山民充饥的野菜。如此天物，竟然派不上用场，好不惋惜。

人们找寻罗汉笋的时节，算起来也就是一年中的十天八天，余下的长久日子，这里只是动物们的栖居之地。寻找罗汉笋的人们都是成群结队穿行在竹林中，毕竟还是担心动物们的侵扰。又有人说，这里还是神仙们的栖居之地，当然这种说法总是不断遭到质疑。信奉神仙那一批人又答，没有吃过猪肉，还没见过猪跑？明明当年吕洞宾就在这一带削罗汉竹为笛，一袭白衫迎风立于山巅，以仙乐迎来日出，送走晚霞。昔日神仙、飞鸟、动物的家园净土，不知何时就成了人类的居所。

这些年，夏天的气温好像已经没有了自己的“天花板”，几乎每年都在刷新着自己创造的记录。最适宜夏天居住的地方，太远的，无需去念想，长期被有闲无钱，或是有钱无闲困扰着，尤其是我们上班一族。可大家在一处长久居住又很是受不了，泸州本地人十有八九爱往云贵跑。云贵的太多地方，是重庆人和四川人的“候鸟”栖居地，大批大批地涌进涌出，分不出自己是身在贵州还是成都、重庆了。毕竟这些地方的承受能力还是有限的，常常超出最大容量。这个时候，罗汉林以及仙草湖、千鸟湖这样一些无限接近云贵高原而且位于云贵高原黄金部分的地区，却还是待开发的消夏避暑赏雪的处女地。

最先看好罗汉林这地方的，当然是我们当地这些人，那时上山仅有一条曲折的盘山公路，狭窄且不能到达山顶。但就在最炎热的夏天，只要到达半山腰的一栋林场房，便暑意全消。要是早晚，还得穿长衣长裤，彼时我们几次去拍照，到了深夜，常常会被冻醒，以至于我们怀疑这里的山月和星星都是散发寒光的。

当我们感觉居住的位于河谷地带的县城越来越炎热，大家都不约而同地推荐了这个避暑地方——罗汉林。这时，我们开始强烈地意识到，罗汉林终于有一天会被人们作为方圆数百里，尤其是重庆、成都朋友们舍远求近避暑赏雪的首选。不幸言中，罗汉林这么快就已经远近闻名。无数人携家带口奔它而来，又有无数人匆匆而去了，而罗汉林却每天都带着满脸的疲惫，不断地迎来送往。以今年夏天来看，它已经承受不起这么大的人流量。每天一波接着一波地涌来，山上山下，除了人还是人，观光车即使满载也满足不了上山，步行又嫌远了点。迎来送往的夜晚，累了又一天不能动弹地躺下后，它会不会责怪自己长得太“美丽”？

二

以前去罗汉林，是要费一番工夫的。我就以从泸州过来说吧。叙永和古蔺是泸州市所辖的两个南面偏远山区县，后来被形象地称为泸州发展一体两翼的“南翼”。实际上，叙永到泸州的距离比古蔺到泸州要近，要过了叙永之后再驱车走一段才是古蔺，但在许多泸州人的印象中，却是叙永比古蔺还要偏远、闭塞。也对，郎酒、潭酒把古蔺与泸州拉近了许多，富在山中有远亲。据我所知，叙永也是自甘偏远的，远就远吧，叙永人就这样习惯在四面高山围拢来的“井底”过着自己的“蛙”日子。

还没修通高速公路那阵子，沿着坑坑洼洼的321国道，一路颠簸，好不容易才到达叙永县城，还要继续顺着弯弯曲曲的叙威公路行走60余公里，才能到达罗汉林山脚。而且要是秋冬季节，高处积雪，公路几乎断行，这样的罗汉林不留给神仙飞鸟栖居，又有谁能栖居？然而，就在它的半山腰下，仍然有人在这里世世代代过着刀耕火种，烟熏火燎的日子。据史料记载：当年红军长征时，毛主席一行还在罗汉林山脚底的赵家大院借宿过一晚，当地人把赵家大院作为历史遗迹保护得格外好。这么好的红色文化元素，如果罗汉林在建设时，能有效地加以保护和利用，也许会另有一番天地。只是因地制宜开发的意识需要慢慢才能觉醒。

就算是这么个地理位置偏僻的地方，海拔优势还是太明显了，在整个泸州，扳起指头数来数去，就是它最高，被唤作“泸州之巅”。其实，早些年就有人考虑把罗汉林作为消夏避暑赏雪的地方来打理了，包括本地一位在外做生意发财了的赵姓乡亲也留意过这事。彼时，当地政府大力招商引资，先后来了一拨又一拨投资商。沿着这样艰难的路途过来，车程确实不短，遇上堵车就更费时了。好不容易才到达罗汉林的半山腰，一阵感叹风光无限，两脚踩踏在云端雾顶，到最后只得握着手摇头而去。这期间，山民们照老样把罗汉笋用背篼背下山来，一背汗水，一背泥巴，换取二三十元作家庭收入。城里人一年难得一享的美味，在那里依旧被贱卖，在收购者的眼里接受着严苛的挑剔。

交通畅，百事通，随着厦蓉高速通达叙永，成贵高铁站在叙永与兴文的交界处建成，感觉整个叙永通江达海，出入高铁高速，离成都、重庆一下子就近了许多。就在这时候，位于叙永“井口”之上的四面高山适合消夏避暑，景区也逐渐火热起来，毕竟这些地方既能满足更多人就近休闲避暑的需求，又能为脱贫攻坚接续乡村振兴带来新的经济增长点，是一株株不可多得的“发财树”。当地政府率先扶植起来的诸如西溪、仙草湖等，也就在短短几年之内，不但收到了意想不到的带动一方经济发展的效果，而且已经远远不能满足逐渐增长的消费需求了。每年这个季节，找不到住处，已经成为越来越多游人的焦虑，令人头疼。

还没等到叙永经过罗汉林附近的高速路打通，到罗汉林考察消夏避暑项目的客商已经是门庭若市了。人们在期待早日登顶泸州之巅消夏避暑赏雪，最不愉快的，恐怕还是居住在广阔罗汉林里的那些飞鸟，人类什么时候变得如此强悍和蛮不讲理了呢？包括神仙吕洞宾他们，也许也有想不明白的时候。其实，人类也是一再承诺了和他们和谐共生，结伴而行的。不以牺牲环境为代价来获取利益——带着这样的理念去招商，招来的业主又带着这样的理念去发展，在发展中不断规范和完善，始终把生态利益放在第一位，让生态利益释放出红利，惠及业主也惠及当地人，恐怕才是最合适的。

罗汉林开始打造还不到一年，从山脚下经过的叙威高速公路就通车了，这期间，业主已经同时修建了宽敞的上山公路。眼下，无论从成都、重庆坐高铁过来，还是从泸州、自贡开车自厦蓉高速过来，都是非常方便而且又费时不多的，而且还能欣赏到沿途乌蒙山的美景，那高的山，矮的峰，抬眼看出去，就是一幅苍山如海的意境。我初步估算了一下，现在从成都过来到罗汉林，坐高铁也就两个半小时左右的车程；从重庆过来，大概也差不多。要是什么时候，无数当地老百姓期盼的从叙永县城到兴文高铁站的便捷通道也开通了，就等于把高铁站移植到了叙永县城近郊，就更缩短了车程时间，那时，到莽苍的罗汉林更是家常便饭，抬脚之间的事。可以登顶一览众山，贵州、云南的山也尽收眼底；也可露营，仰望灿烂的银河星空，还可享受空山新雨后的迷人空气；双虹当空舞的美景奇观也不见得怎么稀罕了。

三

最近这两三年里，我去罗汉林的次数确实是有点多，恐怕也数不过来，有时陪着朋友去，陶醉在眼底的这一方天地里。自己在创作期间，有时候登上山巅，心胸格局也会打开不少，说不定文字也会在这时风起云涌了。

最初去，记得是带着一位客商去的。在分水镇书记骆国红的带领下，我们沿着山上有公路的地方转。一路上走走停停。印象中，那位客商很精明，总是对着近处的山或是远处的云雾指指点点，一直在对我们说着罗汉林许多先天的不足。也许他说的确实有道理，但我们并不完全赞同。毕竟谁都知道，这样的地方，已经是非常难得的资源。叙永县的发展由于早些年并没把重心放在康养度假这一块上，不然，怎么还有这么优质的“大块头”等着你来挑剔？周边的县区，早就已经是稀缺紧缺了。我之前去过无数次，也没觉得它有多宝贵，但这一次，我却有了异样的感觉。客商到底怎么想的？我们自然不得而知。等到他再次急匆匆地赶来的时候，罗汉林已经被别人“抢走”了，一开始我以为他是瞧不上或是资金不足的缘故，直到现在，才知道，他是想通过打压拖延迫使叙永县满足自己开出的条件。没想到，竞争对手捷足先登，气得他打掉牙齿往肚里吞。

最近一年时间里，我经常被现在的业主邀约过去。还没到山上，我就有些吃惊了。吃惊的当然是罗汉林周围环境的巨大变化。沿着宽敞的六车道公路开车上去，手边就是宽敞的停车场。目之所及，已经修筑了一些基础设施，由于时间太紧，还没来得及完善，看起来有点凌乱的样子。不管出于什么需要，我还是觉得这样的设施出现在这样的地方，稍带一些“违和感”。

由于我们说好是来与业主聊文化氛围营造的，下了车，他们早已经安排好观光车接我们一起去转转了，不仅车开得慢，我们还不时停下来仔细察看。但见近处的杉树林里，三三两两的游人，说着自己的话，聊着自己的事，我们互不惊扰；远处的野花开着，香气弥漫在空中，时不时飘点过来。彼时，业主打算要在罗汉林建一座书院。于是，我们首先去了山脚下的那个地方，虽然那里留有知青文化的底蕴和痕迹，但我对随行的人提出，几乎所有的人到这样的地方来，眼光和脚步也都是朝上的，如果做书院，不妨考虑建在云雾里。后来，他们果然采纳了我的建议。目前，书院已经初步建成，成为游客喜欢的一个去处。

往山上走，本来已经很开阔的视野继续开阔起来，一眼望出去，从来没有见过的山、壑均出现了。到了来来往往消费者争相打卡的地方，无数人正在那里拍照。这一两年里，这里以一棵外形奇诡的罗汉松和一只形象逼真的塑料大熊猫为文化元素，成了网红打卡地，通过营销运作，不知吸引过多少人来，也不知还有多少人会因此而来。也许业主和当地政府已经意识到了它

▲ 罗汉林（代建 / 摄）

的文化匮乏，自己专门组织一批人挖掘当地的红色、历史、民族等多种文化元素，有计划地在行人所到之处呈现出来，过来看山看水也来看文化。要说，这里的水也是匮乏的，在周围，几乎见不到半亩方塘，而水是一个地方生机勃勃的主要元素。据了解，他们已经有了考量，也许不久，在山脚那儿，就会有一方波光粼粼的湖泊，野趣横生，鱼鸟互翔。有这样一方湖泊与罗汉林

配搭在一起，如同一对深情的夫妻，在家里殷勤地迎来送往。整个过程中，陪同的人一直在讲述着他们的规划和构想。其实，一个地方，尤其是以休闲度假为业态的场所，营造文化氛围真不是一件简单的事，各种思想在交织，也有各种理由在碰撞，还有文化的属性在挣扎。但不管如何，当有了一定的硬件规模之后，这一块也确实不能再滞后了，想来，不会太久就会诞生属于罗汉林的文化景观。

之后，我又连续去过几次，不管如何，我还是很惊叹其推动速度的，说它一天一个样也不为过。上一次来，还担心消夏的人群过来住哪里，下一次去，客人已基本都能安顿了，吃饭和住宿游玩区域已划分成片，宽敞又明亮，我们的三十年同学会也选在这里举办，虽然说不上有多上档次，但基本要求还是能达到的。当然，也不能排除多多少少的细节差错，但一切都在及时整改完善，井然有序；存在的问题，假以时日，必然会解决。

最近一次去，已是今年秋天了，人流高峰期已过，但总体还是有不少游客，都是来走走，或是看看的。那时天空很干净，很高远，就像是一块蓝得剔透的镜子，也不知道里面有没有我们的倒影呢。其实，我们是可以在云端上的书院里喝喝茶、看看书的，但最舒服的恐怕还数在高处的野地里席地而坐，感受着有几分凉意的风，也把目光投射出去。只见到处都有工人在忙碌，但毕竟周围这么空旷，倒也不觉喧闹。眼看着又有不少设施已经完备和正在完备，高处的滑雪场、低处的湖泊也都在建设中。这一带的山村，过去的冬天是寂寥、寒冷的，足不出户，守着火炉；无疑，罗汉林的冬天接下来是会沸腾的。

远处近处山腰山脚有些黄牛在静静地吃草，不时与时间对视着。那些高高低低的民居民房依次重新粉刷，这样那样的民宿餐饮纷纷亮相。那天，特别带着几位朋友到我的贫困户老马家感受了一次午餐，柴火豆花、高山腊肉、林下跑山鸡……一道道可口的农家菜，让我们非常享受，比之前一次在附近的分水场镇的午餐还要好很多。像老马这样由贫困户华丽变身老板的，这个社就有近二十户，或开民宿、或办餐饮，或二者兼顾，一个月差不多就可以挣上过去一年的收入，着实令人心动。

罗汉林毕竟成形的时间也太短了，时时有人群涌来，这里的经营者们就可能有点手忙脚乱。有时和朋友聊起，总会忍不住跟着别人责怪几句，而且说不定有时外地朋友在电话里咨询，想过来走走，我也会劝说还是尽量往别处吧。是的，比起许多类似的地方来，远的不说，就和附近的仙草湖或是西溪比较，也还是有明显距离的，包括设施设备，日常管理等都亟待提升，但以政府对它的期望值、推动速度来看，罗汉林定会后来居上，很快就会成为当地消夏避暑赏雪的“拳头”胜地，泸州南翼“凉仓”经济带上耀眼的明珠。

登上“泸州之巅”罗汉林，迎风而立，物我两忘，曾经尘世的芬芳灿烂一层层褪去，如今只留下朝向云端的干净与脱俗。我们虽然做不了一片阔大无比的罗汉林，只需化身一小撮罗汉竹即可，料不定身边什么时候就长出一片竹笋。这东西原本是最不起眼的，那天临走时，打算顺便带点在我记忆里并不稀罕的罗汉笋，老马却说：“如今的游客特别喜欢这小不点儿，这两年身价陡涨，都快成我们这里的‘虫草’了。”听到老马这样一说，心里一下子敞亮了许多。

2022 年 10 月于叙永分水镇

山水合乐来龙湖

一

由于各种原因，远的地方我几乎去不了，整个人就跟笼子里的困兽一样，都快疯掉了。除了七月冒险跟随中央电视总台摄制组采访全国首届“最美自然守护者”马银国去了一趟绵阳市安州区，其他时间一直就在叙永、古蔺一带走走停停，也算是在享受家乡的山水之乐吧。这样几句顺口溜，差不多就能反映我的心境：天蓝云淡田坝绿，鸟唱花开溪水鸣。漫步乡间土埂上，一路张望一路吟。

人们常常在说，近处无风景，可真正一次次扎进去，如同鱼儿畅游在宽阔的水域，这才一次次地感到惊讶，叙永、古蔺这两个曾经的国家级贫困县，这些年脱胎换骨，不仅山水旧貌换了新颜，人的精神状态也同样发生了显著变化。自信自强写在脸上，落在举手投足间，从语气笑容里透射出来。即使还在经受着旱灾的折腾，却越挫越勇，不断地适应着新形势、新变化，大踏步在乡村振兴的大道上，行走在山水画卷里。

无论在叙永、古蔺，还是在别处，写作者免不了应该拿出大部分时间读山阅水，寻找灵感，等到阅读完毕，有感悟地写一点儿东西。这些年，以康养度假为主题而逐步“热销”的仙草湖、罗汉林、千鸟湖、西溪也都先后留下了一些文字，而且出来以后反响还不错。是这些山水给了我灵感和动力，我也给了这些山水亲近和热爱。

▲ 山水合乐来龙湖（叙永县合乐苗族乡人民政府供图）

最近梳理行踪时发现，对许多年前就已经名声在外的丹山、黄荆老林等老牌景区，我竟一直着墨不多。于是，他们都在一边静静端详着眼底下飘过来的云雾，淙淙流走的溪水，不时跃起的鱼儿。也许过些日子，我又会跑去给这些曾经承担着这个地区康养度假功能的“老祖宗”赔个不是，然后再规规矩矩地陆续写一些文字出来。同样被遗漏的，还有另一类，那就是躲在深闺远阁，至今还暂时没有人去理会却同样可能成为康养度假“热销”产品的优质资源。眼下，这样的资源已经越来越少了，物以稀为贵。虽然一些人还在对这一带的丰富矿山抱着某种幻想，天天做着挖金娃娃的梦，但稍微有点觉悟的投资者，早已经把目光集中到这样的合理利用生态环境的康养度假项目上来了，战略的眼光必将成就他们的未来。

二

这次拟“拜访”的合乐其实并不远，说起来也就是叙永县城的“后花园”，因为有海拔 1500 多米的丹山横在那里，她常常就躲在一山云雾后面，甚至感觉上还有些遥远，人的思维极易受到表象干扰。前些天，叙永县合乐苗族乡的党委书记张学军约我去他那边走一走，临行前，他有事，我也有事，没有去成。昨天，也没预约，我就出发了。

就在我们快到时，突然一个电话打过来。张学军说："在等您呢。"我说："怎么知道我就会来？"他笑答："今天天气好，就知道有'贵人'来。"云朵在悠闲地飘着，天蓝蓝，草泛黄，桂花树上还挂着零星的小花。"这时候适合去看看来龙湖，"我对妻子说。她听后点点头。无数次这样的出发，都是她驾车。看来我们还真是心有灵犀。

在无限接近云贵高原，接近天空和云朵的叙永县合乐苗族乡境内，那里有一方带着几分任性又充满野趣的高山湖泊，它就是来龙湖，常年蓄水养鱼是它的基本功用，除此之外，就是在那里悠闲地打发时光了，里面好像有一只小木船，由一个当地村民管护，偶尔，他会驾船在湖面上划上几圈，留下低低的水声。张学军在路上告诉我，在整个合乐苗族乡境内，其实还有另外三个这样的湖泊，都不大，不是特别干旱的年景，都不缺水源。这些都是新中国诞生以后，陆陆续续人工建造起来的，是二十世纪六七十年代国家重视水利建设的见证。来龙湖，较其他几个湖，地理位置和周围环境得天独厚，康养度假价值十分可观，养在深闺人未识而已。

叙永在今年遭遇了历史罕见的旱灾。最要紧的时刻，县上曾经召集专家，为县域内可供水的全部水库湖泊想办法，名不见经传的来龙湖，却差不多成了当时的最后一根救命稻草。那一湖清凌凌的水，简直比油还要金贵。叙永县的相关领导经实地察看后说，县城可能要动用来龙湖的水了。这一来，来龙湖还有啥说的？养兵千日，用在一时，自己能在如此时刻被派上用场，也是值得自豪的。随着县域内四川长江以南、乌蒙山区规划建设的唯一大型水库永宁水库的动工兴建完成，它的光荣使命将会被取代和废弛，而它的另外功能，比如春观花、夏避暑、秋品果、冬赏雪等肯定就会被发掘显现出来。站在来龙湖的堤坝上，我们一边热烈地讨论，一边向陪同的乡干部老李了解有关来龙湖的一些情况。来龙湖原名友谊水库，当时由叙永镇援建，主要用于灌溉，几十年过去，它依然生机勃勃，正值壮年。因为附近有座来龙山，乃是数山中的主峰，峻峭雄浑，如一支巨笔斜放，在来龙山上，还有一座年代久远的来龙庙。一座山，一座庙，守在湖的身边，被当地百姓在闲聊时增添了一些传说和几分神秘，这湖遂与山连为一体，被当地人称作来龙湖，现在的库容量约 227 万立方米。湖、庙、山相互辉映，在朝晖夕阴里，甚至还显出几分寂寞。

来龙湖的湖面延伸到几处狭窄的山谷，一眼望不到头，在山谷间弯延曲折。我在一边使劲儿地猜测着它的整个形状。后来张学军从微信里发给我几张航拍照片，算是进一步证实了我先前的猜测，它的整个湖面确实似蛇如龙，卧在群山之间，鳞爪分明，栩栩如生，说不定有朝一日临空飞去，又会是山水间一道美丽的风景。

可惜川南这一片已经持续近六个月没有下过一场大雨了，眼前湖里的水明显少于往年，周围露出了以前水淹没过的痕迹。照片上的烟波浩渺暂时无法呈现在我们的眼前，只剩下绝对少的水躺在那里，何时才能再现龙的抖擞、龙的威风？这个干旱要到何时才能缓解？此时抬眼望去，天空中，一朵白云正飘过去，又一朵紧跟着飘过来，彼此并不干涉。你可以任意想象着它们到底是什么动物，但显然不是积雨云。近处的草丛里，居然有虫儿在打鸣，鸟儿们不见了踪影。

三

“来龙湖的春观花、夏避暑、秋品果、冬赏雪等资源优势，闲置在一角只是暂时的，未来会受到人们的追捧，实现发展的转化，就因为越来越稀缺”。张学军和我聊着这一块，这些年，我走过不少地方，在心里当然是有比较的，我说：“这地方不久就会火起来的。”但我其实有些担忧，这样的地方，要是全都被开发利用起来了，是好事还是坏事呢？其实，还是保护原来的模样，也许才是硬道理，“即使真的要利用，也要把保护摆在首位”，我在试探张学军，他在一旁使劲儿地点头。

张学军后来又讲，当年县上招商引资来的罗汉林业主一开始就看上了这里。不管项目最终落户在这两个地方的哪个地方，这业主显然都是很有眼光的。只要在保护性开发上对了路，无论经济还是社会效益必然都会得到最大的体现，也肯定会让当地更多的老百姓享受到发展的红利。之前听说，罗汉林如今的业主最终没能选择这方“风水宝地”，主要担心还是在交通上，但张学军却固执地说道：“我觉得，主要原因却还是在理念的差异上，因为我们始终不主张把开发摆在第一位。”

从目前看来，交通确实也是个问题，到来龙湖，仅我知道的就有好几条道路。我们这次走的是沿丹岩一线，很大部分都是标准双向车道。也不并是太狭窄，可毕竟是上山，绕着走，弯道又要多些，开车倒确实是相对费劲，速度也要稍减才行。其他几条道的情形大都差不多，要说到达的时间也花不了太久，甚至比其他已经形成康养度假的地方还要少。如此看来，来龙湖这方“风水宝地”，对叙永甚至川南一带而言，算得上是一块质地坚硬的“黄金”，说不定到时候还会有更加宽敞便捷的道路通过，那样就更好了。想来，从县城出发，一条十米八米的大道青云直上应该并不是太遥远的事情；从另一边过来，很快泸古金高速也会通达，据说，高速下道到来龙湖，也就是不到十公里的距离，如果到时候开通一条便捷通道，那就更方便了。

张学军说，最近过来选项投资的各路“神仙”已经不计其数，别人在选择他们，他们当然也在选择，反正好“女儿”不能嫁错了“郎”。就在我们从合乐回县城晚饭之前，张学军还给我打来电话，说下午又接待了一拨打算开发来龙湖休闲度假的客人，“也不是谁都能来分一杯羹，我们始终坚持保护和开发并重，一切都是要以保护为前提的，然后再考虑怎样利用，怎样实现绿水青山的成功转化。”

张学军把这方绿水青山视作“心肝宝贝”，就如同是一位老农在精心守护着自己家的菜园。他担任副乡长、乡长再到今天的党委书记，一路走过来，在这里一待就是十几年，委身于这一方山水，把自己最好的青春全都奉献在这里了。他对于合乐乡，对来龙湖，就如同一对患难夫妻彼此拥有的那份亲近，我们为来龙湖有着这样的守护者而感到无比骄傲。我们沿着长达七公里的环湖水泥公路边走边聊。干净的阳光透射下来，山高处继续有云雾在飘，如入仙境，不远处农房里飘出的苗家器乐吹奏出的隐隐仙乐，洗涤着满面蒙尘的来往者。如此养心的山水，真是不可多得啊。

这时，恰好几只水鸟斜掠过水面，在岸边的树上停住了，我问湖里有没有鱼？张学军回答：“多着呢，怎么会没有？”但此刻它们却很安静，一动不动，没有谁在某一瞬间跃出水面。湖平躺在低处，蓝天白云倒映在里面，从水里看天，反而更要澄澈透明一些。

一边走张学军一边随口聊些当地的文化风物，我一下子就记着了两句顺口溜，“来龙山庙小妖风大，三岔河水浅乌龟多”，问明白了，原来这两句正好是用来形容过去当地老百姓的刁钻刻薄的。“现在的村民在不断接受着新风气的教育和熏陶，润物无声，已经有了很大的改变；况且这样美丽的绿水青山也是能净化人的心灵的。”张学军说。想不到，绿水青山竟然有这样的神奇作用。

我们走过一个路段时，几位村民正在利用冬闲，义务修补坑洼，见我们走过来，都很热情地向我们打招呼。张学军书记询问他们医疗保险交得咋样了，大家和乡书记一边应答着，一边忙着自己的事。这时，只见张学军弯下身子，迅速地拾起一把铲子，熟练地和大家一起拌起沙浆来。没有豪言壮语，就是这么简单的一弓身，张学军却把心与村民们的心的距离缩到了最短。

张学军和大家劳动了一阵，擦去汗水，再继续和我们往前走。陪同我们的老李，接着张学军刚才讲述的顺口溜说：“过去我们这种偏僻地方的人，谁的账都不买，是很难收拾的。这些年，很多人彻底改变了过去的生活方式和性格。”他们真不愧是新时代的老百姓了，觉悟得到了如此巨大的提升，我心里也在为乡村的这些变化感到高兴。生态与文明交相辉映的乡村，这就有了更好的振兴基础，再过些年，这里肯定会有更大的进步。

现在的消费者越来越有品位了，看山看水还要看文化，一个地方有没有故事是至关重要的，是它的生命力之所在。来龙湖不用说，有着得天独厚的优势，以苗族为主要人口的乡镇，苗族文化元素无疑是很充沛的，稍微加以挖掘整理，这些文化就会在来龙湖的开发过程中起作用了。在周围一些农户的墙上，这些文化元素已经以手绘的方式展露出了“尖尖角”，但这还是很不够的，需要持续不断地挖掘并积累。文化绝不是花拳绣腿，一个地方形成浓厚的氛围，是要费一番苦功夫的。

更令许多同类地方自愧弗如的，是来龙湖土地上的红色故事，这些故事至今广为流传。三岔河场战斗遗址，就在近旁，诉说那段硝烟弥漫的岁月。我们沿着环湖公路走完，又跟随张学军往三岔河场战斗遗址和烈士陵园走去——当年红一军团入川后，红一军团主力因误判，与当地民团在这里发生了极为激烈的战斗。七名无名烈士把生命留在了这里。站在烈士的高大方碑前，向北顺着张学军手指的方向望去，那就是红一军团红一师与川军激战的火烧岩遗址……如此厚重的历史云烟就缭绕在这片土地上，老百姓也都耳熟能详。

一步步走来，我再次看到了这里独有的文化所蕴藏的游观和体验价值，禁不住掏出电话，替张学军书记向远方的朋友抛过去了“橄榄枝”。

不了解合乐的人，包括之前的我，都觉得它是落后的。由于基础确实薄弱，它是不可能一步登天成为经济强乡的，但它又始终一步一步踏实努力地向前发展迈进。历尽艰辛，2019 年，与全县一道，合乐苗族乡实现了脱贫攻坚目标。

在更进一步的了解中，我才知道，来龙湖不但有许多地方无法企及的文化优势和可以挖掘的巨大潜力，政府开发时还把一些当地独有的土特产充分融合进去，丰富它的内涵和品质。合乐的高山腊味，长期以来供不应求，说不定在北京、上海的餐桌上，被食客赞不绝口的，就是来自来龙湖畔的某个普通农家，出自某一双粗糙的手。用周围五十平方公里土地上的百年老茶树手工制作出来的红茶、乌龙和白茶，被不少茶客青睐……

中午的饭菜，全是出自这里的土地、山野。那种鲜香，我已经很久没有尝到了。不管你什么时候到了来龙湖，都可以吃个够，而这些又都是大城市人拿钱也买不到的珍稀食材——原生态、无添加、无农药残留。在餐桌上，我忍不住还特意向张学军申请了一小杯十几年前酿造窖藏的粮食酒。

晚上回到县城，嘴边仍然留有余香。

四

下午时分，张学军还带着我走了合乐苗族乡的其他一些地方，包括年产量数万头的跑山猪养殖场、树林深处的百年老茶树、红店子村的县城“菜篮子”，等等。每到一个地方，所见到的每一位村民，张学军这位乡党委书记，竟然都能脱口而出地喊出对方的名字。

对管辖区域能熟悉到如此程度的干部，怎会得不到认可？能做到把每一位村民都放在自己的脑里心里，作为一个乡镇的一把手，的确不一般。张学军在这片土地上，经历了许多风风雨雨，起早贪黑，呕心沥血。这里的主要领导干部都这般安心用心，投资商到这里投资或办事，难道还不能放心、省心？

我询问着张学军书记：“如果到时候谁要是来叩开了来龙湖的门，有怎样的思考呢？”他答：“以民居改造为基础进行建设，不做破坏性的任何施工，最大限度地保护好它的原生态和别的地方少有的野趣，夏夜的星空和萤火虫光亮真的很美，在这里睡得香，不会失眠。如果可以，老百姓的工作交给我们去做。”

眼前的张学军，让我忽然想起了前些天完成的报告文学《守护高川》的主角马银国，在叙永县和古蔺县，我能数得出来的还有张家友、骆国红……他们都是值得我敬重的基层干部，没有惊天动地的豪言壮语，只有踏踏实实一步一步走进老百姓内心的坚定脚步。

应该这样说，叙永、古蔺等县区，如果结合地域优势，大力推动乌蒙山“凉仓”经济，完全可以做到推一处火一处。而且随着这些地方的交通、住宿等基础设施的不断完善，加之名气不断扩大，大势所趋，这里必将成为成、渝地区“候鸟”们长久停留的家。在我看来，具有无可比拟优势的来龙湖很快就会加入这个队伍中。而来龙湖一旦成为它们中的一员，说不定又会后来者居上的。山水合乐来龙湖，不仅是一个梦想，也是不远处的一个现实，此刻，它却静静的，也是在蓄积着力量。

早晚腾出时间来到来龙湖，别的不说，哪怕就为玩玩水也是值得的，毕竟在别处，已经很难见到这么好的水了。相信干旱缓解之后，几场雨下来，湖里很快就盈盈满溢，清澈见底。那时候，随便坐在岸边的哪一个地方，只要把脚伸出去，说不定就有一群大大小小的鱼游过来，它们在舒服的水域里嬉戏着，偶尔顽皮地触碰一下你的脚尖或脚背——痒痒的，酥酥的。这时，脑中立即就会迸出一个字：爽。

2021 年 12 月于叙永

仙草湖

一

天空犹如一片蓝色的汪洋大湖悬在高处，闪着光，没有一丝风，整个空气都好像凝固了，远处近处的树一动不动，只有太阳从早到晚狂热地吆喝着，就像有使不完的劲儿一样，还有蝉在帮着鼓噪。这个夏秋季，四川、重庆已经持续两个多月高温高热，气温多次将打破有史以来的气象纪录。更有传言说，往后的夏秋气温会更高、更持久，也会更难受。也许我们没必要去理会这样的传言，但就我们现在的经历来看，几乎天天都在40℃左右的炙烤下生活确实是难受，走在哪里彼此都是“熟人”。吃个午饭、晚餐，饭店的空调几乎没有作用，仍旧汗如雨下；坐进车内，空调早已经耗掉了力气，还是感到身上热辣辣、黏糊糊……

这两年，我按照“四川省自然资源厅系统作家写系统故事”文学实践活动的安排出行采风创作，到过的地方不少，尤其是乌蒙山地区这一带。身边朋友大都羡慕我的人生多了这份问山访水的“阅历”——读山读水，陶冶性情。今年酷暑时，接到的电话和微信越来越多，大家纷纷向我这个对山水丰富有着阅历的人取经，寻找避暑的处所。其实，以我的了解，“热”字当头的乌蒙山，却又是名副其实的“凉仓”。这些地方，低处滚滚热浪袭击，足以让人昏头胀脑，而一旦进入海拔千米以上，就逐渐凉快起来了，甚至很难分辨季节。很多人熟知的贵州六盘水，同样位于乌蒙山，属核心地带，早得国人封赐“凉都”。这样的季节，受不了热气折腾的人都在不约而同向那边涌去，当然也不太可能所有人都去，那边早已不堪重负。

▲ 仙草湖（叙永县摩尼镇人民政府供图）

位于四川盆地边缘的叙永县，紧靠六盘水一线。这里一半是河谷，一半是高山，地形和周围的兴文、古蔺等县城差不多，不同的是，一座千年古城，脚下的砖、河岸的石，都在不自觉地显示着苍老。到达县城，海拔也还不到五百米，属河谷地带，可继续往南走，高速路一路走高。也就是仅仅在二十多公里之后，还只是到了县域内麻城镇高桥服务区一带，就已经有置身云贵高原的感觉了——从那边吹过来凉爽的风，有鸟飞过。叙永县境内最高海拔1902米在罗汉林，为泸州最高峰，俗称“泸州之巅”，此高度在川南排位至少也是前三，眼底万山纵横。

仙草湖就在前面不到一脚油门的一个叫摩尼的镇上，高速开通以后，更是眨眼间就可到达。单从摩尼这名，大约就略知它的古老。除了能感受到它由古老传递出来的不一般的文化气息，不用说，它是川南一带康养避暑胜地中海拔最为合适的地方了。仙草湖海拔1300—1500米之间，是川南海拔最高的高山湖。到过这里的人都说，那里是21℃的夏天，整个环境就是一部空调，往年差不多就是这样。今年最热时，的确也要高出几摄氏度，通常室内空调使用的是26℃，仙草湖大约总不会超不过26℃——晚上盖薄被，早起穿长袖。难怪每年总有那么多的“候鸟”如约而至。细听口音，就知这些“候鸟”大多来自泸州、自贡或是成都、重庆，当然，也有更多来自本地区及周边区县的。舍远求近，不去贵州、云南的，就都赶过来了。据了解，最近几年，仙草湖的康养避暑接待长期在超负荷状态下运行，拓展接待空间非常紧迫。

二

我算是知道仙草湖的根底的。起初它并不叫仙草湖，而是称卫星水库。叙永南面这一带，多山多谷，这样的水库比比皆是，修建于20世纪六七十年代的大兴水利时期。过去，它们的功用大多是防旱保灌，也可供周边的人畜饮用，鱼虾自生自灭。钓者不太愿意到这样的地方，多是野趣，云朵悠闲，阳光遍洒。总而言之，它就像一面高处的镜子，卧躺着睡大觉；又像一位上了年纪叼着旱烟的闲人，独享着一份旷久的凉爽，也日渐消耗着自己，滋生着颓废。

那些年，虽然这卫星水库与摩尼镇场镇也没有多少距离，但它却是躲在深山野谷中，还没有通向它的公路，况且许多人也不知道这地方还有这么个有一定蓄水量的水库，在水源丰沛的时候，谁会在乎水库？日出而作，日落而息的当地老百姓除了生孩子养老也没什么大不了的事，闲了就去摩尼场镇赶赶场，偶尔卖头猪或一些农产品。虽然早已经习惯了肩挑背磨，却还是感觉不太方便，而且事实上交通也严重制约着当地经济的发展。这时候，周围的村子已经开始修筑公路，一条条曲折的泥泞公路伸向场镇周边的远山近村，“这里也该有一条公路。”摩尼镇联盟村的一些人很快就形成了一致意见。

摩尼镇海拔高度适合度假，随着气温逐年上升，大家都在寻找这样的地方了，通过多方不断的“人肉搜索”，位于摩尼镇联盟村的卫星水库也从深山野岭中被挖掘出来，逐渐从被遗忘的角落进入了人们的视野。2012年以来，抓住前所未有的利好政策，摩尼镇开始了对卫星水库这位待嫁“村姑”的装扮。这个时候，他们通过多方论证，取湖周围生长的一种鲜有草本植物的谐音，加之从航拍的视角俯瞰，整个湖神似一块东北人参布撒在高山深谷，而且大约也是适合众生仙居停留之地，多者结合，始唤作仙草湖。谐音之草为何物？当地居民曾一起现场指认过，只道是湖边的一种无名之辈——大隐隐于市，仙草隐于湖，得一方天地，自然生长。

叙永县域内的红色、历史、民族文化旅游元素非常丰富，是红军长征中，遵义会议确立的毛泽东领导地位的具体落实地，也是西南联大分校的办学地之一，尤其自然景观更是具有得天独厚的优势，却因为一些人为原因错过了之前一波又一波的发展旅游产业机会。加快贫困地区发展的战鼓擂响后，政府先后做出密集的实践，对西溪、桃花坞、鱼凫古街等一些地方进行了不同程度的打造，但这些地方都不具备仙草湖的海拔高度和周边环境优势。无疑，随着功能的逐步完善和品质的提升，仙草湖将成为这范围内消费者最乐意掏腰包的地方，随着品牌的崛起，远走六盘水，近往仙草湖，很快就成为普遍共识。

三

大约在 2015 年，我还不知道当年野钓的卫星水库已经唤作仙草湖，就顺道冲着仙草湖的名字赶过去了。在麻城下了高速，就往 321 国道赤水镇方向过去。司机在路上，一直在聊这事，厦蓉高速原本规划设计在摩尼镇场镇是有下道出口的，当时却因为诸多原因而搁浅，这是多么的遗憾啊！我在想，高速互通一时没有开通不仅给当地带来了无可挽回的损失，代价也实在是太大了。别的不说，如果在当年摩尼镇如期通达了高速路，那就不仅是摩尼，包括叙永在内的整个以摩尼为中心的南部乡镇群，在仙草湖发展的带动下，必然会比今天有更宏大的气象。说不定叙永县海拔 1200 米以上的环线康养避暑经济带早已形成规模，而变成释放县域内最大经济总量的“凉仓”了。

抵达摩尼，当时场镇的变化还不够大，但已经有所动作了。整个场镇的脱胎换骨应该是在 2017 年，通过当地政府多方开渠引流，促成了具有远见的巨大投资，才有了今天的场镇规模，它是仅次于县城的县域内第一城镇，名副其实的县城副中心。那时，去仙草湖的路已经通达。从场镇进入仙草湖的那一段路，抬眼望去，就如同长虹卧在脚底，优美的弧线从脚边延伸出去，缓缓卧下去再缓缓升起，司机说这路开着舒坦，如同驱车行驶在彩虹上。遗憾的是我不会开车，见到这样的路，也想过把瘾了。

▲ 湖光山色（叙永县摩尼镇人民政府供图）

那次去的时候正是盛夏，仙草湖的水域较之我野钓那时明显宽阔了不少，水面闪着银光，鱼儿不时跃出水面，在嬉戏；远处近处还有三五只水鸟在起落，在互歌。身边很多人还不知道有这么个地方，即使在这个季节，来的人也很少，周围还很寂静。没有低处的热气侵袭，只有阵阵凉意围绕。高高低低的农房几乎没有装扮，看起来就是一群朴实的老农散落在田野里；庄稼将黄未黄的田间地头，得见农人在荷锄管理。

到了最近几年，重庆、成都那边很多人还不知道叙永或者摩尼，却已经知道了仙草湖。他们虽然也并不知道仙草湖的具体位置，但他们却分明感觉到仙草湖离他们很近，好像就在身边，就像一位可以帮助自己解暑的邻居。也许他们多是精打细算过日子的人，并且觉得到仙草湖可以少花油钱，还有可以节省过路费，等等。你说，既然在众多消费者中有了这样的印象，赶过来的人还会少吗？就这样一个告诉一个，一个带着一个，即使不去做宣传推广，就是靠着口口相传，都会逐渐拥挤起来。加之它还的确比周围许多地方凉爽，晨昏也可以散步田野湖畔，还可以听听蛙鼓，闻闻稻香，顺便了解一下风土人情和地方文化……谁还不希望享受这份难得的惬意呢？它真是具备了无数人向往的康养避暑胜地的基础和优势。

逐渐地，我去仙草湖就多了，自己去，也陪亲人朋友去，尤其是近两三年。有时去待上一日半日或是一个夜晚，也就走了，而在心里，最大的“疙瘩”却还是交通。如果不是一到摩尼场镇，就有宽敞大街的舒适和沿途建筑的彻底翻新，还有不远处有一个仙草湖在等着，说不定我早就放弃了一路的前行而折返了。最近有了好消息，经过各级领导的多方协调努力，互通工程正在全力推进，预计明年即将开通。想来，到时候，许多人心里的“疙瘩”也就不解自开了。人其实都是贪图便捷的，但更要习惯在曲折中的前行。当然，就一个地方的发展而言，我倒是觉得，绝对不能输在交通上，交通通，百事通。

四

天气太热，温度居高不下，很是受不了，我还抽空走了乌蒙山一些地方，包括六盘水和百里杜鹃，还有古蔺新近晋级为网红打卡地的观文千鸟湖，而且还不止一次去了千鸟湖。千鸟湖同样也是川南一带不可多得的康养避暑胜地和地方文化集散地，这里正在随着交通条件的改善而成为消费者的新宠。千鸟湖和仙草湖彼此相互照应，又都在成都、重庆等大城市的近处，踏山访水，在山水中穿行，又可时不时领略到文化。想来，它们必将合璧，形成叙永、古蔺地域上两只最明亮的眼睛，成为“凉仓”川南避暑的两个焦点和热点。

这些年，坦白地讲，无论外界如何热炒仙草湖，我却是没看明白的，毕竟很多事一时也看不彻底。但随着它的发展，终究还是要去仔细地认识它一下，毕竟忽略太多终究会失去太多。坐落在摩尼镇联盟村那里的仙草湖，人来了又去，就像一辆不断行驶的公交车，它也不知道到底谁会在乎它，在乎它的都来了，不在乎它的迟早也会来。我去与不去，对它其实一点儿都不重要。

今年第一次去仙草湖，是我们叙永师范学校三十年的同学会。同学会正好选在酷热的那几天，又是在叙永，想去想来，别的地方不怎么合适，就不如还是选在仙草湖。提前一个月，组委会同学就电话订房，问遍了却早没了，好不容易才在场镇上找了个地方，而且还是托人才找到的。我们从叙永出发，当天就去了另一个在建景区罗汉林，转了一圈，照了一些相片，吃了一顿午餐，就急匆匆向摩尼方向赶了。由于互通还没有完成，走的还是那一段我们不看好的道路，同学们自然颇有微词，但还是在憧憬着仙草湖，而且上了这把年纪的同学，也多少还有忍耐力的，就都在期待着到达。山区道路的曲折中，时不时抬头看看远处近处，高原的天空总是那么迷人，山林里不时飞过几只鸟儿，还有农民出入在庄稼地里，无边的静谧让我们仿佛行进在空旷的时间隧道中。至于什么时候到达，已经不那么重要了。

到达摩尼场镇的住处已经是下午，住进去，确实是有点累，我不知不觉就睡着了。倒是一些精神状态好的同学，又去了附近的一些严格意义上还不算是景点的地方照相散步，此刻却没有提前去惊动它，都把赶赴仙草湖作为三十年相聚的最重要环节，自觉把三十年的情谊聚焦在下一刻的仙草湖相约。当晚的晚餐没必要提及，尽管我们并不怎么认可，但餐饮店已经是尽力了。几十年风风雨雨都过来了，这时候多少有点不如意又算什么呢？要说的是住所到了半夜，突然下雨，屋子竟然漏起雨来。别的房间我不知道，但我那间房，左右都在漏，只留下中间可以睡一个人的狭窄地带，滴答的声音把微醉中的我惊醒了，不时伴有阵阵雷声从空中传来……早餐时，一打听，才知道，我们的数学老师住的那间房也有类似我的经历。第二天游仙草湖，我们采取环湖步行。十一公里，有说有笑，眼前的跨湖浮桥延伸出去，不远处，桥面一直延伸至水里，然后又一下子腾起，跃上一定的高度，看起来确实无比美丽。走在桥上享受着起伏间的美妙，说起昨天晚上的经历，大家相视一笑，都没往心里去。

今年第二次去仙草湖，印象深刻。其实，我们是提前很多时间就请当地朋友帮忙订了地方的，而且是陪自贡过来的朋友去的。担心远道而来的客人失望，一路上，我一直在不断联系中。旅店老板后来解释说，自己太忙，根本顾不上接电话。偶尔接通了，他又一个劲在安慰我：“请放心！”即使快到的时候，我心里还在捏着一把汗。到达时，已经是晚上八九点，院坝上仍然是灯火通明，人影绰绰，如潮涌起，声浪大过近处湖水的潮声，还有山野里高高低低的灯火，如同一地的街灯，次第亮着，看起来就像是无数星星在近处远处闪烁，或者是无数的萤火虫落在夜里的角角落落。

我们只好坐在院坝一角耐心地等待晚饭、聊天。几位朋友直呼：凉爽，凉爽。远处近处阵阵蛙鼓伴随着一浪浪的稻香，铺陈在这片天地，它们是不是整个凉爽的源头？微云淡月，晚风里净是草木的芳香。这时候，夜空的星星突然多起来了，多得一塌糊涂，就像四周的山野里全都洒满，只要伸出手去，说不定就能抓几颗在手里。如此多的星星加入，整个环境似乎显得更热闹些。这时，我提议出去走走，也许是不太熟悉环境，毕竟又是在夜里，终究没有成行。大家站起来看了看远处近处，不管眼前再怎么热闹，其实整个环境终究还是静的，显然，静才是这片天地间美丽的主角。总是让人从浮躁中迷途知返，尽快地静下来，而天地的静也同样会让人在燥热中静下来，如此享受，岂不胜过世间盛宴？我们坐下来吃着柴火鸡，喝我们喜欢的酒，啃着刚从附近的土地里掰回来、煮熟的玉米棒子，不知不觉敞开了心扉，放飞自我大口地喝起酒来，直到一醉方休。也许我们跑过来原本就是为了买醉，然后如一株水草，卧在仙草湖的水底。我们就这样醉在无边的夜色中，伴着星星和月色。

如此接近云贵高原上的夜晚，只有风，在唰唰地拍打树林传递着凉爽。这样的夜晚，谁都想睡个好觉。难怪远处近处的人都赶过来了，毕竟在炎热酷暑里，每天有忙不完的事，已经好久没有睡好了。一地星光的尽头，等待我们的，也许就只是一阵阵的鼾声。一次好的睡眠，是我们当下最需要的，全部的奔波折腾，索要的也不过如此简单，别无所求。

第二天，我们并没有去环湖走一走，那是因为睡得太久，起得太迟。起来匆匆打理完毕，太阳已经很晒了。我们索性就在近处沿着阴凉走走，顺便也了解一下当地的民风民俗和经营户的经营状况。这个过程中，我终于得知，随着大量消费者的涌入，关于仙草湖的一些问题已经开始显现出来了，比如：环境卫生，水质保护等都不尽如人意；而文化的打造几乎还没有起步，已经明显地滞后了。很多人来了，可以把你的好传出去，难道你的不足就不会传递出去吗？须知，好事不出门，恶行传千里呢。一些经营户听我这么一说，大概也意识到了，表示会团结起经营户，在政府的支持下，抓紧整改，还仙草湖一个舒适环境。我特别告诫他并建议他转达更多的经营者，如此只顾挣钱，绝对不会长久的。后来，我又和当地政府的一些领导及时进行了沟通，他们也意识到了问题的严重性，不久，就已经在着手落实整改了。

不管怎么说，我们倒是希望，这块云贵高原接壤处的稀缺资源，长久维持为一个连草、树、虫子都想修炼成仙家的地方，一个夜晚可以听见过往神灵低语的所在。无疑，它是当地政府和百姓的致富源泉，正在接纳着滚滚而来的远近消费者，同时也在逐步带动着周边的花湾、安基屯等更多优质资源尽快发展起来，沸腾起来。真的千万不能辜负了来者的一路风尘，但愿他们从厦蓉高速或是成贵高铁过来，一路上欣赏着无数人赞叹不已的乌蒙山美景，停留下来又有仙草湖或者就近的地方可以流连忘返。眼前就是无数人心心念念的仙草湖，就如同一片巨大的蓝色天幕在地面，我们又何必舍近求远奔波折腾呢？每个人喜欢的地方都有所不同，但它又都像是眼前的仙草湖一样，一定会有你最舍不下的，也有更吸引你眼球的。

在这边的夜晚，某一刻，我们和满天星星说不定就是兄弟姐妹，挨挨挤挤，有的在说着话，还有的在不停地眨眼，也不知谁来了一句俏皮话，就把大家都逗乐了、笑开了：“在这里，我们根本不用担心遇到高温炙烤下的‘熟人’。”这里就只有 20℃左右的气温，虽然白天的太阳同样有点晒，但夜晚却格外凉爽。湖就在不远处静静地躺着，和它依偎着，山林树木静静地立在一边。“如果没有俗事缠身，一定就不走了。”来自自贡的朋友老谭在离开时恋恋不舍地告诉我。

2022 年 8 月于叙永

西溪行思

一

刚刚过去的夏秋，一直持续高温，要我感觉，地球的额头也一定是烫的，这样的天气让大家都吃尽了苦头。别说人，就是那些高处、矮处的绿色植物，几场秋雨后都还没恢复元气，此一处彼一处的“伤疤”依然随处可见，一棵树同时有活着和死去的部分，死了的确实是没活够，活着的也没想过会死去，看着就好心疼。

叙永县城一半是河谷，一半是高山。县城位于永宁河谷谷底，海拔低，还不及 500 米；四面高山均在千米以上，尤其南面的罗汉林，更是达到了 1902 米，报道中多用“泸州之巅”代称。川南一带的人们避暑消夏，远的赶往贵州六盘水或是云南那边更远一些的地方，近处就都喜欢到罗汉林。但它仍在建设中，接待能力也还十分有限，汹涌的人潮一下子涌过去，自然有诸多不尽如人意的地方。我是当地人，是知道情况的，一般是不会跟着去凑热闹的。

泸州、自贡或是重庆、成都朋友说要来这边康养度假，我通常，首先考虑带他们去海拔在 1300—1500 米之间的摩尼仙草湖，但几次下来，对仙草湖的接待能力，还有卫生状况、餐饮住宿等条件持怀疑态度。确也客观存在一些问题，如果不及时处理还会带来不利影响。但无疑会尽快改善的，毕竟这样的地方还是满足了更多人的消费需求。

据我所知，叙永周边的古蔺、兴文的地形也和叙永差不多，都是四面高山，低处河谷，人口相对集中在低处。随着极端天气频繁出现，四面高山上，过去人迹罕至、动物们栖居的地方，被我们形象地称为“凉仓”。由于消费成本，时间等诸多原因，更多人也不会往云贵赶，这些地方因此承担着十分重要的疏解消夏人流的功能。于是，有几次，我们又试着把客人带去了叙永西溪。几日感受下来，西溪是让客人最为满意的地方，还没离开，大家已经纷纷在预约下一次了。玩得好不好消费者最明白。客观地讲，主要靠当地老百姓主导的康养避暑地，自然也存在这样那样的短板，但这也是暂时的，慢慢就会好起来。

西溪就位于国家级自然生态保护区和画稿溪自然保护区范围内，一边是极其严格的生态环境保护红线，一边又是巨大的休闲度假消费需求。前几年脱贫攻坚，这方“世外桃源”也通了“天路”，昔日当地老百姓堆积如山的山货特产再不愁销，一夜之间，这里的经济很快就活跃起来，日子也随之滋润起来。精明的外地人过来和他们做生意，感念当地人淳朴，将开办康养度假民宿的思路抛给他们，加之当地政府的积极引导，依托易地扶贫搬迁等一些惠民政策，逐渐地，此地很快就形成了以民居利用为主体的一方避暑天地。由于生态环保的原因，它的规模非常受限，除了最大限度地利用，几乎已经没有拓展的空间了。当然，说不定又会有更好的思路。如果它最终只落得个“半拉子”（方言，烂尾的意思），那实在是遗憾。在我们看来，即使真没有任何办法可以拓展，往小而精里完善，其实也是一个相当不错的选择。通过当地业主罗元胜等人的具体实践，已经能隐隐看到这样发展下去的美好前景。

二

早在西溪开始作为消夏避暑胜地建设之前，我就去过那边了。记忆中，那是一个偏僻之地，一开始我其实不想去，只知道大致的方位，自小生长在深山老林里的人，费尽千辛万苦才居住到县城里来，说想回到甚至比我老家还要偏僻的地方，肯定是假话。

可别人说起要去看看那方“新天地”，兴致却高得很，就像投资人要去见到他梦中的“金矿”。虽然我没什么兴趣，但也不好太拒绝，加上人家又不断用美食诱惑我，说请吃山珍主题餐。山珍，无疑是中国饮食的头题，在山珍海味中，海味也是摆在其后的。这样一来，我这好食之徒禁不住就答应了，别的不说，就算是冲着这开胃好菜陪着别人去走一程，也是值得一日半日的时间花销。

摆在面前的是三条去西溪的道路，我们取最为便捷的一道。因为之前我们没走过，记忆中身边有人提醒过，通过那条道需要格外小心些。也是在走过之后才知道，这路确实是最为惊险的一条，要说，也是最美的一条，险处有美景呢。其中的一段，在我看来，或许就是习惯了攀爬的大山人趁着没人注意悬挂在陡峭绝壁上的一根铁索。尤其是快要翻越最险要的一段，就像在半空悬着，还显出几分摇摇欲坠的感觉，我们在最危险一段下了车观察，反正，我是不敢往下看的，倒是近处远处的山，呈现出红色，隐隐显现在树林里，美得很呢。别人说，这一段经常有猴子成群结队，等待来往的游客投食，很遗憾我们没有见到它们。一不留神，汽车已经被累得气喘吁吁了，偏偏又没油了，一行人折腾了好久，好不容易才到达了西溪。明明最近的一条却反而变成了消磨时间最多的一条，看来往后就别老想着走捷径了。

那时候的西溪还在设想规划中，除了一望无际的山野，无边的浩荡山风，鸟儿、鸣虫在成群结队地唱歌打鸣，就是一片无边的野趣包围着我们。几座山，一家家的农户，与野生动物们结伴在那里过着日出日落的生活，猫狗时常为争宠而厮咬；炊烟起了，吃饭的声音响起，悠长而富有情感；还有牛在一边吃草，不时发出一两声哞哞叫声。身边朋友经常在微信圈里晒的那些绝美的西溪照片，原来就是在这附近拍的。这里还可以看到与恐龙同时代的植物桫椤，溪水里嬉戏的美女……遗憾那天我们虽然带有美女，却没来得及参观拍照就下山了。据当地的村民说，要是在早上，这里的苍山云海变化万千，如入仙山仙境；溪水缓缓而下，如泣如诉，那时候，多少人都是冲着水去的。在这里可以和鱼儿一起嬉戏。虽然没时间多做了解，我倒是凭着眼缘，对西溪有了很好的初印象。

后来有那么一段时间，我们在准备拍一部以脱贫攻坚为主题的电影时，我几乎没有犹豫就决定把西溪当作外景地，并在西溪那里挂一块牌子，今天还能在百度里搜索到的“西溪影视基地”就是当年我们这群人的“杰作”。

什么时候要真的有一部大片在那里拍摄，西溪说不定就会火爆得不成样子了。可恨今年天旱，即便生态如此好的西溪，也或多或少受到了伤害——溪沟几乎断流，也暂时没有了水声，空落落的，目之所及的半山上，一些树和竹也干枯了。

后来才知道，能到达西溪的三条公路其实都不好走，不仅狭窄曲折而且很陡峭。无限接近云贵高原的这些地方，大多是高山深谷，包括西溪，交通肯定不可能像平原浅丘那么便利。我们这些享受着发展红利却越来越贪图便捷的人，当然期待足不出户就能享受“凉仓”和美景，但这个世界留给我们的这种环境已经不多了，我们已经被逼着往过去人迹罕至的高山深谷逃离。

这些年，当地政府主导，已先后对前往西溪的三条道路都进行了改造，特别是从水尾镇上去的那一条，很是宽敞，而且形状也很美丽，就像是在有无数岛屿的海面上起起伏伏，车行起来，也很舒适。毕竟又是通往高处去的山路，任何时候，还是要特别注意安全才是。

三

西溪自然资源如此优质，迟早会有人对它大刀阔斧地进行改造的。果然还没过多久，以当地民居为主体的景观改造就开始了。这种地方，其实对打造进行定位是很最困难的，如果一开始就像受到制约之后这样去弄，也许早就成了经典避暑消夏民宿。可那时，无论是由谁来操刀，无疑都是希望搞得成规模、成气象一些，而且，许多人毕竟也是心存侥幸而且趋利的，哪怕头顶就悬着明晃晃的利剑。经过一段时间的打造后，我曾经去看过，那时，整个区域的生态环境受到了一定程度的破坏，而且个别地方惨不忍睹，但不管如何，大保护始终还是前提，开发绝对不能以牺牲生态环境为代价。

伤害，从来就没有未来。很快，为及时纠正一时的过失，同样由当地政府主导，各种规范打造的补救措施及时跟上，盲目的行为被及时制止，甚至还动用了问责机制……经过一番整改之后，西溪仅仅保留了合法合规的主体部分。今天西溪几乎还保持着生态原貌，也许它不可能实现当初一些人期盼的巨大利益，但它却成了人与环境和谐发展的绿色康养休闲避暑胜地，这也许正是许多人今年来了，又在期待明年再来的真正原因吧。

令人意想不到的是，当初在整改过程中，在这么个荒山野岭里，把注入文化作为重头戏，这是最令人振奋的。文化其实是最不挑地方的，只要给它一块土壤，贫瘠也好，肥沃也罢，就像山野里的树、竹、草这些。野火烧不尽，春风吹又生。让它去装点一个地方，总是不知不觉变得厚重，也随之增加了它的自信。就在西溪这么个小地方，一段小小长廊，一方不大的广场，竟然处处都有文化的踪影，走一走，看一看，它就不经意落入眼中，让你的眼睛随时都会为之一亮。很难相信，这里的一栋并不起眼的民居改造的民宿，居然也还挂着“叙永县书画家协会书画室”的牌匾，室内悬挂着当地一些书画人士的字画……这里，文化可以算得上是一道最为靓丽的风景了，配搭在这样的自然生态环境，应该是绝配了。当然，依我之见，文化的元素还可以继续丰沛一些，说不定转换一下思维，真正把它变成一方文化康养度假天地，也可能就还有一定的增值空间。

现在，很多景区或是避暑地方最缺的就是文化，而这里却有了，就必然增加了它的顾客黏度，像我们这些人，多少有点文化的爱好，在哪个地方陪客人吃一次饭，出一次游，同等条件下，自然还是倾向于选择这种地方的。虽然文化不能当饭吃，但它可以充实一个人的灵魂。一个人，没有钱，并不可怕，可怕的是，如果没有文化，顶多就只能是一只装饭的皮囊。

这次我们几个人去了之前就有联系的罗元胜的“等你客栈”。这些或多或少带点文化品位的民宿院子，据说今年春天刚到就预订完了，而且明年同期的已经订出去了不少。我们只好住在最为偏远的一个林姓农户家里。他说，为了和整个西溪大环境协调，自己也正在准备弄几幅字画之类挂起来。由此看来，对文化环境的认可由被动到主动的意识已经在这些人脑子里逐渐形成，我作为一个长期在乌蒙山文化薄弱地区从事文化传播的志愿者，自然心里也是多了几分欣慰。话说回来，如果不是时代的风吹醒了沉睡的西溪，说不定这里的山民依然在过着足不出户的贫穷日子，哪有什么康养度假的致富之举，又哪里会去料理文化？

安顿好住宿，吃了晚饭，已经是晚上了，在习习山风中，在满天星斗的照耀下，我们开始往热闹的地方走走。走的是房东指给我们的近道，沿途的路灯很有些微弱，可我们还是发现了一路上都悬挂着留有文化印记的物件。走到“等你客栈”附近，我们就大胆地向房东罗元胜建议，在沿途可以适当增加几盏太阳能路灯。到了第二天晚上，我们从这里往回走，发现道路已经亮了不少，而且一些文化印记也格外清晰。显然，罗元胜已经采纳了我们的建议，及时增补了路灯等基础设施。在罗元胜的民宿庭院里，雕刻非常精美的石缸等老物件给人的印象尤为深刻，有的肯定已经是一大把年纪，也许还是曾祖、高祖辈他们使用的物件。它们就像是老人们待在一起享受着静好的时光，安然慈祥。我笑着给罗元胜讲，什么时候，我也把鱼凫书院的分院弄到西溪。不想，往后，他就时常在电话里不断地向我发出开办鱼凫书院分院的邀请。这个担任过该村上一届村支部书记的中年人，脑子确实是够灵光的，现在不但承租了周边几家民宿经营着，而且还帮着村民把山货特产打造成具有西溪文化印记的伴手礼之类。算起来，前后也就是十来年的时间，西溪能有今天这般模样，无疑他是其中的核心人物，功不可没。

四

话说三四年前夏秋时节，和几个朋友到西溪停留了两三天，那时候印象最深的就是有钱花不出去和饭菜不合口味，如今的西溪，已经可以作为其他类似地方的样板和典范了——在晨昏中默默地迎来送往，承担着它应有的现实价值和社会功用，令无数来往者流连忘返。

首先来说说饭菜，这恐怕是许多类似地方的通病，一日三餐，好不好吃，都得吃，少不了，但之前的一些经营者，就是不肯在这方面下功夫。在西溪，我是曾经为这事骂过娘发过誓的，这中间有一两年没再来西溪，说起来也有这方面的原因。这次去，明显感觉他们改变得很彻底。就拿我们住宿的林家来说，每餐安排都是很精心的，哪怕某一餐就只有一两个人吃，也绝对不会马虎。竹林里挖鲜笋，菜园里摘回的青菜，林下鸡现宰杀，石磨豆花……夫妻俩整天都把心思花在我们这些消费者身上。山里人的厚道，倾注在一道道菜里，看得见摸得着。而且，他们还一直自责："可惜我们只会做家常菜，如果你们去罗书记那边吃，还会更好些。等这一段过了，我也去参加一下厨师培训。"冲着林家人的这份坦诚和用心，我们把几天的饭菜全都安排在了这里，而且每天都吃得舒服，睡得也好。有一两个半夜还被冷醒，这时起来，站在院子里看一会儿星星，才又回房睡去，每个早晨几乎都是自然醒。我们已经很久没有这样放松过了，在这里，不知不觉，又感受到了真正意义上的慢时光。一年忙下来，累了，就安排这么几天的休整，随便舀一瓢溪水、又在竹林里觅几朵竹荪，煮上一碗鲜汤，天地间还有比这更美味的吗？我敢打赌，它就是最好的益寿延年的灵丹妙药，说不定比来几服调理的中药还要管用呢！

无论哪一群人来到这边，从某种意义来说，就是来消费的。以前我们过来，往往一餐饭都会饿着肚子到水尾镇上去吃“佘家豆花”，最烦恼的就是整个一趟西溪行几乎花不出去一分一文，可现在不一样了，不但吃的丰富了，而且周围的小卖部也增加了不少，甚至还有当地土特产的专卖店。这次我们离开时，还买走了刚从山里采摘回来的猕猴桃和竹林里带着泥土鲜香的竹笋。这样不仅增加了当地业主们的收入，而且也让我们回去还能继续品尝这边的美味，何乐不为？

每个夜晚，在西溪文化长廊和宽阔的广场，以及门前庭院那些烧烤、烙烤（一种云贵川地区的菜品）才是热闹非凡，也是来往者消费的重点。索性把白天我们从附近塘里钓回来的鱼一并带去，随便找一个地方坐下来，山风吹送着凉爽，我们一起谈天说地，等待着烤好的美味送上来。享受着只有这样的地方才有的美丽星空，远远近近的星星，都在对着我们眨眼睛；脚边的稻田里，蛙声一阵高过一阵，如潮声起伏；萤火虫在我们身边飞来飞去，有时候还会落在手背上，落在近旁的草木上。

我们就在万顷竹涛的苍山云海间，面对浩瀚无垠的蛙海，还有和我们嬉戏的萤火虫，仿佛一下子回到了童年的村子，这不就是在匆匆忙忙中回到久违的家了吗？如果我们不是还要继续回到县城或其他地方去忙碌，真想长久地停留下来了，这里，也许正是我们退休之后最为理想的栖居地。

青山绿水间，浩荡长风里，在天地间，整个西溪仿佛荡成了一只巨大的摇篮。耳畔，似有美妙的小夜曲响起，于是，我们就和周围的莽莽山野渐渐地一同入睡了。

2022 年 9 月于西溪

天堂村印象

一

不知道什么原因，现在是越来越难听到身边孩子们琅琅的读书声了。我曾经做过很多年教师，自然懂得朗读的重要性，尤其是语文和英语这些课程。难道身边的孩子们只在长时间地默读吗？在这样无比空旷的山野间，无限接近云贵高原，无限接近天空和云朵，空气清新散发着泥土味的地方，这时候，突然地就听到耳边飘荡着一阵又一阵整齐的童声朗读。它带给我的，不仅仅是兴奋，还有无数感动的。还记得当时，我朝着它一股脑儿飞奔过去的情景，就像很长时间没有遇到下雨的天空突然来了一场暴雨，然后在视野里出现了两道美丽的彩虹。在那一刻，我就如同一株花绽放在弯弯山道上，脸上格外灿烂。陪同的小陈那么年轻，充满活力，或许并不知道此刻我到底遭遇了什么，又是为什么在奔跑？

远处山间，有雾在飘着，如同一位画家在泼墨，浓淡相宜，眼前就是一栋老得好像已经不能再老的木房子，坚实牢固，显然，它一定经历过不少风雨。确切说，我来探访这个地方，远远不只是为着这样的一栋房子而来。它们看似散落，其实是相依相偎聚居在这里。一代代人来了又去了，而它们依然世代散居在此间。日出日落，深居简出，它们才是这方天地间真正的居者；而人，只是这里的过客罢了，随时都可能转过弯就消失掉。不远处那一座座坟茔就是最好的见证。村子里去世了的人，都留在那里，在一角静静地歇着。

“您去看看吧，刘老师，天堂村那保护着我们世代苗家人的印记。”乡长罗杰在电话里告诉我。绕着一座又一座山，车沿着山一直往上攀，往前面的云雾里奔去。从白腊苗族乡政府出发，大约也就一个小时的车程，到了一个相对平坦一些的地方。这时透过车窗，我们看到了眼前的山坡上，高高低低的地方，这些我们在其他地方很难见到的房子，在风中立定，守着遥远的时间和久远的空间。它们在这片山野里的存在，让我立即就感觉到这一带有着不一样的神秘。慢慢地，待我揉了揉自己有些模糊的眼睛，眼前的景象就逐渐清晰起来，我的记忆也随之恢复起来。这才发现，原来我这个时候见到的不是别的，正是我童年时候居住的那种村子。只不过，在我的老家，它们已经全部被改造成了砖混结构，再也见不到一丝一毫过去的踪影。而在这里，却还能看见——高的、矮的、宽的、窄的……说不准某一栋的缝隙里，白天透射进阳光；晚上还会漏下雨水，又能听到老鼠在它们的世界里奔波。此刻，它们毫无遮挡地在温暖的阳光照射下，散发着历史的气息，也许我们觉得它们已经很老了，然而它们自己却毫无察觉，就像穿上青衫的老祖宗一样，安然地从井边挑水，在山间捡柴，过着自己悠长的岁月……

朗读声究竟是从哪里跑出来的呢？我一时就真没找到源头，老婆这时对着我一声喊，还不断地招手，我随即就奔过去了。就在手边这栋房子半掩的木门后面，一大间屋子里，居然坐着许多孩子，一颗颗脑袋挤着挨着，脏兮兮的小脸儿，抓耳挠腮……原来，这正是声音的源头，如同一汪莹莹清水的源头。如果此刻仅仅是默读，哪怕就是在面前，也很难辨别的，但如此的琅琅书声，只要它的存在，就不用担心找不见。数一数，到底有多少个孩子呢？还真是不算少。记得二十多年前，我曾经在一座山村小学，一个人管理一所学校，一间学校开办着三个年级，三个年级一共就是二十三个孩子，而眼前的男男女女，很凑巧，恰恰也是二十三个，却都是四五岁一般的年纪。一打听，原来他们这里竟然是村子里的幼儿园。讲台上的老师，估计和当年刚从师范学校毕业的我一般年纪，穿着和这栋房子很搭配的衣服，整个脸庞朴素洁净。他没来得及和我们说话，正在微笑地看着孩子们。再打听，他就是本村的苗家人，中学毕业，在村里人的邀请下，留下来在这里教孩子们汉语、苗语和算术。附近原本是有敞亮的学校的，但村民们一再向政府请求，对孩童在村子里读书学双语的这一项传统进行保留。

此刻，孩子们暂时停止了之前的齐声朗读，一浪高过一浪的声音如落进深处的溪流里，河床空落落……也许正是我们这几个陌生人的突然闯入，收割了这一片庄稼一样金黄的朗读声。我们却在为这次长途跋涉的惊喜而雀跃。这一群孩子不就是几十年前的我们吗？距离我最远的角落里的那个男孩，不就是当年的我吗？

接下来，我们开始用手机，换着各种角度地拍照，拍孩子们趴在桌子上的各种状态，也拍讲台上的老师，还有头顶的房子……很快，在朋友圈里就引发热议，一瞬间，几十上百条评论惊呼：这是什么时候的照片？这是哪里的学校？我知道，这一定就是大众眼里的“落后”了，而孩子们说不定就是社会发展到现阶段的“异类”，甚至有人还在大声斥责当地政府不作为，“脱贫攻坚进行到现阶段，哪里还会有这样的学校，如此老旧的桌椅呢？”接下来，有人就打电话这样质问我：“我们从历史中走过来的印记，不但需要有所保留，而且还要适度恢复。”我不断地用当地政府对传统村落确立的打造理念向“围攻”的人做着解释，直到之后的两三天，人言汹涌，朋友圈的事仍然没有得到平息，围绕着它抛过来的话题仍然不绝于耳。

二

走出开办幼儿园的那栋房子，走过拇指到食指的距离，我又开始打量起它周围众多的“邻居”来。从它们整体“衣着打扮”来看，这些房子当然都不是一般年纪。我们一行都在不断地估计着，但我们又没法准确地推测出来，一百岁，还是两百岁？还是更大？我无从得知。一旁的小陈调皮地说，大约是三四代人年龄叠加起来。要是一棵上了年纪的树，采取横锯的方式，除了能获取它满腹的心事之外，最清晰的莫过于年轮记载了，一圈一圈，一目了然。那房子的年纪怎么得来？也不知它们是否有自己独特的记录方式？

跟着我们几个一起走过来的，还有两位本村的中老年苗家妇女，她们本来是在幼儿园门口悠闲地绣着饰品等待孩子放学的，可时间还早，离放学应该还有一段时间，索性就跟着我们走上一程，也许是在窥探我们这一路的“蛛丝马迹”吧，显然，她们保持着警惕，尽管肯定也猜测到我们并不是坏人。

她们穿着颜色丰富而且鲜活的苗家服饰，从上到下，包括头顶，都没有落下一点，尤其头饰，格外引人注目。叙永这一带属多个民族聚居地区，偶尔在哪个村落也都能见到这样的打扮，可穿戴如此整齐，却是不多。只有每年的花山节，她们的着装会更加盛重。她们虽然并不认识我们，倒是很热情，我们不管打听什么，两人都争着回答，就像是义务导游。

这时，我忽然问起这些房子的年纪，她们先是一脸蒙，支支吾吾，接着脸上又相继开出了初冬里灿烂的红花，年纪大一点的那位姐姐说："我爷爷说过，他们的上几辈就已经修筑起来了，这些都是。"她顺手一指，眼底，好几栋楼都齐刷刷地排在那儿，前前后后，高高低低，错落有秩，疏密有致。

对面两栋夹杂在其中的楼房引起了我的注意，我用手指着。一位年轻的苗家妹妹说："当时她们也都是住这种房子，外出打工回来的主人拆除了老房重建了楼房。"同行的乡政府工作人员小陈说："几年前，开始打造传统村落那阵，我们上门做了工作，建议恢复，但对传统文化有些粗疏的年轻人却还有些想不通。"那位老一些的苗家姐姐赶忙接过话头："这次进一步打造，人家已经做好了恢复准备，木房子冬暖夏凉，舒适着呢。"牛在阳光地里啃着再生稻苗，很悠闲的，一点儿也不吱声，脚踩在水田里，水花几乎看不见。以我的经验，水里面是有鲫鱼的，说不定这时候有的就游在牛脚窝子里，享受它们自己的时光。现在光景好，满村子全都在享受着幸福和满足，惹得我都想搬到这"世外桃源"里来生活了。一位广东的朋友在评论圈里说，这地方特别适合弄民宿，回头和罗杰聊了一下，他说："已经安排人做了几次规划，但保持原貌还不够充分，兼顾产业的构想也不满意，必须推倒重来。"

"要么，到我家里坐坐吧。"年轻的苗家妹妹指着高处的那一栋房说，"它才是这些房子中的老祖宗。"言语间流露出几分的自豪。我由此猜测，说不好周围又都是它的"子子孙孙"呢。如此一大片房子，是必然有其根脉的，辈分分明，尊老爱幼，是有传承的，就如同我上次见过的千鸟湖沙包树上的鸟，几百年来一代接着一代，生生不息，紧紧相依。就更别说我们中华民族五千年延续的枝蔓了，走过了无数的岁月，已经早就建立起了属于自己的生态系统，牢固到任何力量都打不破。

小陈说，在这个村落里，还不止即将恢复那一家，前些年，打补丁似的，陆续还修建了几家砖混结构。后来我们一路走着，的确很难见到几栋楼房，大约就有三四栋夹杂在一大片木房子中间。这样一来，随着对传统的保护力度加大，恐怕它们也感到了某种危机存在。不用说，冰冷的钢筋混凝土破坏了此间的协调。也应该相信，随着村民文化意识的逐步提升，自我觉醒、自我保护胜过世间一切人为扼制的良方。别的不说，整个村子所呈现出来的这副安然苍老的面孔就是无价之宝，广阔的中国，容得下现代化，必然也容得下历史和空间里的传统。

可以预见的是，在这海拔约 1200 米的乌蒙深山中，几年之后，川南最大容量水库———永宁水库建成，阳光如此干净、空气新鲜的白腊苗族乡天堂村声名远播。那时候，这里不就成了一块具有“黄金白银”质地的休闲度假胜地？要我说，这方宝地最大的成功也许正是当地政府在这些年的脱贫攻坚中，因地制宜地做出保护和恢复方面的坚持，而这一坚持，不仅留下了村民致富的不竭源泉，而且还会以此为中心带动辐射周边的更多村落和村民，乡村振兴产业也会由此变得热气腾腾，日新月异。

三

“通过自身的努力和一些帮扶单位的支持，白腊苗族乡的蜂蜜产业已经有了一定规模，许多人不断购买，然而数量少仍是个突出问题，供不应求，必须大力发展。”罗杰拿着白腊苗族乡产业“名片”在我们几个人中间不断地“炫耀”，眼见为实，好东西瞬间就被大家感受到了。野花的精华都浓缩在里头，比那些满天飞着的广告里的产品硬朗了许多。

眼前，拐弯处的几栋错落有致的房子怎么看都是整座村子里最为独特的一道风景，迎着风，被阳光温暖着，背景又是绿绿的连绵不绝的山，几只飞鸟掠过，蓝天白云下，周围显得无比悠远。随手拍下来就可以当作杂志封面，拍电影或电视剧在这取景也绝对让人惊艳，如果把刚才陪着走的两位苗家姊妹拍在里面，无疑还会增加更多的生动。房子前面是几株快掉完叶子的树，但挂着许多果实，高高低低，大大小小，透着红，那是柿子。先前在乡政府吃过罗杰递过来的，嘴边还留着柿子的香甜。

树底下面的山坡，斜着一片，一字儿排开的，正是横躺在枝丫上的蜂桶。

忍不住再次把照片放在朋友圈里，几乎没有人能辨识出来。有人又在询问是不是“悬棺”，不仔细看，的确有点像僰人挂在高处的“悬棺”，而当地并不是当年僰人的居住地。据史料记载，僰人当初主要生活在邻近的兴文县九丝城镇那一带，这里出现“悬棺”的可能性较小，它们就是名副其实的蜂桶。从高处一直摆放下来，手边齐额高处，就有一排，数了一下，大约有上百只。我们看见无数辛勤的蜜蜂在飞进飞出，嘤嘤嗡嗡地闹腾着……顷刻间，隐约就感受到了蜂蜜在流淌，时光也在流淌，阳光也在流淌，一切却又都是静谧的。

总体说来，白腊苗族乡的蜂蜜产量都还不多，全乡境内一年估计也就十吨八吨，而产自天堂村这里的就更稀少了，就算再扩展一些，把整个村子可以弄的地方都弄上，也还是增加不了多少。如果在全乡范围内进一步推动这一产业，肯定会增加更大产量，满足更多人的需求，和乡党委书记郭延华聊起这事，他说：“市场有需求，我们正是考虑对路发展，高歌猛进。一个地方，只要有一两根支柱就不错了。”是的，产业不在多，而在精，培育一两根独特的支柱倒是最为恰当。

“在这样的地方，以我的判断，也许适合养羊。”郭延华回答，“说对了，我们有村民在养，茶叶沟、亮窗口这些山坡上，时不时可以看见它们在吃草；落窶河边，也能见到它们在喝水。吃的是山间的中草药，喝的是山泉水，拉出的是六味地黄丸。肉质很好，也很滋补，只是还没大量发展起来，我们同样在努力推动。”过些年，随着乌蒙山“凉仓”产业带上的康养度假小镇进一步形成，蜂蜜、羊肉等无疑都是拳头产品。此刻，我蓦然看见，远处近处这些曾经的荒坡穷岭，已经被阳光铺上了美丽的“黄金绸缎”。

琅琅书声、木桶养蜂、木房子、稻田……阡陌交通，鸡犬相闻。“花力气尽可能保护下来原貌，尽量不要有刀劈斧削的任何痕迹，必须是越老越好，就是要让老掉牙的东西在这里尽可能都见得到，不但要保留，还要花大力气进一步恢复，让更多游客尽可能地感受原汁原味，我们必须把保留和恢复作为接下来整个传统村落打造的底线。”郭延华书记在最近一次讨论会上对即将开始的再一次传统村落打造铿锵表态，“村口之前弄的牌坊都要修旧如旧，就是要达到从它身上照见老祖宗的影子的效果。村口一步跨过去，就如同走过几十上百年，要的就是这种感觉。”

匆匆行走在天堂村，远离了城市的繁华和喧嚣，就如同置身世外桃源，阳光与群山就这样静静地厮守着；脚下带着几分沧桑的弯弯山路，若隐若现地出没在初冬的草丛间，过一段后，一直向山坡上延伸出去，就像是曲曲折折的蚯蚓在地面爬行。就这样，往更远的地方去了。

尽管我们聊着聊着，已经不知不觉地走远了，身后的一栋栋老得不能再老的房子还能看得见，而耳边依然回荡着悠远而旷达的阵阵读书声……

2022 年 12 月 8 日于鱼凫书院

千鸟湖

一

活到这把年纪，也总算是活明白了，这一辈子是忙不完的。最近的两三年时间里，每年夏秋季节，几乎每个周末，我们都会呼朋引伴，直奔乡村大地深处去畅享时光。我们这些人，从小就在乡村深处出生成长，至今脚边还粘着泥土，怎么突然会变得如此迷恋起乡村来了呢？如果乡村至今还是我们小时候的那个破烂样子，也许是真的不想回去。记得刚从乡村出来那阵，还曾暗暗发过毒誓：往后就是撒尿也别对着那个方向，大有一刀两断的架势。

乡村给了我们记忆深刻的苦难童年。那时候，乡村年年生产粮食，却很难让我们一日三餐吃上一顿饱饭，而母亲甚至靠舔我们吃过的碗过活；没有电灯，即使就是做作业，也只能点上一盏光亮微弱如豆的油灯；破衣服、没鞋穿，全靠互相取暖度过大冬天，不只是出现在我们兄弟仨的生活中，邻居甚至整整十岁了还整天光着屁股……所以，逃离乡村几乎是每个人迫切的心事。眼底下，除了一条曲曲折折伸向山外的泥泞路，根本就没任何别的捷径可寻，这样的环境让我们注定无处可逃，甚至让许多人认命，放弃奔向山外的念头，而我却是一个例外，破天荒地考取了城里的师范学校，并且端上了曾经让无数人眼红的“铁饭碗”。

这些年，因为创作需要，我先后深入到大地上的金沙江流域、大渡河、赤水河沿岸等地区无数的乡村采风。说实在的，以我所见所闻，如今的乡村生活真是让我们这些久居城市的人羡慕得要死。不要说远了，就拿老家村子那些曾经穷得叮当响的邻居来说，单从他们的住房，就绝对比我们住在城市里悬在半空的“火柴盒”要敞亮舒适不少，两层、三层的楼房，高大气派；而且周围的环境也要比我们住的小区还要好，空气清新，景色宜人。“采菊东篱下，悠然见南山”，春日花团锦簇，蜜蜂嗡嗡；秋来果实累累，鲜香扑鼻……从身边的大地上，随手摘下两条黄瓜，掰几个玉米棒子，放进锅里煮着，让人食欲大开，不知胜过城市餐馆多少山珍海味呢。

也就是最近这几年，每到夏秋季节，距离我居住的叙永县城大约40公里的摩尼镇仙草湖总是格外拥挤，而且，我们县城的人还不是这些“候鸟”栖居者中的主体。早晨黄昏从田埂地坎或是湖间小径走过，三三两两结伴，打趣声飘过耳畔，稍加辨别，大多是重庆、成都、泸州那边的口音。曾几何时，这方四川盆地与云贵高原连接处的田园湖泊竟然成了他们栖居的家园呢？他们从高铁、高速一路飞奔过来，一下子就扑进了这方绿水青山里，扑进了相对原始的自然里，吸取山川灵气，日月精华，养精蓄锐。

据我分析，他们之所以选择这里，大致是有这么几个原因，一是得天独厚的海拔高度酿造的21℃夏天能让身心非常的愉悦；二是车程距离不远不近，来去刚好不会太劳累；三是相比于周边别的一些地方，这里的康养基础已经基本具备，还需要进一步完善；余下还有一点其实也至关重要，别忘了它是既可享受山也可以领略水的好地方，晨曦中，夕阳下，还可以野钓几竿……

要说，我们几家人也是够忙碌的，上班的上班，做生意的做生意，还有奔波不完的琐碎事……眼下这个年龄阶段，离退休又还早，而手里的事情也丢不下，再则也没必要每天只顾着玩乐享受，偶尔修整倒是很有必要，于是我们就逐渐形成了周末放松的共识。刚一开始，我们只是把修整放松定位在周五晚上约起在城里或是顶多城郊找一家可口一点的餐厅聚聚，大家开怀畅饮，喝上几杯，再搓搓麻将或是唱唱歌，周六蒙头大睡一上午，窗外的蓝天白云在这样的日子根本就不是我们的。

如果仅此而已，生活根本就谈不上有多少质量，生活不求质量到底有多少意思呢？大概也就在最近这两三年，我们也开始学着外面的那些人，渐渐把周末的休闲放松选在了乡村。重庆、成都、泸州那边朋友热爱的仙草湖，同样也不知不觉被我们喜欢上了，这方“近水楼台”也就毫无悬念地成了我们每年消夏度假的“乐巢”。上周末，经历连续十余天高温炙烤之后，被空调吹得四体疲软的几家人便携家带口去仙草湖住了两日，那份惬意，真的让我们越来越舍不下这些乡村了。

人还是讲究新鲜感的，不能长久蛰伏在某一个地方懒散了自己，总是随时希望能在周围的大地上发现一块“新大陆”。位于古蔺县观文镇的千鸟湖是最近身边一些朋友不断推荐给我们的，他们还说那里是鱼的世界，鸟的天堂。以我的理解，千鸟湖和仙草湖一样，除了承担着当地人畜饮水和灌溉的重大使命，也还兼具康养避暑经济发展的重大功用。

二

千鸟湖这样的好去处，照理早该前往了。这个周末，循着导航，几家人立即就迫不及待地驱车过去。不巧，沿途车遇堵塞，一辆运载修建机具的车过于庞大，在前面如蜗牛爬行，超车无望，我们整整比预定迟到了二十分钟。这样的速度中，我不断从车窗向外望去，眼底的绿水青山让我无比喜欢，山青翠欲滴，水潺潺流淌，山雨不会在这时候到来，所以整个天空一片明亮。

在接下来的千鸟湖寻访过程中，我站在几个不同角度，迫不及待地随手拍了一些照片放在朋友圈里。除了点赞，竟然有不少朋友在问，什么时候去的千岛湖？回答是，这千鸟湖并不是浙江大名鼎鼎的千岛湖（即现新安江水库），而是位于古蔺县观文镇的一座还不为更多人知道的高山湖泊。据了解，它是最近才命的名，之前叫观文水库，同样也是20世纪六七十年代国家重视水利建设时期的产物。它的水量是在最近几年经过科学论证才有了记录的，据观文镇党委书记张家友介绍，它的湖容积目前已经达到1338万立方米，相当于叙永仙草湖的四倍，贵州天鹅堡的八倍；即将建设完工的环湖公路长达20公里，是目前泸州范围内最长的环湖公路，是举办半程马拉松的绝佳场地；明年6月就将峻工通车的成贵高速古金段互通就在它的大坝跟前……人虽还坐在镇政府里，听着他们滔滔不绝的推介，我的心却早已飞到了这方富有灵性的山水间。

我们一行人匆匆品尝了当地朋友捧出的合江带绿荔枝之后，就在观文镇党委书记张家友的带领下出发了。原以为这就是奔着千鸟湖而去的，不料却在途中去了另一个地方，原来张家友在附近的农家安排了午餐。中午的饭菜，已经让我领略到了当地的稻田鱼、羊肚菌、丫杈猪腊味等特色食物。正午时候，阳光很强烈，同行的朋友建议先找个宾馆休息一下再过去，可我却早已经等不及了，提议现在就赶过去，在千鸟湖边就近找地方休息。我在想，到时候，他们休息，我就可以直接到湖边欣赏美景了。此时此刻，千鸟湖对我有着巨大吸引力。

之前单纯地从照片看，就知道它的范围很广。绵延在大地深处的崇山峻岭间，许多山都在它的范围内，所形成的一系列的岛屿，估计到目前还没有人认真数过，也许数也数不清；水域也从各座大小岛继续纵深铺开去，有些地方大约是人迹罕至，也许却是动物们的天堂。我猜测，无论站在这块大地之上的哪个地方，都是不能窥见其全貌的，除非是坐直升机在空中鸟瞰。果然，即使站在观景台的最高处，也只看到整个湖的多半部分。眼底下，横着的跨湖大桥，如同长虹卧在波涛之上；远处机械轰鸣，正在修筑高速路；茫茫的水域，如同一块蓝色玻璃……果然有些地方仍然停留在想象之中，目光之外。然而，陪同我们的朋友并不甘心就此打住而留下遗憾，于是又带着我们马不停蹄地奔向各个角度。如此几个回合，见到的部分叠加在一起，差不多就能在我们的脑子里勾勒出千鸟湖的全貌了，但这还是局限于远看，也只是轮廓，真要看清它，确实是需要时间和空间的。

于是，接下来，张家友又带着我们把车往低处的环湖公路上开。一路走走停停，所到之处，都在热火朝天地改造民居民宿、餐饮场所。每到一处，其实都在无声地给我们展示出他们未来强大的接待能力。显然，这一切都在为千鸟湖有朝一日向世人揭开神秘面纱做着充分的准备。可以看得出来，也许就在昨天，深藏在千鸟湖周围山间的四个村子都还是沉寂的，它们无一例外都是深度贫困村；村子的那些贫困户就散居在四处，为吃穿等基本生计问题天天在奔波忙碌。为了帮助他们打赢脱贫攻坚战，前些年，当地政府没少花心思和精力。在接下来的乡村振兴中，在各级政府的大力支持下，凭借得天独厚的康养条件，他们已经悄悄插上了“借地生财”“借湖生财”的翅膀，村民们更加美好的生活指日可待。不过，即使有了如此强大的支撑，比起住在沿海一些地方的居民来，他们仍旧是广阔大地之上的穷人，但在当地，他们一定很快就变得非常的富裕。我们必须得承认，在这么大的国度，不同地域，还存在着不可否认的差距。

毕竟我们这次就是奔着千鸟湖而来的，在没彻底搞清楚之前，也就是说，在传闻中的万只鸟依附的那棵树还没出现在眼前之前，我一直都在期盼着下一刻赶快到来，期盼能尽快见到它的身影。据说，在那里，树是鸟儿的家园，鸟儿是树的子孙，生生不息。鸟儿让树的生命更加多彩灿烂，树为鸟儿提供着庇护和温暖，树和鸟儿相依为命，谁也缺不了谁，蓝天白云下，它们在彼此的依存中度过年年月月，鱼跃湖面，鸟飞长空也因此而更加和谐。

我们的车在环湖公路上继续跑过一段之后，在陪同朋友的指挥下，停靠在了路边。正好旁边一栋民房改造的民宿已近完善，一些人正在忙忙碌碌地做着最后的卫生清扫和庭院绿化。据说是 7 月 25 日就要开业，他们铆足了劲儿，打算抓住今年避暑的最后一波“候鸟潮”，争取回收部分投入成本。见我们下了车，立即就有个精明的年轻人迎上来和我交谈，几句话下来，他们又感叹：“要是赶在今年‘五一’节开业，说不定到现在已经赚得盆满钵满了。”当听到他介绍这座建筑已经由一个有名望的文化人取名“观鹤山庄”时，我大胆猜测，那棵前段时间央视持续关注的“数百巢、千种类、万只鸟”栖居的大树一定就在近旁了。果然，我才一侧身，就见了它。它并不高大，更不威风，甚至感觉有些沧桑，树干、树梢都有些憔悴。在外面已经有着这么大名声的事物，居然一点也不张扬，真是低调得让人佩服，我们是不是也该学学这棵树对待生活的态度呢？我倒是希望往后自己就是它的学生。

这是一棵几人方能合围抱住的朴树，当地人称“沙泡树”。树身高挑，隐隐透出几分伟岸与帅气，头顶上擎起一把足可以为数百人遮阳的“大伞”。在环湖公路旁，稍一挪步，我们就已经站在它的树荫下面了。踮起脚，仰起头，稍加辨别，就能发现无数个鸟巢就在枝枝蔓蔓间，高高低低，错落有致。后来，又在朋友的带领下，有意站到稍远的湖对岸，才发现树顶上居然站立着无数白的、黑的、灰的大大小小的鸟儿，估计至少也该有上千只。不过，这不是最多的时候，最多的时候，那才叫多呢，别说数目，就是种类，也不一定数得清楚。一位当地村民凑过来进一步向我证实道：“这时候还不是枝头最热闹的时候。鸟儿飞出去的真不少，您看看，我手指的远处近处湖面上，那些或飞或停的，夜里多半都是栖居在那树上的，早晚热闹得很。而且有许多种类呢，可能有几百上千种，肯定是罕见的万鸟同居一树。”鸟的子子孙孙们，多少年都依附着这棵树生活，它们就是一个鸟类的大家庭，默默地向我们透射出和谐团结。这在外面人看来，确实是一大奇观，而当地人却早已经是习以为常了，每天一睁眼就能见到。

站在这里环视，远处近处，山倒映在水中，水中映着蓝天白云，鸟儿歌唱此起彼伏，湖中鱼儿频繁跃起，与鸟儿嬉戏……单是眼前这些美好事物构筑出来的图景已经让人流连忘返了，更何况在这里还有流传甚广的红军故事、历史文化故事。张家友告诉我，根据这些自然和人文景观，当地正在沿着泸州市做特“南翼”的发展战略，抓紧围绕着“一树一天堂，一湖一世界，一庄一历史，一阁一文化，一坊一故事”的思路，夜以继日地赶在高速路贯通之前进行全面改造。

一旦有机会，谁又会不抓住？

三

如此这般神秘而又有趣的千鸟湖，就算是路途再远点，也同样值得期待，不来，恐怕这辈子真是要把肠子悔青。正在修建的古金高速路通达之后，从重庆、成都、泸州过来，其实也不过就是踩几脚油门的简单事情。

和陪同我们的张家友书记聊起，他表示，为了让千鸟湖有足够的游客黏性，当地党委政府首先就把吃的、住的摆在最重要一环去规划落实；而且还把恢复具有四百年历史的文昌阁，国家级文物保护单位观文云庄四渡赤水战斗遗址等一些历史遗迹和红色遗址建设作为同等重要的工作加以推动；除此之外，我们又在种植养殖上下大力气狠做功课，丫杈猪、稻香米、稻田鱼、羊肚菌……这些都成了当地乡村振兴产业的名片，而且也逐步建成了基地，并且已经有了一定规模。到时候，来到这里，不但可以体验、品鉴，也可以购买带回去享用。说话间，一高一矮，一前一后两个小学生模样的孩子紧跟着我，正在耐心地等待着我买矿泉水。在这样的地方，什么时候口渴了，伸手就能买到水喝当然还是很开心的。同样令我感到吃惊的是，不知何时，商业意识竟然已经悄悄唤醒了这些深山之中甚至还很年幼的孩子。谁能说得出来，这到底是好事还是坏事呢?

无疑，随着交通改善，千鸟湖必将成为叙永仙草湖、贵州天鹅堡这样一些潜力巨大的康养休闲度假网红打卡地，而且说不定还要更加火爆，尤其是它的文化，格外有价值，稍微挖掘，肯定就是巨大的亮点。我随口向张家友打探，说不定有精明的商人早已经在这里谋划房地产开发的事了。这时，我们正好站在观景台的对面，张书记说：“当初就有人提出要在这一片搞开发经营呢，观景台当然各方面条件都很不错，但他们肯定是不会同意的，包括湖区范围内其他地方也不会考虑这样的项目，守土有责，守土尽责，哪怕一寸土地都是金贵的，土地是人类的命根子。当然，他们也会充分利用好民房的改造使用，尽可能把民房都变成‘下蛋鸡’‘生钱鸡’。”

在我们接下来的交谈中，他们到底还是担心因宣传不够或者其他原因达不到预期的效果，毕竟前期还是花了很大资金建设的。而我担心的，恰恰又是到时候人们都在拼命往这条路上赶，把这里变得太拥挤，无意间错把天然的康养度假胜地变成了一个也许并不称职的旅游景区。据我所知，周边一些地方，已经为出现这样的情况开始反思整改了；在更大的范围内，这样的情况早已经不是什么新鲜事了。要是因此突然间打破了千鸟湖昔日的宁静，吓退了长久栖居的千万只鸟儿，哪怕想想都是非常可怕的事。

千鸟湖如果有朝一日失去了它的鸟儿，也就是说，那棵树失去了它的日夜栖息的子子孙孙，那绝对就是它所不能承受的致命打击，这就等同于一个生命在瞬间缺失了心脏与灵魂。因此，必须要像保护我们的饭碗一样保护鸟儿们在这棵树上的巢穴，鱼儿离不开水，鸟儿离不开树。要我说，这种地方保持长足发展的最好状态，也许正是山、水、树、鸟、人相互融合，巧妙地绘就一幅和谐一体的山居图，朝晖夕阴里，湖水静卧，人鸟嬉戏渔歌起，湖光山色惹人醉。鸟儿倦了就飞回树上，树时时刻刻静静地等待着鸟儿飞回。

晚上，我们在湖畔的民宿里畅饮，酒过三巡，走出门坐在院子里聊天。很遗憾今晚没有月亮，眼底阔大的湖就隐没在这浩瀚的夜色中，早已不见了一丝一毫的踪影。我想，下一次过来，说不定正好是月朗星稀的夜晚，那肯定又会是另一番景象呢。我是依山傍水出生并长大的孩子，是身为农民的父亲做足了功课的、不含任何添加的“山水之子”，泥土做的骨肉，溪沟做的血脉，爹在村子里，月亮在天上，他们又都是距离上的长辈……习习凉风中，一阵接着一阵的蛙鼓，如潮水般从附近的稻田里奔涌过来，顷刻间就淹没了我们的畅谈和笑声。稻花香里说丰年，听取蛙声一片。不用说，千鸟湖畔的粮食丰收已成定局，在这里，饭碗里是有保障的。

这个时候的千鸟湖，带着又一天迎来送往的疲惫和上千亩农田灌溉留下的劳累，静静地躺在大自然的怀抱里，由鱼儿和巨大水体陪护着，熟睡了；鸟儿在树梢低语，树在静静地聆听，此时此刻，我想，我完全可以忙里偷闲，做一棵牵挂着千鸟湖的水草，潜入到它的深处，倾听它一阵又一阵的鼾声。

2022 年 7 月 25 日于观文千鸟湖

长江从家门前流过

我们居住在川滇黔三省交界处一座叫叙永的小城里，河流在当地人称为扬武坊的地方汇聚并回旋成第一道湾。对于水，湾最能体现力量的汇聚和蓄积。经过这道湾，再流出去，水就有了另一番模样和景象。当年，开国上将傅锺就是从这里的永岸码头出发，远赴欧洲寻求救国救民真理道路的，这在他的《征途集》里有记载。我的家就在这道湾里的小高层楼房三楼，家的周围，近年建造了好几幢高层，生活在对城市森林的仰望之中，日日进出这里，白天看流水，夜晚听水声，不喧哗，恰到好处。

很多时候，我都喜欢呆呆地望着窗外这条河，琢磨它从哪儿来，要往哪儿去，也琢磨我从哪儿来，要往哪儿去，以这种方式来打发着无聊的时光。时不时总有人问我，它从哪儿来，我回答赤水河。可永宁河怎么又是赤水河呢？赤水河是一条英雄的河，当年毛主席最漂亮的一笔“四渡赤水出奇兵”，就是在这里用胆略写下的。而永宁河，远远没有这般响亮的名声。如此想来，我也是个爱慕虚荣的人，或许就是在贪图赤水河的名声。其实，他们的源头都出自一个地方，那是乌蒙山间最寻常的天地，或是一口井的漫溢，也或地下溶洞里潺潺流淌而来，又或是从山上下来的雨水，汇入不同的流……他们最终又都汇入长江。永宁河在纳溪入长江大流，赤水河在合江汇聚入磅礴的长江，且它们都是长江的骨干血脉。

永宁河从乌蒙山余脉下来，从叙永境内的后山镇和白腊乡的无名山间一点一滴融入底部，这时，它们连溪都还不是，就是山的低处，水的汇聚。我试着找寻过无数次，在野花野草间，看见永宁河来路曲折，不断壮大，鱼儿嬉戏畅游，听见水声起起落落，经过急流险滩，逐渐带来了气象，在叙永县城东和城南，各自有了一定流量和规模的时候，双向奔赴，汇聚成了人们叫了无数年的永宁河。在各支流最初交汇的地方，叫定水寺，寺里的鸿钟，相传以早晚水声代替，可见那时水声不一般，很有气势。

叙永这座城正好就是这两条河一路奔腾而成的，到了这儿，它们就和县城紧紧相依，如同肌肉和骨血组织在一起，然后它们又与东侧的雄浑丹山，西边的秀美人脚板山结合。山有水显生机，水有山显灵气。如此生机灵气的地方，必然有城，没有城说不过去。有了城就有了繁盛的烟火和黎民百姓的喜怒哀乐，世世代代，生生不息。喜欢叙永的人，或许正是被这生机和灵气的结合吸引。当年西南联大在叙永建立分校，也许正是这样的自然环境说服了上层，说不好又是历史的底蕴抓住了他们的眼球。而在我看来，更应该是两者的叠加，有生机灵气和历史血脉，自然留得住文化，也留得住文化人。许多人都因为毛主席的“乌蒙磅礴走泥丸”而知道乌蒙山，但很多人或许并不知道高过乌蒙山许多的又是西南联大叙永分校，它的光芒至今闪耀海内外。早晚，一群群的人，日日走过上桥、下桥，他们看来，桥面和水泥路面没有多少不同，而且远不如宽敞的街道好走，他们却不知道在这坑坑洼洼间，高高低低里，历史正在回响。

位于叙永县城的永岸，与仁岸、綦岸、涪岸，并称为四大盐岸。永宁河在若干年前是可以行船的。那时，船从长江逆流而上，至这里停泊。上上下下，影影绰绰，来了又去了。不管送别还是迎接，把叙永弄得异常热闹。据县志记载，这里曾经居住着三十万人口。前往云贵的盐多是搭载船而来，在这里上岸。许多人又从这里背负着，一路风餐露宿，向更艰难的深山野岭走去。贩盐的生意人，据说多是来自陕西，他们在这里建立了据点，指挥着长途漫漫的艰辛，并在此享受着无边的安宁。他们信奉关羽，于是建造一座巨大的春秋祠，把关羽放在中心位置。这样的不经意间，悄然把叙永的文化垫高了许多。仅凭这，就足够叙永享受四川省首批历史文化名城的称号，何况还有一河闪闪的灯火，辉映着历史。县志的字里行间还闪耀着波光粼粼与渔歌唱晚，尽管撒网垂钓的人早已远去，但一切毕竟曾经存在过。

前些年，永宁河差点就干涸了，那段时间的水真的比人的眼泪还要珍贵，仿佛狠心把手伸进去掬一捧水，河就完全干了，只留下空落落的河床。怎么会落得如此惨烈呢？这是因为上游矿山企业的污染，还有森林的过度砍伐，导致草枯树绝，水土严重流失。从那时起，船在永宁河汇入长江口处搁浅了，永宁河再不闻纤夫吆喝，渔帆点点。我们真的都不敢再相信它是一条曾经波澜壮阔的河，而它和其他无数长江上游细流的枯萎衰落，直接导致浩瀚的长江也瘦了下来，看起来是那么的苍白无力，一副病态。

永宁河发生巨大变化，确切应该是在“把修复长江生态环境摆在压倒性位置，共抓大保护，不搞大开发”精神落实之后，而且具体的保护力度一年比一年更大，保护从每一条细流开始，从一草一木加以落实。功夫不负有心人，终于换来了如今的气象。如今的长江，不但水量有了提升，而且水质也有了改善。

我们仍然在日日夜夜渴盼着永宁河再现曾经的波涛浪涌，至于船帆何时又能抵达永岸，也许是不久，也许还要坚持治理多年，久久为功。家门口，据说正在规划永岸的重建。到时候，倘若船帆真来了，站在窗前，是能看见的，过去的那些拉船的乡亲，他们奋力拼搏的情形，如今只有在鱼凫古街的雕塑里才能得见。他们总是让我热泪盈眶。眼下，我们能真切感受到的是，永宁河的水正在日渐丰盈起来，河床上又泛起了大大小小的波浪。行走在城里，是隐隐约约能听到水声的，而人的身体也在水声中，不知不觉地滋润起来，活泛起来，疲惫也随之消失。如果往河边走走，你定会见到河流的清澈，索性又记起去年冬季，数千只红嘴鸥在上下桥的河滩逐水而居的热闹；今年春天，扬武坊桥下，成群鲤鱼力争上游的欢跃。

想当初，正是永宁河带着我走出去的。她向北而去，流出江门峡，奔腾呼啸，在泸州市区纳溪境内汇入长江；我步入不惑之年，向北而去，走出江门峡，有幸去到了中国自然资源作家协会，成为一名驻会作家。恍惚间，已经过去了十年。这期间，我一直认为，我和门前的流水应该是除了喝着她维系生命还存在着某种联系。这些年，我一直在思考这到底是何种联系，时至今日，终于还是未能理解彻底，这可能需要走出更多更远的路才能明白。

她叫永宁河，唯宁而永，叙写永宁。滔滔河水流淌在漫长的时光里，永远安详宁静。永宁河是位于长江上游左岸的二级支流。我第一次见到长江时，内心是震撼的，永宁河与长江相比，真是渺小，是小巫见大巫。然而，在我心中，永宁河就是长江，是长江接纳了永宁河。不容置疑，长江是由无数细流汇聚的，永宁河就是其中之一。以细小而汇聚雄壮伟大，它是至关重要的一分子。长江有多少如此细流，九千九百九十九？一路往前走。也许之前只有我觉得永宁河是长江，而长江自己更知道。长江远，长江近，身边就是长江，长江从我身边流过，长江从我家门前流过，门前流着长江水，这样想着，不知不觉就多了几分孩子对母亲的敬畏。

如今，从家门前流过的永宁河，一路奔腾，一路欢歌，日夜为滚滚长江贡献宏大与气势，诉说着乌蒙山喀斯特地貌区绿水青山的来之不易。

2020 年 10 月于叙永鱼凫书院

遥远的巴中

一

我对自己说，最该去一趟巴中。二十年前，我曾经到过巴中，游故地，熟门熟路地踏访着一个陈年的梦境，但那时的一切却已经很模糊了。机会总算是来了，恰好这次四川省自然资源厅安排“系统作家写系统故事”的采风创作活动安排了这一站，人生的岁月里的有些事总是那么凑巧。

临走时，领导就叮嘱，到巴中去吧，他们整合自然资源各项政策推动脱贫攻坚得到国务院的肯定，以专项文件加以推动落实，这在四川省内是首例，在全国也不多见。

在我的记忆中，巴中那是个很遥远的地方，尽管我当然知道它属于四川省管辖。从成都过去的距离，已经查询过好几次，其实也就是三百多公里，但在我的脑子里，偏偏认为它比穿过几个省才能到达的深圳还要遥远。

深圳近，巴中远，是什么原因导致的呢？这话说起来，我好像又是那种嫌贫爱富之人，富裕的深圳在眼里再远也是近的。

我是文人，也是清贫入骨，说巴中远的看法，明显就是自己瞧不起自己，但是满世界的人好像都是如此。《增广贤文》中讲：“贫居闹市无人问，富在深山有远亲。”

谁叫你那么穷呢？而且巴中在四川地理位置上，确实相对偏僻的，至少比同为国家重点集中扶贫连片开发的泸州市、宜宾市要偏僻。继续从南充往东北走，驾车的谢师傅说，走到四川往东北方向的底，差不多就到了。

一路上，我一直在想象着这些年巴中的变化，脑海里偏偏不断闪现出穿着旧军装的父亲，总感觉革命老区巴中和父亲有着某种联系。他是老区，父亲是老兵，都是一副威严者的模样。父亲任何时候只要穿上军装，都是军威犹在，神圣不可侵犯；巴中老区，绝对不会自甘落后的，深入进去走走看看也就知道了。

二

车载导航提示，已经接近目的地，突然间就觉得自己这几年一直都在边城叙永的“井底”里安静地坐着，还不断把眼睛向下瞅，沉醉于眼底，连井口都不太愿意张望，好像整个世界除了自己，就没别的了，自己独大。

我根本就不敢相信，脱贫攻坚这一场硬仗打下来，许多巴中这样的贫困地区早已不是昨天那副穷酸样子了。这次出来，才走到南充，就已经开阔了一番眼见，城市农村，今非昔比，中国的变化，尤其是农村的变化，在行走之间更能感受。

蓝天白云下，高楼林立，现代气息扑面而来，就像茂盛的竹笋，此起彼伏……真不敢相信高速路下去，这座城市居然就是我想象中遥远的巴中，高速路让我们这么快就到了。我明知故问谢师：“这是哪里呀？”他答：“巴中呢。”这是巴中？在后来的几天采访中，我亲眼感受了巴中城市连着乡村一体化融合发展。

国家的一头是城市，一头是农村。巴中，两头相对比较平衡。尤其是农村，看过之后，我是十分惊讶的。这里的农村，在脱贫攻坚摘帽后，无论走到哪里，都有让人喜欢的理由，这些年它翻天覆地的变化，大家都是有目共睹的。

大巴山中的农村，和我的家乡乌蒙山中的农村，一样漂亮，水、电、气、通讯、交通已经完备。随手一拧，水、气就上来了，公交车也通达曾经很偏远的许多村子里。在通江县长兴村，88 岁高龄的李奶奶告诉我：“这么好的环境，这么便捷的生活，估计我可以活到 100 多岁，真的是享受啊，这样的日子，以前以为还要下几代人才可以实现，没想到来得这么突然，幸福来得这么快。”

看来，之前我是真的深深地误解了巴中，把它当作什么了？巴中今天的发展变化，只要抬脚抬眼都能感受得到。采访结束离开之前，我明确告诉陪同我的师弟马驯川，我还会来巴中，我已经喜欢上了这里城市的干净利落，还有乡村的宜居宜业。他竟然和我玩笑说：“师兄，要不，给您找个农村有房有车有业的美女，把您‘嫁’了，您在这边写文章宣传我们的家乡，我们又多一名作家市民呢。”马驯川毕业于巴中师范学校，现供职于巴中市自然资源和规划局；我毕业于叙永师范学校，都是一代师范生。他比我迟两年进师范学校，我就叫他师弟，因为爱好文化，他乐意和我这个师兄交流，而我也从这位大巴山汉子工作中的一股子劲儿，略略感受到了巴中干部队伍能吃苦的精神面貌和勇往向前的巨大力量。

巴中的明天，必将再次让世人刮目相看；巴中，在脱贫攻坚中，一步跨越千年的奇迹会在接下来的乡村振兴中再次谱写绘就。绝地超越，择机出击，弯道超车，已经不再是神话。他们在脱贫攻坚中的超前规划落实，让全市乡村振兴不知不觉地走在了全国前列，让人意想不到又在意料之中。我一直很吃惊，是有高人在暗中点化了他们？还是冥冥中有哪位大神赐予了力量？

那是20世纪90年代末期，我在乡镇工作，单位组织出去学习，我到过一次巴中。那时，除了在恩阳、南江一些农村乡亲家里，冒着热气的整个土豆当主食的记忆深刻以外，最记得的就是这句在巴中干部群众中流传很开的话——宁愿苦干，不愿苦熬。在巴中，这句话可以说是家喻户晓，妇孺皆知。而这句话，一开始极有可能就是某个大巴山汉子在有上顿无下顿的日子中晒太阳时琢磨出来的，饥饿出智慧。

这次去，说是为寻找这句话的由来而补充完整篇文章也算得上。我的眼睛在不断地探寻，我想，当年的那些墙头墙尾，应该还能找得到吧。并不寻常的事物通常都停留在不经意处，真理有时就闪烁在草丛中。

人们记忆中的四川东北死角——巴中，被外界说成是最容易被人遗忘的地方，事实上，它也一直在努力地证明着自己的存在，而且正在一日日强盛起来。街巷之间，由于发展红色旅游的需要，“赤化全川”这样的红色标语还可以看得到，而且大多被粉刷一新了的。旧点也许更好，毕竟多一些年代感。

20 世纪 90 年代流行在巴中城乡随处可见的“宁愿苦干，不愿苦熬”已找不见，不见踪影，包括当年写标语的低矮泥墙也已不再。我忍不住对着巴中市自然资源和规划局机关党委书记李新泉感叹巴中这些年的变化，更相信能从他的嘴巴里掏出点什么。

老李是 20 世纪 80 年代的乡镇干部，先后做过两个乡镇的党委书记，一见面，他嘴边的话并不少，而且都是干货。我估计，在他的心底里，一定会留存着我所寻找的“宁愿苦干，不愿苦熬”这句话，说不定，他就曾经用石灰在恩阳或是巴州区的哪个显眼的地方书写过。

他写得一手好字，而写得一手好字的人，在那个年代，谁还没写过墙壁或田坎标语呢？

三

还没放下行李，我就向李新泉书记打听，巴中所辖通江、南江、巴州、昌平、恩阳五县区中，哪个地方最有亮点，最有看点？自然资源部门做出最大贡献的都有哪个区县？

他介绍说：“巴中市是秦巴山片区区域发展与脱贫攻坚三大区域中心城市之一，所辖三县为国家级贫困县、两区为省级贫困县（区），贫困面积大、程度深，通过这些年的努力，要说亮点、看点，每个县区都不会让你失望。除了甘孜、阿坝、凉山，川内就数我们条件最差了，虽然多年一直掉队在最后，但人穷志不穷。任何时候得把精神鼓起来，奋起直追，别人可能是百米冲刺，我们是从 20 世纪 90 年代起就一直在日夜兼程。

“去看看吧，巴中今天的巨大变化，应该说是我们在一直努力基础上，重点抓住了这几年脱贫攻坚的关键机遇期，在国家、省里的大力支持下，上上下下，一鼓作气。在这段时间里，我们跑出了加速度，打出了漂亮仗，拳拳有声，招招发力。而我们自然资源和规划部门也是凭借着自身职能和政策的优势发挥了巨大作用，效果非常明显，可圈可点、有目共睹。”

我说：“您的意思是，都干得不错，对吧。”他一笑，表示了默认。他也许并不知道，刚才这一番说话已经引起了我浓厚的兴趣。

根据以往的经验，无论去哪个地方采风创作，主人家肯定就是想端一盘好菜出来招待。这位老兄，到底是自信还是在忽悠？我之前了解过，几个县区中，最贫穷的地方还是通江和南江，在五县区范围内，毕竟客观存在的，还是要更偏僻和条件差些。通江是当年红四方面军在川陕建立的苏区首府，以传统农业为主，多产银耳，受制于生产条件和规模等，未必能靠卖银耳实现增收致富目标。

我向他提出："那我就去通江看看吧。"李书记爽快地说："正好通江也是我们局里的帮扶县。行，这就安排。"

巴中到通江，高速路已经开通，另一条直达红四方面军川陕革命根据地红军烈士陵园（原名王坪红军烈士墓）的高速即将开通。

二十多分钟，我们的车就如一道闪电抵达了通江县城。记忆中的二十多年前的城市身影，早已泥落于历史的烟尘中。街上的各色车辆匆匆忙忙，市井间的业态发展也还不错。同行的朋友张荣兄告诉我，县城的经济比较平稳，房产需求还在增加。穿街过市，感受宁静与祥和。

县城，确实是端得上桌子的，我算不上挑剔的食客，即使再挑剔的食客，见到这样的美食，也会夹上几筷子满足口福的。当年无比贫穷的革命老区县城，虽然还不敢和东部地区的县城相比，也不能和内陆地区基础好的县城相比，可当地的民众，一定又感受到了它的巨大变化。张荣兄告诉我，这些年，通江县城的人居环境确实改变了许多，就是十年前和现在比较，也是天壤之别。我打趣他说："您吃过整个的煮土豆没有？"张荣兄回答："那时候，能煮土豆吃算是过上等日子了，还发生过饿肚子的事呢，县城里能煮着土豆吃也很开心啊。"

一路上，我们都在讨论着过去，脑子里不断掠过一幕幕历史进程中的剪影，我 20 世纪 70 年代初出生在偏僻的乌蒙山地区，6 岁之前没有衣服穿，光屁股；10 岁之前，母亲时常在耳边提醒，青黄不接的三四月，小心饿肚子；20 世纪 80 年代末，我考上了县城的师范学校，端上了铁饭碗……暗自比较一番，巴中这边，确实比我老家可能还要贫穷一些，我们在奔向小康时，他们还在过着苦日子。张荣兄说，1990 年前后，恩阳还有人家把野菜当主食，而且恩阳比通江条件是要好些。现在已经没有多少差别了，全市一体化发展，通江变化还要更大些。

四

说话间，我们的车已开进了一个村民聚居点，这是同时享受了易地扶贫搬迁和土地增减挂钩政策建起来的聚居点。虽然不如县城那么热闹，但外在形象看起来并不比县城差。

这些年，许多地方的县城，都喜欢把房子往云端里修建，一座小小的县城，二十八层的高层数不胜数，之后又建了突破到三十二层的新高层，还要继续上去吗？人比鸟儿睡得还要高，即使再牢固，心也是摇晃的，毕竟人不是鸟儿啊。住在这样的村子里的小洋楼里，可就不一样了，顶多也就是两三层高度，安稳，睡得着。

后来我和住在这里的老张在院子里聊开了。他问我："您首先在这村子走一圈没有？如果没有，我跟您说住着舒适，您肯定会觉得我在撒谎，但的确又很舒适，亲口尝梨知滋味。"说话间，不远处的水塘里，几只白鹭亮翅飞起，然后落在了另一片明如镜子的水塘里。

恰好遇上村级换届选举，大家都行使权利去了，我在张荣兄的陪同下，迫不及待地整体感受了一下村容村貌。随处挤入我们眼睛的是，别致的独院，古色古香的围墙，青石板步道，院子向外透射出来的传统文化气息，紧靠院落的碧绿菜地……手机举起，随便一拍，差不多就是一幅可以布展的水墨画，谁也不敢相信，这是脱贫攻坚在川东北最偏僻角落绽放的春和景明，连我自己也怀疑是自己的眼睛骗了我。

转悠的过程中，一个川北典型民居风格的四合院吸引了我。疾步走去，一位上了年纪的老奶奶迎面走过来，神态安详，脚步沉稳。这是我们在村子里见到的第一位村民。老奶奶说："她之前居住在村子的半山。儿子、儿媳，孙辈都外出挣钱了，放心不下，恰好村子里在这边搞土地增减双挂钩项目聚居点，修了这样的四合院。干部上门动员她们家的老房子折价拆除了，补了两万块钱就有了这套房子，而今，老房子那儿已经变成了耕地，种上了庄稼。儿子他们拿点钱装修了一下，她就住进来了。这房子舒适就不说了，主要还是有病有痛的时候，隔壁邻居还主动照顾她，给她弄好吃的……"

这时候，我们就站在两片开阔的水塘边注视塘面，时不时环顾四周。水面不断有鱼儿跃起，荡起一圈圈波纹，鱼水互乐，自然和谐，宛如人间仙境；

四周青山绿水被阳光推到眼底，又铺展开去，如置身浩瀚的绿色海洋，瞬间整个人有了醉氧的感觉。身边偶尔有几朵小花开着，春意被它们弄热闹了，来了几只小鸟儿，又增加了几分热闹。

我惊讶于景色，索性站立着不走了，却被张荣兄催促着往前走，说不定还有什么更好的乡村事物在前面等着我呢。

果然，才走了几步，产业，我这次行程最为关注的产业出现在眼前，位于平坦地带，一片又一片，伸出手就可触摸，绿油油的，花团锦簇。其实，我对脱贫攻坚的采写，最关注的并不是规定动作干得如何，我相信，“两不愁三保障”都是严格按上级要求落实的。

以我之前在赤水河、金沙江沿岸的经历，每走到一处，我最想看到的还是产业，做过乡镇干部二十年，我当然知道乡村的支撑是什么；接下来的乡村振兴，要说最关键仍然是在产业，谁来养活如此庞大的农村？再好的居住环境，如果没有产业，就不能创造收入，在外打工的不愿意回来，家里的人也留不住。

而我之前走过的许多地方，有的竟然还是以走一步算一步的狭隘思路去落实，个别地区甚至存在着数字扶贫的侥幸心理，产业发展上有所轻视，即使有些项目后来迫于某种因素被迫开展，到今天能否真正成为产业、支撑起一方经济也值得思考。

巴中虽然各方面相对其他地区落后，但在这个过程中，思路却远远领先于许多地方，不为扶贫而扶贫，而是以一方水土养活一方人为基本要求之上坚定实施产业扶贫，许多乡镇、村落，已抢占了制高点，应该是许多地方乡村振兴的样板，让人着实惊讶。

在这里，我看见了，蓝莓、葡萄与麦子等套种，长短结合，整齐划一，长势喜人，麦子已抽穗，蓝莓已结籽，丰收在望。我担心它们只是看起来漂亮，最后变不成收入，装不进腰包，像个别地方，遍地栽种柑橘、花椒一样，有的结不了果，有的即使结了果，最后又回到地里，变成废物。

我急着打听，这些产品都能卖出去吗？身边的人告诉我，那还用说？我们是因地制宜，择优发展，早以订单方式卖出去了。到了收获季节，您就过来看吧，这些地方可是热闹得很，整天都是成群结队、呼朋引伴过来采摘的，还得要继续加大发展才能满足更多人的需求呢。

匆匆忙忙吃过中午饭，我们又驱车到了另外几个地方，说实在的，我很怀疑我们走的都是同一个地方，虽然地理位置不一样，基础条件也不一样，群众工作的难易程度也肯定不一样，但他们竟然都能干得如此出色，处处勃发着乡村的生机，透射出精神面貌；所到之处，让人震撼，真的不敢相信当地建设得这么好。

一切事在人为，奇迹竟然就是包括和自然资源部门在内的无数党员干部和全市广大人民群众齐心协力创造的。

不舍昼夜，巴中再不能落下，是全体参与者在脱贫攻坚战中凝聚成的共识。就拿巴中自然资源和规划部门来说，他们借助自身优势，认真落实上级党委政府精准扶贫精准脱贫决策部署，积极采取整合政策、集中力量、合力攻坚等办法，在市委、市政府统一指挥协调下，推动解决了全市居住条件差，产业发展弱，资金筹措难等问题，在全国率先探索出一条自然资源政策助推脱贫攻坚的新路子。

从开头到结束，一直从事扶贫工作的张荣兄介绍说，应该说，他们的许多做法都是有创新和值得许多地方借鉴的，并在全国全省都得到了推广。巴中，在脱贫攻坚工作中所创造的一个又一个奇迹被肯定，在我看来，无疑是充分利用包括自然资源在内的各种相关政策作为支撑、作为发力点带来的红利，当然也还有源自老区根部，在20世纪90年代，通过广泛征集、总结提炼出来，一直沿用至今的“宁愿苦干，不愿苦熬”八字巴中精神以及当年红四方面军在战斗岁月里凝聚起来的“智勇坚定，排难创新，团结奋斗，不胜不休”十六字训词所起的支撑作用。

之后，我们又去了王坪红军烈士陵园，它坐落于巴中市通江县沙溪镇王坪村，是国家4A级旅游景区、全国烈士纪念性建筑物重点保护单位、全国爱国主义教育基地、全国100个红色旅游经典景区，是中华人民共和国最大、最早的红军烈士陵园，也是全国唯一一座由健在红军将士为在战场牺牲的战友修建的陵园。我问，有多少人葬于此？导游说，据不完全统计，有25048人。全国最大的集墓就在这里，7000多英灵集中埋葬在一个墓堆里。多少过往的荣光，都隐秘在这方鸣虫声急的草丛中，早晚让更多人来感受。

五

我想，已经没有必要去苦苦寻找那句曾经通过几番讨论推出来鼓舞全体巴中人的话挂在哪个墙壁或是书写在哪个田埂了，再响亮的话语，如果不落实，也只是空话。“宁愿苦干，不愿苦熬”，一句如此平实的话，20 世纪 90 年代，无论在巴中的哪个角落都能听见。如今早已了然于心，融入巴中人的骨髓，成为一种非比寻常的力量，一直在驱动着包括自然资源干部们在内的全市各级干部在艰难与贫困中奋力前行，不断地创造了许多不为更多人知的奇迹，在脱贫攻坚一系列政策措施支持下，推出了今天的乡村城市一体化发展和乡村振兴的产业样板，实在是令人震撼，值得点赞。

被外界疏远了的巴中，许多年来，正是一直坚持了并还在坚持着“宁愿苦干，不愿苦熬”的精神。走到菜地边的路上，88 岁的李奶奶兴奋地告诉我：“你看，我这菜园子有多茂盛啊，路修得这么好，不打湿鞋我就能走进来，有阳光的时候我还可以晒晒太阳。来，我这就摘一把菜送给你带回去煮着吃。”说着，身手矫健的老人家已经摘下一棵捏在手里。我打趣老奶奶，往后我每天都来摘一把回去，让身边的朋友都来尝尝。李奶奶说：“你家在通江县城还是巴中市里？还别说，城里人双休日开车过来吃住的，摘菜回去的多着呢。”此刻，我真就觉得巴中已经不是许多人想象中的那么遥远。

一阵春风拂过，鲜嫩水灵的白菜、青菜们仿佛又长高了，就在不远处，水塘里的白鹭腾起又落下，相互嬉戏着，荡起的水纹和老奶奶脸上的笑容相互映衬着，逗得周围的山水都乐了。

2021 年 4 月于巴中

丹巴行记

渐渐接近时，我突然就害怕了，这是怎样的一块地方啊，头顶高处矮处都悬着石头，好像随时可能要砸下来。后来听曾经获全国地灾防治先进个人的倪光全讲，其实我在丹巴所踏之处，是随时有可能发生一股无比凶猛的泥石流。说来就来，能不害怕吗？我曾以为自己无论如何也不会走进这么一块地方。而有这种感觉的地方，竟然被传成一个美丽的旅游天堂，一步一景，许多人都能随口说出它地域范围内的几处美景，我当然被弄糊涂了。

常年在乌蒙山的绿水青山间生活惯了的人，对这样带着几分威胁的地方感到害怕也许是正常。与老倪一聊天，一开头就给我上了一堂这样的生存哲学课，他说："尤其是最近几十年来，人类的生存环境时常面对残酷的情况，也许是为了今后更好的生活。"又对我说："就算你记得了这里一步一景，也不能不知道一步一灾。"以前他专门总结过丹巴的实际情况，头顶悬石头，脚踩泥石流，沟深沟长沟套沟，五条河谷一百三十一条沟，还有不计其数的小沟沟。

按照这次行程的安排，我当然得去在脑袋里已经想象过好多次的地方，他们完全是我从堆积如山的文字材料里看到的反复出现的几个地名：半扇门、腊月山、阿娘沟。它们并不是独立的存在，半扇门是腊月山和阿娘沟的镇，腊月山和阿娘沟是半扇门的村，有点类似于父母和子女或祖宗和子孙的关系。

《四川日报》的一位记者曾经在一篇文章里写过，生活中有太古里，也有半扇门。没有去之前，无论如何也不明白原来他是在把舒适和艰难以这种方式去对比，而我一向习惯于生活的美好，于是对自己说，我就得去到那个带着乳香的阿娘沟、阿娘寨看一看。其实，我是把这三个地方想成这样的一个故事的，腊月山村里，半扇门的背后，有个懵懂的藏家孩子，用眼睛不断地向外探望："阿娘，您在哪里？"这时候，他还在一边背着我为他编的儿歌：

阿娘去，阿娘还，
阿娘城里没回还；
腊月山，腊肉香，
等着阿娘快回乡。

当我向负责此次行程的同志一口气背出要去的这几个地方时，他们表示这在情理之中，却又有些为难。说是在情理之中，那就是它们都是我这次"系统作家写系统故事"活动主办方四川省自然资源厅的帮扶镇、村，也是这些年里，厅长和其他领导日夜牵挂着、又到过多次的地方，我能不去吗？

必须得有这一程。

二

出发之前，我和规划局的藏族干部杜干布取得联系，末了，他有些为难地对我讲，可能上不去，即使能上去，也多半要走路。他指的是腊月山三村。我详细查过，这个村共有 43 户，182 人，后来在村上做了核实，去年因年迈年老去世了 3 人，现有 179 人。也就是这个村，厅里倾囊相助，已经花去不少的资金，改善生产生活和出行等条件，还修筑了村办公室和村民活动场所。

我心里想，从小我就赤脚如飞在乌蒙大地行走，后来又在偏僻乡镇当干部，走了近二十年陡峭狭窄山路的人，还怕走路吗？我说，走就走吧。杜干布知道，我决心已定，必须陪我去了。

我们立刻出发，载我们的是一辆很大牌的越野车，有了它，我更加有信心。一路上，我沿着自己的想象，和杜干布在讨论着阿娘沟，讨论着乳香，讨论着那个更加接近天空和云朵的地方，讨论着那个《四川日报》记者文章

▲ 作者（左）在“6·17”泥石流整治现场采访（张彬 / 摄）

里的太古里、半扇门。也许是与我初识，有陌生感，他始终没有说什么，只是偶尔陪着我笑笑，几次欲言又止。后来可能是到非说不可的时候了，他说：“我们这里山高沟深，到时候如果走路……”显然，他还在担心。我说：“这有什么？”他回答：“这倒没什么。”

我们的目的地是县域内五条河谷之一的小金河谷，杜干布他们叫小金沟。一大早，车从新区的驻地开出，从嘉绒桥大风湾往县城老城区方向过去，穿过沿河谷而建的狭长的街道，再过一座桥，往路牌上标着小金的方向走了。渐渐地，我感觉到山越来越高。这时，路标上“墨尔多”三个字跳进了我的视野。“墨尔多神山？”司机回答：“就在我们的左侧前面。”我说：“我想看看。”他说：“昨晚托作家您到来的福，几十天以来第一次下了点雨，雾气很重，看不了。”我叹息着，在手机里搜索起来——墨尔多山脉起于阿坝州鹧鸪山，如龙盘展绵延上千里，主峰 5000 米，在大、小金川汇合处丹巴县境内突兀矗立，高耸入云。西仰犹如一尊巨佛乘一头猛狮奔驰，从西南而望，好似一个蓝色宝瓶横空摆放，南望则见四季烟云，峰峦魔变。呈佛经所载的须弥山景。

过了丹巴高级中学一段，才走出不远，就看到了不远处突然出现开阔的河谷地带，以我的直觉，这个地方应该比县城视野更好。县城里如果要弄个房地产项目什么的解决更大的购房需求，根本就找不到地方。我看见了路旁的苹果树、核桃树，它们在风里摇晃着。杜干布说："这些都是挂果的树，也是这一带的产业。"但我感觉，面积不大，棵数也很有限，不过，有比没有好，慢慢发展。

才走没一段，越野车打算往右侧的另一条沟里开，同行的厅里同志小文说要去镇上接驻村工作队员小邓。杜干布回答："我们不去镇上。"刚入沟口，就遇上了麻烦，赶上交通管制了。杜干布和司机接连打了几通电话，一点用也没有，那根有明显管制标志的横杆也不理睬我们。

我下车看了一眼，脑子里在判断，前方到底发生了什么情况？好端端的路突然断了，一片机械轰鸣声。小文之前不止一次来过，如果按他的意思，我们就该穿过那里，然后去镇上。这时，我感觉，杜干布差点下了狠心，让我们走路从沟里上去。后来才知道，如果从这下车走路到我们此行的其中一个目的地腊月山三村，估计要八九个小时，即使最近的阿娘沟四村，也要两三个小时。我们站的这里就是阿娘寨村，阿娘沟一、二、三、四村就像四个姐妹，就在离天空更近一点的地方。此刻，我们头顶有鹰在盘旋，白云在飘，好干净的天空。

车又从正道上走了，往热闹的施工现场方向走，我们的驻村工作队员小邓在那边不断地给小文打电话。杜干布说："我们去接他一起上山。"也让小文询问他山上的路是不是通了。"应该可以。"小文答。

走了一段，脚底下的路被施工的挖掘机给堵住了。杜干布开始讲："这里是阿娘寨村和阿娘沟其他四个村，去年'6·17'泥石流之前，是我们全县屈指可数的新农村。我的手指出去的这一片，全是藏家风格的民居，几百户连为一体，还有苹果树、核桃树，错落有致，密密匝匝。估算每个房至少也要几十上百万，都是我们藏家人几代人的心血，里面还有祖祖辈辈积攒和流传下来的金银首饰服装等。"

"就在那惊心动魄的一个夜晚，确切地说，也就是几十分钟，从对面梅龙沟里暴发的特大洪水泥石流倾泻而下，如同千军万马奔腾而过，横冲直撞，把这里的所有美好全毁了，除了高处远处残留着几棵苹果树、核桃树，就是一地的大小石头，房屋全在这下面了。”杜干布使劲儿地跺了地面一脚，显然那股怨气还没有消停。

“这么多房子毁灭性地消失了，那人呢？”我急切地打听。

“我们用这些年的血的教训加上自上而下体系的不断完善，换得老百姓的防灾意识不断增强。这么大的灾害，一两千人瞬间撤离，推着、拉着，几乎没有人员伤亡，但财产损失可就大了……”

正在忙着指挥现场施工的项目负责人笑着走来，用手指着前方不时还在脱落的山体对我们讲，县长已经给他们定了最后期限，再过十天，必须全部整理完毕，然后转入下一步。汛期又要来了，他皱紧了眉头，临时安置的那些老百姓也等不及了，巴望着早日重建家园……

多亏杜干布协调，我们才可以从这个点通过，否则得等到中午十二点了。杜干布告诉我，这段时间已经好了许多，去年特大洪水泥石流发生的那一段时间，有一两个月，半扇门镇、太平桥乡成了孤岛，进不去出不来，只有从小金县那边绕远送点东西进去，他们的一些干部滞留在那边，换洗衣服都很困难。丹巴遍地都是地灾隐患点，据专家评估排查，共有 917 个，包括县城也在滑坡体上，处处是险情，步步惊心。丹巴存在除了海啸以外的类型的地灾，而且发育完全，丹巴的山高且破碎，有“世界地灾博物馆”之称。

三

在半扇门镇等待驻村工作队员小邓过来的时候，镇上的书记、镇长在忙着完成森林防火等紧急任务的间隙赶过来打了个招呼。听说作家来了，女书记提议一起拍张照。几乎没有停留，也没有花时间去找我想象中的半扇门的那个藏家和躲在门后巴望阿娘的那个少年，说不定在接下来的哪个时候，我们就会不期而遇呢。

我们继续向着腊月山三村进发。我问：“还有交通管制吗？”驻村工作队员小邓说：“上山不管制。”长期在丹巴从事地灾一线工作的杜干布，熟悉这里的每道河谷、每个大沟和每个小沟，每个地灾点都在他的鹰眼之下。他问驻村工作队员小邓：“路上得去吗？”他经常出入这些地方，熟知路况，但他更知道这些路况的变化就在一瞬间，前后一刻都有不同。司机替杜干布说了他要说的话："我们下乡，特别是到了汛期，随时都得准备着回不来，说不定前面的路好端端的，突然就垮断了或堵住了，一待三两天，也说不好。"

照司机说来，尽管驻村工作队员小邓说上得去，可我还是很担心，倒不是怕走很远的路，而是担心垮塌什么的，第一次走到丹巴这种生存环境的人，心里不惧怕那是假的，毕竟又是在走去年"6·17"之后不断垮垮停停的路段。我心一横，也没再去想，一路走来，我什么时候不是勇往直前的人？

一路前行，好多路段都被不同程度地毁坏了的，有的路基垮掉了部分，有的路面被石头阻住一小半，有的背沟刚好疏通，好多处有重新维修后的痕迹。驻村工作队员小邓说："不断地出现这样那样的问题，我们就不断地组织维护，这是一条村民们眼中的天路，是修到他们心里去了的，无论如何，必须时时抢通，确保通行。"一位九旬老人，在开挖时，对着挖掘机叩头行大礼，通路之后，经常整夜整夜地守着路不睡觉。可见，这段路对他们是多么的重要啊。

在经过一小段倒着开的路程后，车就接近四川省自然资源厅捐建的村养猪场了。司机说："这里只有冲过去了。"当时我并不明白他这句话的意思，返回去过了这段，司机才把话说明白了，原来下面就是沟口，我们是从悬着的地方经过，到下面有几百米高呢。尽管已经进入相对安全的地带，我的心还是紧了一下，这也许是人的本能反应吧。

腊月山三村的养猪场也是建在一个地灾滑坡体上的。我仔细了解过，这里的很多村子不是建在被洪水泥石流威胁的河谷，就是建在高处的滑坡体上，这也是丹巴人居环境面临的最严峻的问题，县委政府也多次动过避险搬迁的念头。这些年，特别是进入脱贫攻坚阶段，搬迁了很大部分，但是由于地形地貌的日益复杂，甚至有的新的聚居地又成了新的地灾隐患点，又有谁能赶得上自然的变化？甚至有人提出过举镇、举县整体搬迁的构想，但是以目前各方面实力，这终归是不现实的。环境再不如人意，村民也是不愿意搬离的。面对整个人类环境不断的复杂变化，即使我们都知道自然无法抗衡，最现实最有效的办法恐怕还是从和谐相处、积极应对入手、在艰难中求生存、发展和持续。

眼下正是春种好时节，举目四望，附近的土地上，村民们都在忙碌地耕种。左手侧边的下坡，土地被翻开了一线又一线，像是五线谱铺设在这山村里，不时还传来吆喝牛的声音和山歌的喧哗。显然，他们并没有为生存环境担忧，他们从自己的视角思考着每一天，在这里安居乐业，自给自足。只要公路上有车能够进来，生活所需缺点什么，就近就能买到。回去的路上，一大群身着藏装的中年男男女女，还有两头牛，聚在一块相对较大的土地上栽种玉米。他们相互帮衬，种完了这家再去那家，邻里关系和睦，清风拂面。

我选择到一个单身藏胞家里看看，他家就在离村猪场不远的地方。一路走去，见过了他的一头牛，一群大大小小十几只的鸡，还有几只鹅。门前的地上，还有一片花椒。驻村工作队员小邓说，每年可摘好几十斤干花椒呢，50 元一斤。我悄悄估算了一下，单这项也能收入几千元呢。它的屋子是典型的藏家民房，每一层都被打理得干干净净，很难相信这是一个人的家。牛在山坡上，猪圈里还有两头不大不小的猪，等到过年，无论宰杀还是出售，个头都会很合适了。

一进屋，映入眼帘的，并不是这位藏家兄弟，而是抬头可见的一排大小块的腊肉，我数了一下，足足有十九块。这可是最有名的丹巴藏香猪肉啊，这老兄天天都能享受呢。他让我们坐，在一起聊了几句。“刚才您看到的，沟对面那些挂着经幡的地方，是我拉姆（妈妈）的坟，去年九十三岁，过世了。”这位大山上的康巴汉子，话语里带着点忧伤，惹得我鼻子一酸。接着他又低声说：“我还是想娶个婆娘陪着。”他和我是老庚（朋友），已经四十八岁了。原本想打趣他一下，但我沉默了，半扇门镇腊月山三村的汉子，产业有后劲儿，生活还不错，住居舒适，不缺钱花，也还是有情感需求的。

走回来的路上，这老兄陪着我们走，他说，他可能还是要出去打工，村子里那些出去打工的，有的也找到了婆娘。我借用当地的几句民谣回敬他：丹巴的风，道孚的葱，要找婆娘到鱼通。他笑得比这会儿天上的云还要灿烂，笑声传出很远，山谷里有了回声。

四

中午在半扇门镇上吃饭时，大家提议找省自然资源厅下派阿娘沟四村的驻村第一书记小王聊聊，估计路况不好，就不去村子里了。我在心里说：不，阿娘沟，那是我计划中一定要去的。才聊了几句，我就站起来往外走。

原来，阿娘沟四村就在“6·17”梅龙沟特大洪水泥石流对面的巨大滑坡体之上。阿娘寨在河谷洪水泥石流威胁地段，阿娘沟一、二、三、四村都在这滑坡体上，姐妹连心，生死相依。灾害发生后的几个月，监测数据表明，山体一直在不断下滑，时快时缓，沟底正在按照专家们的意见进行治理，工程量和耗资都非常巨大，涉及人数众多。为了一方百姓能相对安稳下来，这个血本还得花，一切为了人民。

路面相对腊月山村那边要宽敞一些，但也有垮塌带来的巨大损毁。司机可真是一把好手，应对惊险还是有足够的法子的。越野车在山路的曲曲折折间攀行，在坑坑洼洼的路面跳舞。车窗外的阳光很好，远处的山顶雾气薄了许多，不断闪现出雪的痕迹，高远的天空里，云朵来来去去，悠闲是它们的。

我在向第一书记小王打听着阿娘沟四村的各种信息，这是这座山上最靠近天的地方，再上去的山上有虫草，还有一些别的中药材，村子里的一些人外出打工去了，务工是全县脱贫攻坚的主要产业收入之一。丹巴县外出打工的人数不少，美人谷参加选美的那些女子，每年选完了都出去了，因此留下了“美人谷里无美人”的遗憾。阿娘沟四村留下来的一些人，这个季节，他们都乐意在山上去寻找，三根或五根虫草也都是他们的额外收入。

村子的春耕也没落下。站在村委会向四下里探望，到处都种上了，主要还是玉米，一片一片，覆盖着整个村子，延伸向河谷和山顶。这时候，还有些花在路边、地坎上开着，虽然不多了，却增加了许多热闹。崭新的村委会就立在村中心，村民们进进出出很方便，很少有人来，大家都在为生活奔忙着，呈现出一派和谐的春景。这里的人民，同样没有被灾害所吓倒，每天都在翻开新的一页。中华民族几千年以来，几时被困难打退过？迎难而上，知难而进，坚不可摧，正是这样磨炼出来的精神与气质。

走进村委过去一段的一个藏家，他们见到我们，热情地迎过来和我们打招呼，还一再邀请我们进屋共进午餐。老阿公告诉我，他近九十岁了，日子好了，有生活的劲头，每天打理一下这屋子。眼睛扫了一遍里里外外，都是干干净净的。走到猪牛圈一侧，猪和牛都在吃食，它们的生活环境也是干干净净的。

恰好遇上小孙子躲学在家。老阿公说：“阿也（爸）不在，他就要赖不去学校，又不舍打他，他是个没娘的孩子啊。”我问：“他娘呢？”“生下他出去打工，再也没回来。”这时，我的脑海里突然闪现出半扇门和立在门边探望的懵懂孩子。难不成就是我和老阿公身边站立的这个机灵的孩子吗？耳畔，那首儿歌又在回响：

阿娘去，阿娘还，
阿娘城里没回还；
腊月山，腊肉香，
等着阿娘快回乡。

孩子陪着我走了很长一段路，也不知道他想要干什么。后来，他拉着我说：“叔叔，我和你照张相吧。”咔嚓，咔嚓……他们为我们留下了好几张照片。对面就是墨尔多神山，雾已散去，稍加仰望就可以见到它的全貌。不知道住在那上面的神仙，看见我俩照相时的憨态没有？肯定记住了我们的笑容吧。

微信圈里发了照片和文字。丹巴县委副书记刘记在微信里回了一句：“他是想您带他下山，去找妈妈呢。”是吗？我的心就在夜深的那一瞬间，突然软了下去，泣不成声。

五

第二天上午，我特别申请去了一趟阿娘寨村，我想再去看看他们的重建情况，希望能见见那里的受灾户。如愿以偿，在交通管制点，丹巴县自然资源和规划局副局长张彬把我介绍给了四川省委表彰的阿娘寨村优秀党支部书记冯兴富。

冯书记带着我往一堆石头上走过去，攀上了最大的那两块，他招呼我坐。我答应着，他已经率先坐了下来，我也跟着坐了。他说：“我这是邀请您在家里坐。”我望着他的眼睛，充满了疑问。他很快领会了意思，继续说：“一年前，这里就是我家几代人居住的家，梅龙沟‘6·17’那场特大洪水泥石流把我家全毁了，我们的整个村子——全县的乡村振兴样板全冲走了、全埋掉了。”大自然真的是太可怕了，他狠狠地瞪了一眼梅龙沟的方向。看得出来，快一年了，老冯还是那么憎恨那场可恶的特大洪水泥石流。

老冯红着眼圈告诉我，他每天除了以各种方式尽最大努力安抚父老乡亲的情绪，还要完成村子里的一些其他工作，其他时间就来帮忙参与交通管制，加快工期进度。“还有，我早晚也时常坐在这石头上想家，想啊，谁不想啊。头发都为我们的家园重建白了许多，何时才能头顶自己的天，脚踏自己的地？”

天空很蓝，云朵在上面飘着，在这四周响着巨大机械轰鸣声的河谷里，我们坐着，都不再说话。这时，我蓦然发现，屁股下面的这两块石头，早已经被老冯坐得白亮亮了，也不知道他还要坐多久呢？

2021 年 5 月于丹巴

行走甲居藏寨

其实，丹巴不少地方值得一走，走过了美人谷、梭坡古碉群、葫芦海，提前结束丹巴之行的唐女士后来在朋友圈里说，最遗憾的是没有去甲居藏寨，而当地的朋友们说，没到甲居藏寨，等于没到过丹巴。去丹巴之前，朋友们都在叮嘱，一定要去甲居藏寨，通过手机搜索，对甲居藏寨有这样的认知：甲居藏寨位于四川甘孜州丹巴县境内，距县城约 8 公里，是丹巴最具特色的旅游景区。2016 年 9 月，正式获批成为国家 AAAA 级旅游景区。简单一读，就知道，甲居藏寨的影响力确实不一般，也是名气很大的网红打卡景点。

入住丹巴县城新区大金河畔的澜峰大酒店，离甲居藏寨那么近，照理是该去的，可行程很紧，而且任务在身，心想，等以后再去吧。杜干布说，看了腊月山、阿娘沟这些山村，如果不带您去看看甲居藏寨，估计以后您都不愿意来了。这几天，丹巴给您的印象是不是差了点呢？我嘴里没说，心里却是认同的。世界地灾博物馆、县城建在滑坡体上、二卡子滑坡点、头顶悬石头、脚踩泥石流……都见过了，如果丹巴仅仅是这样的地方，真值得来吗？

上午采访回来，正在翻开从县城小赵书店买回的当地人写丹巴的书。这时，电话来了，来自甘孜州的陌生号码，一接通，是杜干布。几天相处下来，我俩已经算是熟悉了。电话里说：“刘哥，中午，我请你去甲居藏寨走一走。”我虽然没有立即答应，但真的还是想去。甲居藏寨，作为一位文化热爱者和写作者，到了丹巴不去甲居藏寨，确实是一个笑话，至少是对一个地方的文化的不敬重，说起来，我确实是对文化喜欢到骨子里的，尤其是红色文化、民族文化等。

杜干布和司机已经在酒店楼下等着。我下楼，就和他们一起出发去甲居藏寨打卡了。太阳正好，空气舒爽，我们一行五人，越野车往大金河方向奔去。去甲居藏寨的快道正在修复，又是交通管制。这几天，在丹巴行走，印象最深刻的就是道路修复，到处都在修，时不时都会遇到交通管制。去年的“6·17”梅龙沟特大洪水泥石流，丹巴遭受了百年一遇的灾害，由于地灾防治工作做得扎实、自上而下的防灾体系完善、应急预警及时、人员撤离快速，生命伤亡降到了同类地灾最低，但财产和道路的损毁却是惊人的，几个村子被彻底埋掉，村民们家里世代累积的财富被洗劫一空……虽然经过近一年的紧张修复，估计也还需要一段时间才能完工，而且又面临即将进入今年汛期的严峻考验。大家更担心的是灾害雪上加霜，卷土重来。采访过程中，时不时总有人在问我，要是他们再次遭遇灾害怎么办呢？丹巴，不用说，小灾害年年有，大灾，好像从来也没少过，不管未来的日子里会经历什么，他们照样得走下去，迎战灾难，任何时候必须要有充分的准备。

我们的车只好绕道上去，从更远的一边。我不担心绕道，其实更担心的是上不去。但我又在想，甲居藏寨近在咫尺，既然打定了去的主意，万不得已，走路也要去看一眼。甲居，藏语里是百户人家之意。甲居藏寨从大金河谷层层向上攀缘，一直延伸到卡帕玛群峰脚下，整个山寨依着起伏的山势迤逦连绵，在相对高差近千米的山坡上，一幢幢藏式楼房洒落在绿树丛中。或星罗棋布，或稠密集中，或在高山悬崖上，或在河坝绿茵间，不时炊烟袅袅、烟云缭绕，与充满灵气的山谷、清澈的溪流、皑皑的雪峰一起，将田园牧歌式的画卷展现在人们眼前，以一种艺术品的形态存在。2005 年，《中国国家地理》杂志组织的选美中国活动中，以甲居藏寨为代表的丹巴藏寨被评为中国最美的六大乡村古镇之首。

车停下来，才知道，他们安排此行的主要目的是在甲居藏寨吃午餐，这让我多少有些失望，哪里吃不是吃？吃什么不是吃？凭什么偏要到这里来呢？日食三餐，夜宿八尺，我对吃真没有多大需求，但毕竟也是人家一番好意。宾客坐定，藏家农村风味的菜立即就摆满一大桌子，这可是正宗的藏餐。因为人少，我一再提议少点，够吃就行，但还是阻挡不了他们的盛情。菜我是吃不下多少，倒是喝了好几碗酥油茶，我也还是吃了一些菜，味道很不错。

其间，经营的老板不断热情地介绍菜品，还有旁边一桌的客人也走过来敬酒，我们没喝酒，以酥油茶回敬。如此匆匆一餐午饭，可以留下记忆的并不多，也不知道，众多游客过来，还有没有更多的游观内涵呢？如果暂时还没有，当地是该作一些思考的，比如，适当增加一些藏文化体验，制作销售一些便携的文创产品等。游观除了获得感观的瞬间愉悦，更重要的，还是精神上的获得，看山看水看到最后，还是在文化上，只有文化才会引起共鸣；文化更可以增加一个地方的厚重，文化是看得见的风水，听得见的声音，深入骨髓的浸润。

也许他们逐渐觉察到了我并不仅仅是为着这顿午餐而来，各自都在给我介绍着甲居藏寨：甲居藏寨是独特的藏式楼房建筑，一户人家住一幢寨楼。一般寨楼坐北朝南，有的三五成群相依相偎，有的远离群楼，孑然独立。寨楼占地约 200 平方米，高约 15 米，石木结构。甲居藏房的现存形式，完整地保存了嘉绒民居的基本特征，如使用原始的材料，采用原始的技术，保持传统而古朴的风貌。虽然随着历史的不断发展，局部发生了一些变化，但这些变化，一点也没有影响其传统风格和后代藏族风韵。

甲居藏寨的木质构架部分和屋檐均为红色。在二层以上的墙体刷白色或墙体原色与白色相间。整个建筑物外形犹如虔诚的佛教徒正襟危坐诵经的姿态。每年春节前夕，寨房主人们依照传统习俗，以当地的白泥巴为主要原料，通过配方煎制成白色染料，精心涂染寨楼墙面，使整个藏寨披上了洁白的盛装。

丹巴境内，深藏着众多造型美观、风貌古朴、鲜为人知的乡土民居。如此丰富多彩、古朴典雅的乡土民居资源，是中国乡土民居建筑的一朵奇葩。数千年来这些乡土民居一直保持着传统的建筑风格和浓郁民族特色，尤以甲居、布科、大桑、大寨、小巴旺、邛山、梭坡、蒲角顶、中路等地最为集中和突出。几百幢民居依山就势、错落有致地融于自然环境中，体现了天人合一的理念。底屋均为家畜圈，其上依次为锅庄室、储藏室、居室、经堂及角楼（家碉），其中二、三楼分别有天井和露天大阳台。房体的外墙多以白色、褐色与黑色圈涂成条纹，并绘以日、月、星辰等图案，显示出美丽而整洁的外观。

结合他们的介绍，我又赶着时间在寨子里走走，但毕竟没有住上一宿或是停留一日半日，时间很不够，根本说不上了解。我提议攀上用餐的楼顶去鸟瞰一下寨子的全貌。登上四层楼，站在楼顶，云朵就在眼前飘着，伸手出去就可以撕下一块来，感觉此刻的空气也是甜的，如果花开的季节，也一定会被花香簇拥。远的不说，在甘孜州，丹巴也不是离天最近的地方，而甲居藏寨在丹巴县境内相对海拔较低，却也是这般感觉，其他一些地方呢？也许此刻，在那些地方，就如同在云朵之上呢，原来，人居然可以这么接近蓝天白云，自然触手可及。顺着杜干布手指的方向望去，我看见就在对面那半山腰里，有一些破旧的藏家民居，他说，人已经搬离了，现在居住着猴群，大约有几百只，俨然一个猴子的村落，三两个人是不能上去的，那是猴子的领地，会被它们追赶的。

我们驱车到了观景台，整个寨子在蓝天白云下尽收眼底。游客们在那里拍照，都想把自己与寨子结合起来，融合在一起，弄出几张最满意的，发在朋友圈或微信群里，一来让更多人知道自己现在哪里，有几个人点赞或评论一句半句，二则为宣传这里，吸引更多人找时间赶过来。不管什么地方，都非常需要这样的宣传和推广，尤其丹巴这样以旅游作为经济支撑的地方，更是如此，大家都来走走，了解地方文化，吃一餐、住一宿，也可以带动经济的发展。来的人愉悦了自己，当地人也变得更加富裕，有什么不好呢？

现在却不是甲居藏寨最佳的旅游季节，我们见到的游客确实也不多，据说每年寨子里梨花盛放的时候，以自驾游为主体的游客就像蜜蜂一样，这里嘤嘤，那里嗡嗡，把整个寨子都塞满了。在寨子里的吃、住都得提前至少一月半月预订，县城里的大小宾馆也早已挤满，还有人在安全地带打地铺。叶子金黄的时候就更热闹了。丹巴各种宣传照片都是使用这个季节的，美得让人心动，美得可以让许多人从几百公里、几千公里外赶赴一场约会。丹巴秋天的约会，是叶子酿出的童话世界。如果要看丹巴的雪山，就是现在季节，无论从哪里抬眼望去，山顶高处都是白茫茫一片，墨尔多神山高处，昨晚还下了整整一夜，不断在覆盖。而此刻的山下已经很绿了，绿得醉人。

下山，我们又绕了一个大圈，即便如此，甲居藏寨也值得来一次，交通状况应该很快就会得到改善的。为了县域旅游的大发展，眼前的丹巴人日夜拼搏，不要说方便游客，建成了，就是自己出行也要方便许多。到县城、去成都、往北京，道路都是必须的设施，一通百通。

丹巴，许多地方都是值得走一走的，现在，我要借用当地朋友的话，即使到过甲居藏寨，也不要自以为就到过了丹巴。丹巴，一步一景，还有许多和甲居藏寨一样美的地方呢！

2021 年 6 月于叙永

小巷里的书香

转眼，离开甘孜州的丹巴县城已经有一段时间了。毕竟又是来去匆匆，很多记忆也就逐渐变得模糊起来。却还记得，丹巴县城的那一角，就连长久居住在这里的人，也许都很容易忽略，或者说根本就还不知道竟然存在着这样的一方天地。它对于我而言，就如同一双闪亮的眼睛，时时在身后，或者就在我的背上，并越发清晰起来。刚发现这个地方时，包括我自己也是不相信的，在这样偏僻的一隅，怎么还会有这么个地方存在呢？但后来我又在想，正是因为丹巴这样的相对落后地区，恰恰需要有，而且也许正是有了它，不知不觉地维系了这样的地方那缕幽暗里的书香墨香，也可以让文化接续扎根到“最后一公里”的田间地头和更多人的头脑中。

早在 2015 年去北京之前，我也一直希望能在贫困落后的家乡小县城叙永创办一方天地，张罗文化。我实在应该为自己的这个想法叫一声好。等到扎扎实实弄了几年之后，却并不被人认可，可不管如何，我仍旧在努力坚守着那一方闪烁星辉的场所。等到后来又在外边待了一段时间回来，更明白文化需要有更多人的自觉参与，于是又多方筹资由全家出力继续向前迈出了一大步。这在常人看来，无异于是把不会游泳的人向深水里又推了一把。要说，我的家乡叙永，这个川滇黔三省交界的边地小县城，其实也是非常落后的，但要和丹巴比起来，确乎在各个方面还是要稍微优越一些，这也并不是我的狭隘，而是每个人在认真做过一番比较后得出的结论，至少县城，没有建在时时可能有危险的地灾体上。

可就在丹巴这么个不能再偏远的地方，竟然还有文化自觉者站出来创办这样一方天地。说真的，在它突然发现的那一瞬间，就连我自己也都是惊讶的，显然，他的勇气比我当初还要大许多。同样都是文化场所，不同的是，我们办的是书院，他们办的是书店，同建于属于曾经的国家级贫困县的县城里。又说在一座县城里创办一方文化天地本来也没什么大不了的，我肯定地说，长久坚持下来，我其实并不佩服我自己，但我真的很佩服这位在丹巴县城创办书店的朋友。这些年，各项产业经营本就困难，但以文化为业，并要长久地支撑起来，在无数人看来，那一定是奇迹，难度不亚于旱地里种庄稼。

那天，从成都出发，在康定吃过午饭，赶到丹巴已是下午时分。每到一个地方，我的习惯是首先安顿好自己，之后就出去走走，到了丹巴也不例外。丹巴是一座还没到达就令我足够惊讶的县城，这要怎么说起？首先是渐渐接近时，我就害怕了，感觉头顶处处悬着的石头随时都要掉下来，明明是一步一景的地方，怎么现实却是一步一险呢？和陪同的人短短交流几句，我便得知，丹巴整座县城就建在一个地灾滑坡体上（县境内找不到适合的县城迁建点），这在全中国乃至整个世界，可能都是绝无仅有的。截至 2021 年，据排查，丹巴县有 900 多个地灾点，除了海啸，滑坡、崩塌、泥石流等各种地灾形式在这里都客观地存在，这里又是名副其实的“世界地灾博物馆”。我一直以为，一个地方的旅游红火，消费者往往都是冲着美景而去的，但我可能忽略了，人们向往丹巴，说不定就还有冲着美女（丹巴美人谷名扬海内外）和探险而来的。迎着河谷里的丹巴的风艰难地行进，跨过嘉绒大桥，好不容易才进入了滑坡体上的主城区。也许是我以前的孤陋寡闻，觉得一座县城，再怎么小也是大的，可眼前的丹巴县城给我的印象是，确实太狭小了。在中国的版图上，还有更袖珍的县城吗？我并不知道，丹巴整座城就像是伏在大渡河岸边的一只小小鸣蝉，两翼向内收得紧紧的。往后的某个下午，我又专门选择远一些高一些的地方俯瞰了一遍，再次用眼睛证实了之前的县城形如鸣蝉的推断。

既然就这么小的地方，我也不管自己往哪里走了，也就让自己随便走吧，哪怕就是把这里的角角落落走遍，也花不了太多的时间。就这样边走边看，在街边，在门店，或驻足停留阅览文化旅游宣传栏，或放眼观望过往藏家儿女的风采。也不管走到哪里，此刻，自己仿佛漫无目的地闲逛。渐渐地放松

▲ 小巷（邱易东 / 摄）

了自己，已经忘记了自己正行走在滑坡体上的一幢幢建筑间，不一会儿工夫，就全然没有了来时的害怕。仔细想来，又有什么呢？在这里生活着的人们，每天除了日出而作，日落而息的日常，也许比别的地方的人更多地磨炼出了几分让人敬佩的、坦然面对灾难的勇气，而且还有一股不可多得的冒险生存下去的精神。

耳边依然伴随着响亮的风声，这时，我也就是进入了大约这只蝉的左翼中间部位——整座城为数不多的几条小巷中的其中一条，具体叫什么名字，我已经不记得了。突然，一个甚至看起来十分简陋的门店吸引了我的眼球，其实我也是一直都在希望能找见这么个地方的。我以前走过的许多城市，这样的场所和我眼前的场所多半也都是一样的简陋，它既然生长在这里，如此简陋也就不足为奇了，我却禁不住在心底里责怪了这么一句：你怎么生长在这样的地方？但一小会儿，我又有了新的认识，那就是小巷因为有这么个地方的存在有了自己的重量，而且重得使这条小巷让整座县城显得有些失重了。

我又继续仔细地打量着，它也的确是比想象中还要更简陋点，甚至连店名都并不显眼，模糊得让人看不清也记不住，而以这样的姿态显现出来的，或许正是它本该有的面目。我当即就移步店里，环顾四周。灯光相对周围的各种陈设，显得过余奢侈，它足以把每一本书都照得很清晰，隐约可见作家们的面影。一本本书的名字就这样在眼底跳跃着……正准备和店里的人搭讪，恰好进来一位七旬开外的老者，一进来，就使劲儿嚷着一本学生教辅资料的名字。这时，我迅速地在左侧书架上发现了《康巴大地》《丹巴山歌集锦》。见我一下子准备买这两本，店里这位六十上下，略带点疲态的妇人一边招呼着，一边微笑着向我迎了上来。她的招呼，又很快唤出了里间的一位年轻女子。接过这位妇女的话头，这位面带羞涩的年轻女子走上前和我说起话来。也没说别的话，对着我微微一笑之后，她就迅速地向我报了每本书的价格，又转身去继续关注她的手机了，我买书与否，好像与她没有太大的关系，从她的态度，我大胆猜测，这并不是她自己开的店。

对于我这样的爱书之人，在如此偏远闭塞的小县城里，一个人正在无聊地穿行着，竟然就发现了有这么个书店，这不类似于在浩瀚的沙漠中突现一个汩汩而出的泉眼吗？规模、大小都已经不重要了，只要有这样的存在就够了，一瞬间，清凉已不知不觉沁进干涸的心田，其实，这时，我还想到了更深一层意思，那就是居然能在这么个地方遇上了一个从未谋面的创立书店的知音，如果能面对面相互交流一下将更好。文化其实是一个很好的事业，但要真正从事文化，却不是大部分人的选择。如果能联系上他，或许，在我和他的交流中，说不定又都能有支撑下去的灵光闪现呢？也说不好会互相鼓励一番，接下来又各自继续坚守在自己的一方天地。

沉浸在书香里，继续和店里这位妇女闲聊，原来，书店是由她的儿子创办的，年轻女子却是她的小女儿。他们一家原本世居成都附近的，但在大约2012年，儿子大学毕业支教、文化扶贫来到了丹巴县，他现在是半扇门镇中心校的教师。教师之于文化，向来就有一条自觉通向的暗道，一种无法理喻的特殊情结，更何况还有父母的巨大支持，于是，一家人就都落户到了丹巴县城里。儿子、儿媳在此间教书育人，老两口和小女儿这么多年来，就帮衬着打理着这家书店。三年前，女儿也在当地结婚生子，但她仍然继续参与书店的经营，除了日常照料，有时也下乡到村送点书籍教辅之类。这时，她放下手机向我坦言，做书店的确是太难了，自己已经待不下去了，就要去成都或是上海打工挣生活了。

最近，母亲听说女儿要走出丹巴，接连哭了几天，眼角还留有隐隐的泪痕。走还是不走呢？女儿仍在犹豫。这位母亲告诉我："整座县城就我们一家私人书店，生意很清淡，很多时候都要儿子、儿媳贴补，日子过得紧紧巴巴，但儿子做这事特别有意义，即使女儿不做了，我们老两口还得坚持支撑下去，我就特别喜欢每天在书店里享受书香。"我对她们一家实在是无比的佩服。这书店，在许多人那里，甚至还算不上是一条谋生之道，而是一门亏本生意，但在我看来，它却是一家两代人在丹巴县城安放的一双闪亮的眼睛，年年月月张望和温暖着这么一座时时有惊无险的藏区小县城，并让整座县城弥漫着特别的书香味，让阅读丰富更多人的生活，让更多人亮了眼，看到更广阔的世界。

后来，我去了此次需要踏访的位于墨尔多神山下的阿娘寨村。村子在高处，但见云朵飘着，天蓝着，庄稼在努力生长，乡村无比的宁静，一切都是那么的美好。我走过去，碰巧就遇上了一个和爷爷奶奶堵气，逃学在家的孩子汪丹，他拉着我的衣袖陪着他走了好长一段路，临走时，哭着鼻子告诉我："叔叔，我想和您出去找妈妈。"我问他："妈妈在哪里呢？"他却一个劲儿地摇头。外出的妈妈，你到底在哪里呢？你感到揪心了吗？这样的孩子，哪有什么心思上学读书啊！当时，我原本是想从随身行囊里掏出昨天在县城的书店买的几本书交给孩子的，但我终于还是犹豫了。

这时，我的眼前又浮现出书店里老妈妈和年轻女孩来，她们能在这小小的丹巴县城里支撑一个书店可真是不容易，小巷里飘出来的一阵阵书香，可谓幽远而曲折。

2022年5月7日于叙永鱼凫书院

地灾中挺拔的家园

“我们对付地灾是有一整套的，要不早就被这猛兽吞了。”半扇门镇阿娘寨村的党支部书记老冯坐在石头上和我聊着，“去年百年不遇的梅龙沟特大泥石流，那大舌头一伸一卷就吞掉了整整四个村子，包括我们家在内的好多房子全部被埋在这石头下面了。”老冯猛吸一口夹在指间的半截烟，向着石头唾了一口，还用手狠狠地捶打着屁股底下的石头，恨不得让它把吞下去的东西给吐出来。“我家祖祖辈辈都住在这里，对面剩下来的那棵树，是我家的。这些石头泥沙下面，埋着的都是房子和财产啊，以我的理解，这就是自然在对我们下狠手，可我们又能把它怎样呢？”轻描淡写说话间，老冯再次用手狠狠戳了戳我这屁股底下的石头，他的心肯定是在隐隐作痛的，毕竟这下面埋着的就是他的家和他的村子。此时此刻，我俩就坐在这石头堆里，仿佛也变成两块石头，远处的山鹰在盘旋，几棵被洪水猛刮过的树还留着痕迹。应该说，这年过半百的康巴汉子，早已被磨砺得比石头还坚硬了，作为一名共产党员，最基层的干部，他身上扛的不仅有自己的小家，也还有整个阿娘寨村。

是老冯提出来在这里接受采访的，当时我不明白他究竟是何用意，包括陪同我采访的丹巴县自然资源局的同志也被他弄得迷糊了。“刘老师，我们藏家人都是在家里接待最尊贵的客人的。”老冯声音低沉，语速缓慢，把我的心也给触痛了。他们这一带原本是丹巴县初步建成的乡村振兴示范点，绿水青山，美丽又富裕。许多人到丹巴美人谷旅游，都会顺便取道这小金川的河谷，既可上树摘核桃又可住上一两晚民宿，这里的藏家菜更是活色生香。今天我们两三个的到来，看得出老冯很开心，如果是灾前，以老冯的热情，肯定也会从树上把上等鲜苹果摘下来招待我们的。可是，一切全都被毁掉了，在那个夜晚，前后不到一个小时的时间里，灰飞烟灭，包括最寻常的庄稼，还有夕阳下悠闲吃草的牛，如今剩下的，只有堆积如山的石头和泥沙。洪水泥石流这些恶魔疯狂地吞噬了这里的一切生机与活力。

“那个晚上，幸亏县上、镇上都有泥石流来临之前的层层监测和预警信息，隐隐有大灾潜伏将至的感觉，我很警惕地冒着大雨巡逻了一遍村子之后，配合上级安排，果断地做出撤离命令，立即组织平时训练有素的年轻村民，把一些长者迅速背出门往安全地带避险。果然没过多久，泥石流就如万马奔腾把我们祖祖辈辈建起来的寨子给踏碎了。”“6・17”梅龙沟特大泥石流，毁掉的不仅是几个村子，还留下了大面积的滑坡，至今仍然随时有滑坡的风险，这导致半扇门镇长达五十余天交通中断，被围困人员要么只能徒步翻山越岭近十个小时才能到达县城；要么只有从上游的小金县绕很远的道才能出行。

以前，我从没有到过丹巴，为了给自己一个惊喜，在成都过去漫长的几个小时行程中，竟然也没在百度里了解一下，做一下采访前的功课。渐近时，看着车窗外那些高耸的山体，我惊呆了，这些山怎会如此破碎？高处、矮处的石头随时都可能掉下来。经常出差的司机老谢告诉我：“汶川和芦山地震之后，这些地方无论什么时候掉下来一块石头都是稀松平常、家常便饭。”分管地灾防治工作的丹巴县自然资源局副局长张彬见了面又对我讲：“丹巴就是这么一个让人又爱又怕的地方，每年都会有许多游客慕名而来，但一步一险的地灾环境让人感到恐惧，事实上，我们就是每天在与地灾结伴同行，多一分小心就是。”丹巴县位于四川省西部，甘孜藏族自治州东部，地质构造为全球独有的“旋涡状旋钮构造”，被地质专家称为“地质构造中的百慕大”、“世界地质灾害博物馆”。

进入21世纪以来，丹巴县先后发生过数起惊心动魄的地灾。2003年，丹巴县发生的岳扎乡鹅狼沟“6・26”泥石流及巴底乡邛山沟“7・11”泥石流，为百年一遇的特大泥石流灾害，这两处泥石流灾害共导致70多人死亡和失踪，造成了严重的经济损失。在这两处地灾点现场察看时，陪同我的有着近二十年地灾防治经历的杜干布谈起当时的情景依然脸色陡变：“那真是不堪回首啊，一条条鲜活的生命，一栋栋用心血造起来的房子，顷刻间化为乌有。”

2005年，丹巴县城后山古滑坡复活，潜在的滑坡方量达230万立方米；滑坡导致前沿多幢建筑出现剧烈的拉裂变形，严重危及到半个县城4900多人的生命安全。谷底河水咆哮汹涌，县城危在旦夕，居民们被困在巨大的即将发生的地灾中……

2014年8月9日凌晨，丹巴县东谷乡二卡子沟发生特大泥石流灾害，瞬间冲出60余万方的泥石流物质，致使10户农房被完全冲毁、85户农房严重受损……张彬副局长指着前方的挡墙告诉我：“现在，它不仅可以有效防范地灾，也可以是一道亮丽的风景线。灾害发生后，我们组织各方力量，通过两年多时间才修筑起来的，当地老百姓也积极参与其中，出人出力，筑起了这道防范地灾的长城。”

应该说，自从2014年开始，丹巴县的整个地灾治理进入了一个非常高效的阶段并且得到了持续不断的治理。曾经获得全国地灾防治先进个人的原县自然资源局局长倪光泉介绍说：“一是省、州给予了空前的资金和技术力量等方面的支持，二是在无数次的探索实战中，我们逐步建立完善了一整套防治措施，获得了实战经验；而且我们建立了一支全民防灾的队伍，老百姓参与度很高，坚持不懈地、夜以继日地活跃在全县。

坐在石头上聊着，老冯告诉我，“6·17”梅龙沟特大泥石流发生后，自己作为一名基层党组织的支部书记，不但要忍受着家庭巨大财产损毁的悲痛，更重要的还要化悲痛为力量，及时组织广大群众、动员各方社会力量参与投入到抗灾自救中来。各级都把关心和救灾救援力量第一时间送到了现场，全力以赴支持我们重建家园；施工单位在日夜兼程，滑坡仍不时在发生，一方面要协调克服困难抓紧进度，另一方面也还要稳定灾民们的情绪。在地灾防治一线工作已达十余年的县自然资源局副局长张彬进一步作补充：“这些年，全县一大批像老冯这样的基层党员干部，包括镇上、县上相关部门的同志，按照州县的要求，既要用扶贫推动各项工作齐头并进，反过来又要以各项工作促进全县如期脱贫；在地灾治理上，每天要恪尽职守，防止新的灾害发生，也要到地灾现场参战督战。我们县局的同志们，常年都要在全县的地灾监测点奔波巡查，900多个地灾点一个也不能落下。”

每天面对这么繁重的任务，在和从事地灾点监测工作十余年的老李见面时，他还是那么的充满力量，乐观豁达："既然干上这事了，首先就得爱着，时时想着干的是保护大家生命财产的事，也就不觉得苦和累了。"上上下下这些干部，要让丹巴在这样的环境下实现如期脱贫，谈何容易？可他们就能把丹巴县的脱贫工作干得很出色，多次得到中央、省、州的称赞。在进一步接触中，我才逐渐了解到，包括省、州下来一起驻县、驻镇、驻村工作的，还有那些镇、村、组干部们，你千万别以为看起来都只是平平凡凡的普通人，他们都是全方位的一线工作尖兵。半扇门镇的美女党委书记见到我时，正在操场上的太阳底下训练基层义务服务队伍，匆匆交谈中了解到，这支队伍可谓是多功能的，既要常年参与乡村振兴工作，又要确保阶段性的森林防火工作万无一失，接下来即将进入每年的主汛期，他们又将是地灾防治的排头兵，哪里需要就要奔赴哪里。千头万绪的基层工作，都得在他们手里出色地完成。

丹巴的每个人都是值得我们尊敬的，毕竟他们生活是真不容易，常年生活状况是这样的：头顶悬石头，脚踏泥石流，沟深沟长沟套沟，5 条河谷 131 条沟，还有不计其数的小沟沟。我在想，如果要对丹巴县地灾点的人民实施相对大规模搬迁，目前我们的国家应该完全有这个实力，而且据了解，县上也不止一次动过这样的念头。但是，在大范围都存在地灾隐患的县域内，确实很难找到适合搬迁的环境条件；如果搬迁到县域之外？显然面临更多问题，这一想法并不现实，何况祖祖辈辈又都生活在这片土地上，谁又愿意搬迁到别处去呢？他们的文化、习俗全都深深扎根在这里了，这里有他们世代存续的根。其实，他们生活在这样的环境里，在不断的损毁与重建中，已经学会了怎样与地灾共处，并且早有心理准备与它长久共存下去。而这样长久地与地灾结伴同行，人类或将更加懂得敬畏自然、顺应自然，与自然和平相处。

站在半扇门镇腊月山三村的养猪场屋顶，我抬眼就看见了，不远处，灾后重建起来的家园，炊烟袅袅。一侧的山坡上，羊儿在悠然地吃草，牛在犁地，康巴汉子的山歌起起伏伏地飘向我的耳畔……一切都是那么宁静与和谐。

"刘老师，你正站在我们的地灾监测点上嘞。"旁边的村民提醒道，夕阳照在他黑里透红的皮肤上，更照进他乌黑的眼眸里，我在他的眼眸里只看到希望，再无其他。

2021 年 12 月于酒城泸州

走近悬崖村

之前从未到过凉山州，我们那天最初到达的又并不是大凉山，而是位于大凉山下的安宁河谷地、邛海边的西昌。这里阳光很好，街道上还偶尔绽放着蓝花楹，几天前大片蓝花楹刚开，处处都能感觉到富足，令人难以相信，与西昌距离如此之近的凉山是真的穷，也不敢相信脱贫攻坚给凉山带来的变化这么惊人——一步跨越千年。凉山州自然资源局机关党委书记、彝族女干部武杰与我们见面后，直言凉山是个贫富二元结构特别突出的地区。

就在第二天，我迫不及待地去了悬崖村。应该说，这是中国脱贫攻坚最能直观感受到效果的地方。没到过悬崖村，也许你做梦也不会相信中国在这些年创造了怎样的伟大奇迹，只有到过了悬崖村，你才会不自觉地发出感叹。

踏访悬崖村，我首先去拜访阿克鸠射——这位与《悬崖村》一起出现在大众视野中的本土彝族作家，他现任四川凉山彝族自治州昭觉县委宣传部常务副部长兼县委外宣办主任，是最早写悬崖村的作家。当凉山州自然资源局党组成员兼机关党委书记武杰联系他说我要去见他时，这位大凉山的汉子回答："我正在等刘老师。"原来是他在我的朋友圈里已经关注到了我要去大凉山的动态。我这是去写文章的，一见面，他就说："刘老师，您也来写写悬崖村吧。"他好像找到了并肩作战的战友。难得阿克鸠射这么信任，我心里非常感激这位彝家兄弟。悬崖村对于阿克鸠射，早已融进他的血液，刻进他的骨子里。

据说从 2013 年起，他已经先后五十六次从悬挂在峭壁上的天梯进出这个村子，为把家乡悬崖村一步步走向富裕宣传出去，他就这样不分严寒酷暑地深入，进去摄影、写文章。在宣传悬崖村的过程中到底经历了多少艰难险阻，他没有告诉我。我曾经翻看过他朋友圈里的很多照片，从中可以感受的是，这些都是万分惊险中留下的。而且当初他并不被人理解，和我聊起来依然眼圈儿发红，他告诉我："一切都是在那时发生的，但我只要坚定了一个信念，就得扛下去，只要有更多人知道悬崖村就够了。"阿克鸠射在几个月前曾经以邮递方式赠送给我长篇报告文学作品《悬崖村》，该书刚刚在不久前曾经获得了全国报告文学最高奖项——第八届徐迟报告文学奖，最近他刚刚去参加了颁奖仪式。而他今天和我聊的却不是《悬崖村》，而是《悬崖村》背后那些鲜为人知的故事。我俩如入无人之境，就像是在讨论共同创作的一部作品，开心得很。后来，他又让我欣赏由他主编的《悬崖村》的图片集，每一张照片都有一个故事，他时不时给我讲讲。这些书籍，不正是悬崖村的脱贫攻坚史吗？我仿佛看见了里面的人影在晃动，他们在过去的这些年里，流汗、流泪、流血……刚刚过去的这场伟大的战争，他们共同取得了举世瞩目的战果，《悬崖村》已先后被翻译成近二十种文字在全球传播。阿克鸠射还告诉我，悬崖村虽然已如期摘了贫困帽，但产业发展才刚刚起步，未来还是要搞旅游，让更多人去感受天险，说白了，就是在卖惊险，探险是人类的天性。去探寻神秘，那里有太多的未知在等待揭开面纱，也顺便让更多人去体会脱贫攻坚成功的来之不易。

听过阿克鸠射的一番讲解，我们去悬崖村现场的欲望更加强烈了，同行的几位都没去过那边，也渴望早些亲眼看到悬崖村这样的地方到底怎样获得生活，孩子怎样进进出出上学？还有其他更多需要了解的。几年前，那时我正在筹备一部关于扶贫的电影，做策划书时，找到一张拟用照片，画面上的一群孩子抓住挂在悬崖边的木梯，正在奋力向上攀爬，所有人都仰起头。一条藤梯，通向云霄，孩子们在藤梯上一点点地向上移动，打头的是一个女孩子，眼睛瞪得大大的，书包紧贴在背上，跟在后面的也是一个女孩，仅能看见大半张脸和一双眼睛，她们脸通红，汗水湿透了头发……这张照片，不仅揪紧了我的心，相信也揪紧了无数见过的人的心，在用手机搜索时进一步了解得知，这张照片就是取材自凉山彝族自治州昭觉县的阿土列尔村，也就是大家习惯称的悬崖村。如果不是因为时间的原因，我说不定早已经去了那里了，可还是终于等到了现在才去，我想我该向阿克兄弟致歉，向他的悬崖村说一声对不起。

说起悬崖村，许多人其实并不知道这名怎么来的，也有更多人并不知道它叫阿土列尔村，包括陪同我们的凉山本地人小马她们都是一头雾水，在去昭觉县的路上，她说道："我不知道悬崖村怎么来的呢。"我说："我们把这些问号带到昭觉县去问阿克鸠射吧。"后来，小马又向阿克鸠射问起这个，他告诉我们，悬崖村早已经是一个不需要注释的地方了，倒是它一直沿用至今的名字——阿土列尔村，正在被人遗忘。那时，几乎一夜之间，悬崖村成了阿土列尔村的代名词，它是我们昭觉县古里镇的一个自然村落，距县城72公里，常住居民100多户，超480人在此居住，海拔从628米到2300多米。以往，外人入村，村民外出，必须经过上下落差800米的悬崖峭壁，脚踩12段218级藤梯，由此得名"悬崖村"，2016年5月起，随着《新京报》和中央电视台新闻频道对其进行的深度报道，悬崖村立即引起了人们的广泛关注……

聊过之后，我们在昭觉县城匆匆吃了午饭，就往悬崖村去了，之前去过甘孜州丹巴县，一路上，看着高山深谷的地理环境，我和同行的小马她们不断进行比较，植被同样稀少，但这里的山远不如有着"世界地灾博物馆"之称的丹巴那边的山破碎，也就是说丹巴的山更容易出现滑坡等地灾，但这里估计也好不了多少。总之，特别能感受到，这些地方的脱贫攻坚不管干部还是群众肯定干脱了几层皮、干掉了几斤肉，真的不容易啊，幸福靠着奋斗终究还是实现了，幸福的味道也让大家真真切切地享受到了。

越往前走，沟谷越深，而公路就像是一条拴在山腰上的绳索。谷底的美姑河，水还不多，全然没有咆哮的打算，温顺得很，好像没有河的姿态，就是地理位置比别处矮一些而已，在更低处躺着。小马说："我们这里的河，要是汛期洪水泛滥就不是这样了，刘老师您现在只是看到了它的另外一面。"公路随着美姑河曲曲折折，山也越显高，半截伸到大凉山天空的深蓝里去了。"行走在这种地方，是随时有可能遭遇落石和滑坡的。"长期驱车于这种地方的谢师告诉我们。应该是"5·12"之后，尤其是又经历了疫情考验，我们普遍变得比以前勇敢了许多，也看淡了许多，虽然每次身临其境时，心里总还是有些担心，但无论如何，还得继续前行，不管前方会经历什么。我们逐渐明白，人类在今后的日子里，将长期与灾难共生，相依相伴。这时，我们就拼命地聊天，我把从阿克鸠射的长篇报告文学中了解到的一切关于悬崖村的东西尽可能都告诉了车内的同伴们，但这一路途毕竟遥远，仅仅说这些远远不够，于是我们又聊别的，每个人的时间都很宝贵，但更多的是没把它当成宝贵的东西去使用罢了。途中，我又接了几通电话，毕竟沟谷深，有时在公路上，也感觉信号并不那么稳定，我就大声告诉朋友，我在去悬崖村的路上，他们多数对悬崖村并不陌生，也希望领略一下这里的惊险，由此我也强烈感受到，这地方策划打造以旅游产业为支撑的经济形态是很正确的选择，上面的住户利用自然资源各种利好土地政策支持搬下来集中居住和生产，要去上面游观的人随着知名度的提升也会更多，人来了就有消费，自然地增加了当地的收入，也就逐渐形成了产业，促进了发展。也不知道又过了多久，同行的小马说，悬崖村就在前面，原来她是一直利用着手机导着航的。

下了车，我们跟在接待我们的当地人后面一直前行，这时眼前出现了一片脐橙园。脐橙树齐刷刷的，和我们个子一般高，长势很好，绿叶间，已经挂了无数的小脐橙。可以想见，过不了多久，这里就是满园的脐橙了。据当地人讲，这是政府引进的最新品种，营养价值非常的高。那时候，来这里旅游参观的，无疑都会买点在这里现场品尝，也会带走一些。这种干热河谷地带的脐橙，和我老家赤水河谷的差不多。阳光充足，昼夜温差大，果子是难得的美味，别的地方是产不出来这种品质的。这些脐橙树，在我看来，其实也是当地村民的一棵棵“摇钱树”。

▲ 作者在悬崖村钢梯采访（刘文思 / 摄）

继续往前走，右侧就是石梯，我知道这就是上山的入口了，我说：“我们来登山吧。”大家都在兴头上，也就响应了我的建议，沿着石梯向上攀，才不久就汗水淋漓了。石梯左右两侧仍然是脐橙树，一行行，一排排。登高一程再看，整个脐橙园都在眼底了，因为这片能种植的土地面积并不大，而且远远近近只看见这一片能种植的土地，难道这是上天赐予村民们的奢侈品？我们知道，这些地方，只要能栽种，肯定会种满种尽的，在这里能形成这样的景观经济，也是能让来这里的人既饱眼福又饱口福的。这时抬头一看，“悬崖村”三个大字就挂在前面，仿佛橘园里的三个巨大熟透的脐橙，在高处引诱着上山的人。下面一排“撸起袖子加油干”的字非常醒目，悬崖村能有今天的脱贫攻坚成果，正是在这样的精神指引下获得的。

石梯变钢梯，眼前就是两千多级上山天梯的起点了，赶过来接待我们的昭觉县古里镇党委书记马比伍哈告诉我：“之前攀爬的那段还没计算进来，这才是真正的起点，以前的 12 段 218 级藤梯就是从这里开始的，现在已经换成了安全系数高且美观的钢梯，一直延伸到云端里。许多客人来了，都会攀爬上去的，这一路很刺激，必须亲身体验到。”阿克鸠射先前告诉过我：“有恐高症的最好别上去，那年一位记者悬在半空，声嘶力竭，把我们吓够了，虽然最后，她奇迹般地自救了，但从那以后，我们还是不提倡所有人都去攀爬。”能否上去，恐高的我没有把握。我们向上继续攀爬了一段，就停下来了，只好蹲在钢梯上歇脚和照相。有一些前来旅游的人把我们甩在身后，继续往上攀爬了，不一会儿，他们已经到达了目之所及的最高处，马比伍哈指着上头的人讲，到了那儿，得转到另一个侧面上继续攀爬，每个侧面有大约一两百级台阶，不断向上攀爬，到了最险的几处，向上的路都快垂直了，登这座山确实需要体力和勇气。当你大汗淋漓，使出很多力气抵达高处的时候，作为攀爬的胜利者，内心里又是无限愉悦的，山再高，他们都能征服，扶贫再苦，也难不倒他们。显然，这是一位脱贫攻坚成功者在给我们分享成功的愉悦，也是一位攀登者在展示内心的巨大力量。

回程途中，我正在写一首诗，此行最遗憾的是最终没能爬上悬崖村，如果下一次去，我想，一定得准备好充足的时间和足够的勇气，一并就带上这首诗。

悬崖村就在上头，也不是高不可攀，到时候就和其他攀登者一起攀爬上去，顺便增加体验感，也领略一些山上的风景，甚至也可以在上面住一宿两宿。那时，我就选个上午或是早上，站在悬崖村口，在蓝天白云下雄鹰展翅的美好里，迎着山风，和那些树、花草、鸟儿一起齐声朗诵诗歌，并把快乐洒播在草丛、树底，点缀在悬崖村的青山绿水间。

2022 年 6 月于凉山州

村校时光

一位教师朋友从外地调回家乡工作，她说自己在老家村校上班。据我所知，现在的村校和以前比起来，已经是天壤之别，学校环境和师资力量均有大幅度提升，甚至超过了那时的完全小学和乡镇中心校。她嘴里说到老家的村校，倒让我想起了自己年轻时的经历——那时我也曾经在老家村校当教师，时间虽然并不长，也就是人生中的那么一小段，印象却很深刻。

还是先来说说我在老家的村校读书的事吧。我是在老家的村校读到四年级转到临村去上完小学的。原本该在老家的村校小学毕业的，可是这时候却面临着这么个问题。放假那天，老师站在讲台上，手在半空中划拉一圈，很严肃地告诉我们："我们没有教室办五年级了，你们就到别的地方继续上学去吧。"我哭着回家，缠着当村长的父亲，要他给我们弄一间教室出来。我是知道的，父亲这点办法肯定还是有的，最简单的也就是约上几个村民，义务劳动打几方泥墙围起来，再在自家山上砍几棵树搭在上面，弄点茅草盖上去，等到秋天再添加点稻草，就成了。我们家的房子，父亲也是按这个方法弄的。我相信父亲一定会答应的，而且我也必须说服父亲，因为我早就向同学们夸下海口，让大家等着在新教室读五年级。我当时还看见，那个从县城来到老家村校读书的女同学眼睛一眨一眨的，心里乐开了花。我话还没说完，父亲就生气地说："一边去吧，你小孩子家知道个啥？你以为修间房子就可以读书了？"我并不知道，老家村校的三名代课老师，只有一名勉强可以教五年级，可她偏偏要去贵阳找她的丈夫了。父亲瞪大眼睛扔给我一句："我又教不了书。”我知道父亲是个二年级没读完的人，大字不认识几个，每次出去开会，回来传达都是靠记忆里那“半碗水”。到了第二学期，除了我们少数几人，其余同学都失学了。要说，我也差点没能继续读书。开学那阵，我母亲首先站出来阻止去邻村读书，她说：“路上要过几道河，很危险的。”但我坚持至少要读完小学，母亲也不好怎么把村长家的孩子留下来不去读书。去邻村的村校读书那段时间，其实是很惨的，一是河水涨起来的时候，根本就无法到校；二是还经常被本校的孩子欺负。有一次，三娃被他们逼急了，从一个陡坡上滑下来，摔折了腿。这样，原本成绩很好的三娃也只好退学了。

回到老家的村校教书说起来还有一些曲折。县城的师范学校毕业前，我们并不知道要分配到哪里去当教师，脑子里全是班主任老师说的那句“服从组织安排”，却不知道，那些格外聪明的同学早已落实了去向。也还好，我们全班同学四十五名，除一名特别优秀的学生被保送上大学外，其余如数回去接受分配，到最后多数还是按照从哪里来到哪里去的原则分配。这样，我就回到了家乡的乡镇，再由乡镇在全乡范围内调整。后来，我就留在乡中心校教书。教书就教书吧，怎么都是过自己的小日子，但不到一学期，心血来潮，我突然就不想教书了，当初当老师的愿望一朝实现了，怎么又不想干了呢？肯定也是有原因的，但我又说不出来。好不容易，又坚持了一学期，还是没办法把自己留下来。到了暑假，我被下海潮“席卷”去了广州打工。无数好心人费尽九牛二虎之力，总算把我劝说回来了，就这样，不由分说，我被中心校派遣去了老家的村校。

算起来，我已经在外漂泊了好多年，先在外面读完了剩下来的小学，然后是三年初中，三年师范，出来教书……父亲一直在村子里担任村干部，老家的村校悄然发生着各种变化，不仅教室破旧了一些，由于计划生育政策的控制，每家的孩子也相应减少了，班级也变少了，一共才三个班，二十多名学生；很缺老师，除了我就没有别人了，一所学校就一名教师。我对父亲说：“这书怎么教？”父亲说：“你是师范学校毕业的，在行，一顶仨吧。”我那时年轻，情绪波动大，就和父亲赌气，接连两天不去学校，躺在床上。父亲又气又急，告诉我：“我先打你旷工，然后去乡上告你。”可以想象，没有老师的学校，孩子们会乱成怎样的一锅粥，而且我这样做，给当了几十年村干部的父亲在村子里带来的影响是可想而知的。即使一个人教不了三个年级，也该先顶上去再想办法呢。父亲嘴硬心急，又拿我没有办法，在夜里，他来到我的床前，竟然做了一件我不敢想象的事，随着“咚”的一声响，他向我扔过来铁钉似的几个字：“今天不起来了！”看着情急之下的父亲，脑子里又不断掠过教室里那些孩子的影子，我终于还是坐起来了，在心里使劲说服自己，事已至此，必须面对。其实，在年轻人的内心里，还有一道最不能翻越的坎儿，那就是在哪里不是教书，为什么偏要让我回到老家的村校来？当初雄心万丈出去，就有出人头地的想法，怎么搞得又回到村头来了呢？只觉得弄得灰头土脸的。换成别人，想来肯定心里也是有这道坎儿的！

记得在老家的村校当学生的时候，我们的老师负责两个班的教学。老师来自山外，每天到来的时候，我们已经把课本翻来覆去读过很多遍了。而且她时不时因为这样那样的原因不来学校。即使到了学校，她好像根本就无法照管我们。好多时候我们都是偷偷跑出去玩，在校园的矮墙一带摁打屁虫，“呼呼”几记响屁溜走了；我们也喜欢扯狗毛草放在别人颈窝里，吓得人家又哭又笑；更多的时候，我们会奔到附近的一棵老树那里，逗蚂蚁，玩虫子，或是上树摘果子度过快乐的时光。现在我成为孩子们的老师了，我又怎样来对付这些小顽皮呢？一双手就算是伸出去摁“跳蚤”，再能再狠也摁不住几只，何况这些孩子也不是泥塑木雕那一类。要说我面对的学生也不多，三个班一共就二十三人，但哪怕就是使出整个人的力气，效果也并不好，有时老师在教室里讲得满嘴血泡，说不定还有两三个躲在角落里笑话老师呢。于是又感念自己的老师当初是多么的不容易啊，不在其位不知其累。但无论如何，我还得要努力地去扮演好自己在讲台上的角色。

我后来还是离开了老家的村校，前后才过了不到一年。那时刚出来，工资并不高，偏偏许多学生家长经常拖欠学费。那时，国家也还没对中小学生实施免费，每年都需要交纳一定数额的费用。原本开学就要一次性收缴的，有时候名报完了，一共才收到不过三五百元，多数都还拖欠着。你要稍微逼急一点儿，别说钱，第二天人也不见影子，躲到一边去了。没钱怎么就不能读书呢？父亲说：“就不那么急吧，迟得了日子少不了钱，又都是邻里乡亲的。”久而久之也收不回来，我微薄的工资就只能垫进去，到了年末岁初进家入户去收，一些家长也多是以一两只鸡、一块猪肉或两三升大米折抵，而这些东西又多是他们过年时的口粮，也就是说人家是口中不吃肚中挪出来给你的。说到底，还是太穷了，而我同样也是穷得透底。这让我感到好为难，拿走不是，不拿走何时又能收到呢？要说，父亲肯定也是不愿意让我这样做的，他说：“你就不可以自己节约点吗？”那时，我心里就很反感父亲这样的处理方式，总不能不考虑生计吧？在另一所学校工作后的两三年，也还偶尔去老家村子里清收那些学生拖欠的学费。不过这糊涂账早就算不清楚了。

我在老家村小当老师的短短一年，或者就是以“凶”留在学生们的印象中的。而他们嘴边挂起的这种“凶”，其实就可以理解为威严，但可以肯定的是，即使我可能在某个学生家中清收学费时曾经无可奈何地狠心拿走了他家过年的猪肉或鸡，他们也并不怨恨我，我照样是孩子和家长们喜欢的老师。我尤其可以自豪地说，自己从来不喜欢去占学生和家长的一点点便宜。比如每年的教师节，学生自己动手做的书签一类我也曾经收下过并珍藏起来，但只要是他们花钱买回来的礼品，我一律拒收，怕玷污了和学生们纯洁的师生情。我时时刻刻告诫自己，为人师者，当守师道、师德，千万不能让它倒下了。

2021 年春于叙永

消失的母校

一

朋友圈里读到了著名纪实文学作家李春雷老师为母校河北省成安县第一中学作的《青核桃》一文，我的眼睛一不留神就湿润了。前一刻还说着笑着，这是怎么了？一旁的儿子问我。我说，这一刻忽然发现，自己的母校都不在了，小学、初中，以及后来的叙永师范学校，都在不断的撤并或者其他的变化中消失了。

人应该有两条根，一条是母亲，一条是母校。我们一生的所学所获大多来源于她，友情，甚至爱情可能均出自于她。也许年轻时不觉得，慢慢地年长起来，母校更能牵动内心。因此，也可以说，一个人最柔软的部分归属于母亲和母校。

二

我的小学阶段是在老家的村子里完成的。

一开始的学校，在一个巨大的庭院里。庭院分成两个部分，一部分是归属村民住居，另一部分才是学校。庭院里的坝子由村民和学校共同使用，除了我们下课在里面追逐嬉戏，村民家养的家禽也在里面跑来跑去。有一年，一户村民喂了十几只鹅，常常是我们在上课，它们在唱歌。毕竟对我们影响不大，我们也不去管它们。

学校位于大门正前方，上三步台阶才能进校门，我们经常在台阶处玩耍，锻炼脚力，是一种很有效的体育运动，也让我们那时就开始明白了，人需要不断上下台阶。

后来情况不断发生改变，那地方改作了村公所，还挂了牌，就成了父亲他们开会的地方，学校搬离了那里。如此贫穷的村也不知突然从哪里筹到了一笔钱，在另一个地方新建了两排六间屋子作为学校，虽然说是土木结构，却也宽敞明亮。最好的还是环境更好，更适合学习，但也少了许多人和家畜的互动，生活也要枯燥一些。好在学校新来了一位年轻教师，她比其他老师都要活泼一点，喜欢唱歌。在她的教唱下，学校增添了许多欢快的气氛。

小学很快毕业了，我就到二十余公里外的学校去上初中。照一般人的理解，新建的学校肯定会越办越红火的，没想到，在我们离开三年后，就合并到别村去了。学校作了民房，住进了一家三口，据说是他们买下了这间学校。上次回乡，我的小学母校已经成了一块菜地，我走过去瞧了瞧，白菜、青菜长得很茂盛。种菜的老伯说这地种出来的菜很好吃，让我摘一把回去，我委婉谢绝了好意。这时刻，脑子里又闪现出两排相对的房子来，隐隐约约有书声琅琅，小学时候的那个我正在教室里读书，仿佛这些就是昨天发生的事，也还大约能记住那位教唱歌的年轻女教师的音容笑貌，她而今又在哪里呢？还有一位老教师，已经八十高龄了，那天从朋友那儿获得了她的电话号码，一打过去，她居然一下子就叫出了我的名字，要知道，我当她学生可是四十年前的事！

移步向一边，正是近中午时分，几个靠近当年学校的农户正在燃起炊烟，炊烟袅袅，缠绕回旋在一旁的竹林里，一幅水墨画就在眼前挂着。这样的水墨画，而今在乌蒙山这一带，随处可见。远处近处的吆喝耕牛声、时断时续的山歌响起……人置身其中，其实是很容易满足的。

这时，我已经走进了一户农家院坝，是很多年前就熟悉了的。读书那阵，在他们家里喝过茶也吃过饭。和他们招呼后，老主人邀约我进屋坐，我说就在院坝里聊聊吧。几条木凳，几个人围绕着坐了，又端上来一杯井水泡茶，空气中飘着香，随便说着一些老话题，亲切感传递开来，如同小时候在这样的院坝里嚼一块红薯干或者是别的。这时，我却意外地在晒坝上的鸡圈那发现了一个天大的秘密，忍不住轻叹一声，怎么会在这里？我立即拿起手机把它拍了下来。

不是别的，原来正是当初我们学校的那块牌子，一行字清晰地显示出学校的名称——小洞乡滩子村小学校。我们的乡和村名在早些时候也多次撤并给别的镇和村了，学校在这之前也已经撤并到了别的学校。老主人指着牌子告诉我，娃儿，这可是当初你的学校呢。嗯嗯，我一边含糊地答应着，一边走过去用手轻轻摸摸它，它就像在那里等了我很多年，我也许已经不会轻易落泪了，只是心里感动了一小会儿。一般而言，我们每个人都是学校的过客，想不到学校却成了我们的过客。这座学校存在的时间算起来非常的短暂，前后也就是十年左右。我不断地轻声问自己，这就是我小学阶段的母校？只要哪怕还有百分之一的存在感，我的母校，我都会时常过来看看您的。

三

我初中去的学校是我们原来那个乡政府的所在地，一侧有几栋旧的、新的楼，一看就知道是经过多年修建而成的，高高低低地散落在那里，就像是野地里的蘑菇一样，分为初中部和小学部。

这所学校也没什么特别的，就是招收一批学生进来，然后又送走一批，而它总是在那里不断地迎来送往，发挥着自己的作用。我的黄金学习期就在这里度过，它也是我开始为自己的人生奋斗的地方，总免不了时不时要回望它。

我们进学校的那几年，应该是属于它发展的鼎盛时期，初一到初三，每个年级均开设了两个班，但那时学生真是太多，还有许多学生入不了学。为了满足大家的需求，乡政府拿出兴教之举，出面临时租用了一处对面茶山的用房开办了一间农业中学，说是农业中学，除了名儿不一样，其他一切都归属我们就读的初中，包括老师，也是从这边安排过去的，也就一个年级一个班，其实是相当于我们学校的一个教学点。

那边读书的孩子非常渴望能在我们这边的教室上课，记得其中有位同学每天都从那个学校逃学，可私底下又跑到这边来和我们一起上课。不同的是，我们端端正正地坐在教室里，他却只能站在窗外听课，我们在教室里有时候会开小差，而这位窗外旁听的同学却从来不会，有一次，老师提问，全班竟然没有一位同学能回答，窗外的他得了老师给的满分。

初中学制是三年，但我毕业的当年并没有考上更高一级学校，而我下定决心要在读书上走出一条路来，所以就准备复读初三了。第四年在哪里读好呢？姑父给我找了另一所初中，那里的师资和教学环境无疑都要好些，而且我也特别想去到那边，可是后来却被父亲拒绝了。他说反对我继续读书，习惯性地用手指着挂在墙壁上的犁铧和锄头等。我明白，以他的脾气，我若再争辩，以后真没有机会读书了。

这一年里，我竭尽全力，终于拿到了我想要的成绩，拿到了一张进城读书的校园卡和一只许多人梦寐以求的铁饭碗。时光荏苒，三年后，我又回到这里来教书，我担任的是初中部两个班的政治和小学部一个班的语文教学。当时，由于初中升入高一级学校的人数逐年上升，声名鹊起，招生人数不断增加，小学部又在对面的山顶新建了教学楼。我每天都在两边来回奔波，干热爱的事业，即使再累也不觉得，而且和一大群亦师亦友的伙伴在一起工作非常愉快，每天上完了课，三五成群拥向小卖部，有时还要喝点小酒。

然而，才工作不到一年，有那么一天，我突然毫无理由地厌倦了这份工作，当时根本就没有认真去思考哪怕三分钟，就从学校出走了。去哪里，去干什么，我统统不知道。如今，每每看到身边同龄人有辞职一类冲动的想法，不管他（她）将来会从事什么，甚至也可能还会回到原来的岗位，我总是很能理解。任何时候，人总是要有股冲劲才是好事，箭不射出去，你怎么知道它是否锋利呢？毕竟走出去，无论走到哪里，同样也是在为社会做贡献。

如此热闹的一所学校，后来还是因为种种原因，对学生进行了分流，把优等生集中到了乡镇上的那所初中，而把相当于我们读初中那阵的农业中学部分同等成绩的学生留在这边，部分骨干教师也随学生流动过去了。就这样，这所学校以初中为主体变成了小学的附属，而小学其实也逐渐失去了原来的乡镇中心校的优势，被边缘化了。据我所知，这一切都是随着乡镇不断撤并而带来的。历史的脚步不能阻挡，而历史的发展也必然会导致一些牺牲和阵痛。

一些年的不断变化，曾经非常热闹的母校，仅保留了一个年级一个班的村小建制规模，教师也相应多次做了调整，能走的都走了。我们的三十年初中同学会，相约去了那里，眼前是破旧的空楼房，很久没有人进出，只有一些野鼠在那里，发出叫声。怎么也无法料到，它居然会落得如此境况。和我们一起去的老校长，面对眼前的境况，忍不住落泪了。

再过了一些年，这里的很多楼房因为学校功能的丧失，也没有别的用途，慢慢地老了，颓废了。包括旁边的乡政府用房，尽管过去是一处地主的老宅，很有历史文化底蕴，也伴随着学校的颓废而失去了旧日的光泽，在一角哭丧着脸，后来曾经有人提议开辟为村里的养老院。此方法说不定行得通，毕竟现在的老年人越来越多，而且还有更多人也在老去。

对面山上后来修建的教学楼，至今还在使用，环境也进一步改善了，教室、体育场、营养餐厅、教师宿舍……都是条件很好的，与城市里的学校相差无几，但学生好像并不多。对我们这些当初的学生而言，毕竟是新建的，我们对那里没什么感情，即使回到那里，也找不到那时的欢笑快乐，无论如何还是感觉不到母校的那种亲切感的。

最近从同学交流群里得知，我们正在组织四十年的初中同学会，到时候，我们又在哪里去找寻曾经的母校呢？

四

我就这样一步一步迈开了自己的脚步，逐渐远离我最初的起点，向遥远的未来进发，20 世纪 80 代末，我破天荒地考取了叙永师范学校，虽然它身处叙永县城，但并不仅限于招收本县的学生，而是面向叙永及周边的泸州市和宜宾市多个县区招生。

叙永师范学校当初实力强劲，几乎包揽了附近县区最优秀的寒门学子，各地学生都慕名而来。学校新生最多一年都没超过二百七十人，由此可以想见竞争的激烈程度，许多孩子都考不进，虽然不光荣，却也无可奈何。为了考进这所学校，累掉几斤肉，生一两场病实在再正常不过，这是当时我初中班主任的原话，事实上我也就是这样拼出来的。

能从大山深处一步一个脚印走出来的人，其间必定经历无数曲折，跨过无数沟坎。大部分学生毕业后的目标却是一名小学教师，而且多数是回到自己就读的乡村小学，运气好的顶多也不过就是乡村中学，留校或保送大学的都是“大熊猫”。这样的目标，虽没有限制人的自由，但一定限制了人的理想。理想的翅膀被套上了沉重的现实枷锁，你还能怎样？每天除了玩还是玩，是当时我们的学习常态，在学校就为混一张毕业证的人绝不是一个两个，当下有饭票，三年之后有饭碗，怎么就不满足呢？令人惊讶的是，她不但是川南中小学教师的摇篮，也同样是培养法律、商业、政治精英的沃土。从这里走出了不少社会各界优秀人士。

然而，过了些年，随着高等院校不断增多，高校一再扩招，中等师范学校开始逐渐萎缩，生源状况也发生了根本性变化，昔日的兴旺渐渐不再。到了 2000 年之后，国家明确不再招收中等师范生，母校的辉煌也走到了尽头，直至在历史的长河中灰飞烟灭。如果能继续存在，说不定对山区教师队伍的稳定还有很大的作用。后来，它被合并给了县城的另一所初中，分设为高中部。再后来由于发展需要，政府又新选址单设了另一所高中，学校的灵魂——老师们也一起转过去了。师范学校从此变成了空壳。再后来，母校又做了新的用途，再次交给了另一所初级中学使用。去过那里，但见景物更美了，鸟语花香，篮球场上吆喝声此起彼伏……

▲ 作者创办的鱼凫书院

五

为了助力教育事业的发展，我个人创办了“向暖而行·写作公益讲座”，一直坚持选择在一些边远村小学校教课，转眼已经开办三年了，每当与那一双双渴望知识的眼睛相对，我心里就多了几分慰藉。

此外，我还希望能为叙永师范昔日盛景的重现出力。我计划把母校留存下的资料放在自己创办的被称为叙永地方文化名片的鱼凫书院里。这个过程中，我和热心的师兄妹多次沟通，仍需要进一步达成共识，而且包括浩繁的校史资料及其他很多方面都需要花大量的精力，需要更长时间才能逐步形成这样的氛围。

享受着午后浩瀚无边的时光，我这就行动，告别忧伤，在温暖中行走在岁月中，去一点点找回消失的母校。有些事物是要变成回忆了，即使消失，也存在过，那就存在于过去的那些日子里吧。

2022 年 2 月

女儿花

谁说女儿不是花？那就把她放在身边的一棵树上去看看吧。这时，她就在枝丫间忽隐忽现。她有时又像是一只小蜜蜂，在我这边嗡嗡，又在老婆那边嘤嘤，弄得年近八十的外婆有时还吃醋，小声抱怨。外婆佝偻着背，整个人贴着地面走路，她的耳朵已经不太灵了，尽管自己觉得说得小声，却也被我们听得清清楚楚。如果能把女儿分成几瓣，由着一家人各自心疼该有多好啊。我们都出自农村贫寒之家，某些时候，总感觉亲情味要更浓一些。

我说的女儿，其实是侄女。她是 11 年前从三妹肚子里抱出来的，我们却经常逗她，说她是我和妻子生出来了然后再交给她妈养的，或是在水井那里，别人用一件破棉袄包裹着，差点冻坏了，被我们发现捡回来的。有时候她被弄糊涂了，变着法子去试探她妈，问是不是真的。三妹不置可否，笑而不答。她对着自己的妈又打又骂，最终也得不到一个确切答案，又一边哭一会儿，然后笑着又依偎过来了。我和老婆开口闭口都叫她玺儿，单从这样的称呼，就知道平时我们有多么疼爱她了。她转眼就 11 岁了，已经是县城中心校六年级的学生了，有时还有点爷儿们，尤其要是被谁欺负了，竖起指头时的那副模样。即便是花，以她的天真和调皮看，也还是哪个枝端上的花骨朵儿一枚，未来还需要有更多的阳光雨露滋润着成长。

我们这辈子注定无缘生育女儿，就只有一个儿子。要说多少还是有一些遗憾，好在我们这辈子还是会有两个女儿的，确切说，除了整日里在身边蹦蹦跳跳的这宝贝侄女，还有不久以后就要进门的儿媳。是的，儿媳没进门，老婆早就想和她一起生活了，儿媳也是女儿，娶个儿媳就是添了个女儿。到时候，儿媳爸妈那边也增了个儿子，他们也乐呢。老婆说，这样的家才是其乐融融的，所谓的老有所乐，老的小的互敬互爱不正是乐的源头活水吗？家庭、事业最需要这样的源头活水来滋润。

回想在儿子出生之前，我们确实特别希望他是个女儿，当初的确就是这样的愿望，水一样澄澈的愿望。我毕业后做了教师，端的是公家饭碗，那时也叫铁饭碗。这只碗虽然说放在后来的日子里，并不怎么样，但在那年月还是相当令人羡慕的。我并没有其他同学那么幸运，读书那阵就动手找上一个女教师过日子，我找的，那是一朵花，是蜜蜂蝴蝶亲近的一朵花，进一步说，就是一朵名副其实的村花，开在山坡上或是山腰上的。在我的观念里，孩子为家增添了生机，让家的烟火味也变得浓烈许多，孩子最能抚慰老人的心。按照那时的计划生育政策，老婆户口所在地属农村的二类地区，只要第一胎是女儿，间隔四周岁，就又可继续生育一胎，但必须是女孩。说到此，明白为什么当初希望我们的第一胎是女儿的原因了吧？那时我们无论生活压力有多大，还是希望多有一个孩子，就一味想着生下来，并没有更多地去考虑今后怎么养的问题。这样，儿子降临到我们的生活中，成了我们家庭的一员。帮着带孩子的丈母娘知道我们的心思，经常把儿子装扮成女儿模样，不仅每天给他花裙子穿，甚至常常为他弄两个小羊角辫，走起路来，就像是蝴蝶在头上翻飞，加之儿子那时候也长得秀气，周围不少人都以为他是女儿身呢。我和老婆不知何时已经打起了生育二胎的主意，并且也在每个夜晚悄悄努力着，不料却被在乡镇做干部的岳父给盯紧了，几次老婆想以打工为由出去躲生，结果都被岳父拉扯了回来，他还经常提醒我们，不能违反计划生育政策法规。每次妇女普查，岳父还自觉地担起了村子里的妇女主任的角色，把我和老婆弄得哭笑不得。而我自己作为一名国家公职人员，说到底，任何时候也还是有规矩意识的，再怎么也不会去挑战底线。因此，我们的女儿梦就这样被深埋在心底很多年。直到多年以后，国家出台了二胎生育政策，但此时我们已经无能为力了。看来，注定今生是没这份女儿情缘了。

二妹是老婆几兄妹的孩子中最小的一个，而且是仅有的一个女儿，这就不仅是我们嘴边和行动上疼爱的幺女，也是整个大家庭都在疼爱的幺女。如果说我们是把她放在掌上，像明珠一样捧着，那我的儿子他们小一辈的几兄弟，绝对是把她随时扛在肩膀上的，高高举起，轻轻放下，一口一个幺妹，喊得比咬开一枚鲜果还脆。爱屋及乌，他们也背着我们给改了绰号——二狗狗，二妹最生气的就是叫这个，可他们偏是要叫，一会儿二狗狗，一会儿二狗屎的。无论如何，几兄弟不管什么时候赶回来，最巴望见的人也还是她。任何时候，二妹其实都是被他们放在心上的。她在这个家庭中，是不是胜过了一朵花在我们眼前的位置呢？总之，她时不时抚慰我们内心偶尔的沉重和难受。其实我们也经常在暗自说服自己，真的不能对她太好，更明白太好也许并不利于她的成长，却又谁都禁不住对她好，真不知该如何是好。

11 年前的那个农历深秋十月的深夜，雨打风吹，杏黄叶熟，窗外的路面还有点湿滑。老婆陪着妹妹去了县医院。在妹妹一阵接一阵的呻吟声中，二妹悄悄降临到这个世界。那晚，我就在家里沙发上躺着，焦躁不安地一直在等待是侄女还是侄儿的确切消息，直到凌晨 3 点，终于，老婆的电话打过来了。一听说三妹生了个女儿，心里像灌进去了一罐蜂蜜，比自己突然得了一千金还要幸福。要知道，在这之前，老婆按照自己的想法，已经不知为她准备了多少套女儿装；现在，我又在电话里向老婆提出，天亮了赶快给女儿买几套衣服，打扮漂亮点，并要她把昨天买回来的牛奶拿过去。其实，一个刚出生的婴儿，能穿多少、能吃多少呢？但在我心里，好像只有这样，才能表达对她的喜爱，又不断叮嘱老婆，接下来要精心照顾好她们母女。就这样，不经意间，在我们的生活里，在我们狂奔向天命的人生季节里，又开出了一朵动人的女儿花。记得生女儿之前，三妹还是有些犹豫的，那时，身边的人都在说，这些年，生活、上学成本实在太高了，有生育能力的人，生一个也许太容易，可养一个却很不简单，生得起养不起还不如不生。以她们那时的家庭条件，也许真有一定的供养困难，但我和老婆还是极力劝说她生下来，到时候我们帮着供养。那时，儿子正在泸州市读私立学校，要说我们时不时多少也感到一些供读压力，但我和老婆一致的看法是，到时候二妹读书了，就算是我们从牙缝里挤也要挤出来钱供养她，那时渴盼有一个女儿的念头把我们夫妻俩简直弄得差点疯了。

等到二妹在她妈妈的怀抱里稍微长大一些以后，她妈妈又要去打工挣钱了。那时，我们在县城开办了一所学生培训托管中心，她妈妈就在那里做一些杂务，帮着打理，每天总有忙不完的事。照顾二妹倒也是我们乐意的，老婆每天弄完了学生们那边的事，麻将也不去打了，包括化妆的时间也挤了出来，二妹还很小，除了吃奶那阵，其余多半都是老婆在照顾。我敢说，老婆照顾这个小不点，甚至比当初她照顾儿子花的心血还要多。我虽然在一边帮不上什么忙，但抱着她穿街过巷，牵着手学步也肯定比过去给儿子的时间要多很多。关键是，我们的儿子也格外心疼这个姗姗来迟的二妹，在二妹出生之前，我们还不知道，比儿子整整小 16 岁的二妹，从小就得到了来自哥哥的疼爱，走到哪里，他都是把二妹背着抱着。自她出生起，我们就把二妹看得如同自己的生命一样，而儿子却把她看得比自己还重要。我们家里的女儿花，就这样悄然而至，她也许就是来排解我们没有女儿的那一半寂寞的，多了一个女儿的日常生活，一下子丰富了许多，屋里，也多了不少玩具，不是我们买的，就是儿子替二妹买的，满屋子被她弄得乱七八糟的，老婆也总是任劳任怨地收拾着。记得儿子在他的小学作文里这样写道：想克隆一个自己，每天陪着自己玩。有了二妹之后，显然愿望就实现了。这些年，我们膝边也多了一份叽叽喳喳，因为工作，我偶尔去到外地，也总是少不了一通来自女儿的问候电话。这样，即使儿子在外边忙着工作，抽不出时间照料我们，我们也不会感觉到日渐老去的孤单。

这多年的奔跑忙碌之后，平时我们不太愿意去操心更多事情了，总觉得怎样平淡就怎样过更好。二妹降生之后，也不是非要去操心不可，毕竟她也还有父母去为她操心，可事实上，我们却主动操起了这份心，为自己增添了一份做父母的责任和担当。一日三餐、生活所需，老婆总是早就为她准备好了，她每天只要是沿着眼前的这条路走过去，就已经是阳光满地，鸟语花香。至于读书学习这些事，迟早是我在为她谋划。不知何时，我们已经把培养二妹这事变成了我们的分内职责。随着二妹长大，她可能也会和天底下所有的孩子一样，变得叛逆、不听话，无疑也会有让我们感到很生气的时候。甚至有那么一个时候，也想，再怎么也不是我们的女儿，何必那么苦心呢？但回过头来，又还是不自觉地把她继续视如己出。包括有时候，她的父母也会酸溜溜的，说不定也有和我们争女儿闹情绪的一刻，至少我曾经有过放弃的念头，但实际上，我们变得更加离不开她，对她关爱有加。儿子说，一个人的生活总是要多有一两份支撑，免得一旦在某个时候错过，会无法面对今后的生活。他的外婆就是活生生的例子，自从失去外公的支撑之后，一夜之间，黑发全白、白发更白，弄得“大雪封山”。要说我的生活支撑也是多极的，除了二妹、儿子、老婆、父亲，还有更多的亲人、朋友，但其实，我们都是在相互支撑着。不管自然界是下雨还是飘雪，在这么多的支撑下面，却是一片实实在在的晴空。而这片晴空，就是由外界的阳光和每个人心里透射出来的阳光交织着。

毕竟二妹还只是一棵小苗，一枚花骨朵儿，更需要呵护。尤其是冬天，特别寒冷的日子，只要我能抽空，只要她愿意，我都一定会驾车去学校接她回到我们在这座县城里共同的家园——鱼凫书院，而我老婆也会时不时为她准备一点儿暖心的吃的喝的，早早地等着她回来。她也会用她的聪明伶俐时时刻刻温暖着我们两口子，也用同样的温暖记挂着一些常来鱼凫书院的长辈和她的伙伴们。我说的驾车，其实是一个小电动车，我们更喜欢称它为“小绵羊”。学校到鱼凫书院这段路程并不远，骑“小绵羊”也就十多分钟，但在飘雪的日子骑车，也还是冷，可有二妹像一团炭火一样在学校门口那里等着我，也就不会感到冷了。孩子要如何陪伴和培养，也许并没有固定的模式，以儿子及二妹的成长经历来看，正如老婆所说，无论平时再忙，作为家长或是监护人，最原始有效的办法就是只要时时多加点爱进去就行，就像是面对生活，随时总要记得加点盐。

最近，我们又在讨论二妹读中学的去向了。明年春期一过，她就是初中生了，到底在哪里读中学？我告诉她，首先得凭自己的本事，考上哪里算哪里，成都、泸州、叙永都行。但回过头，我又和老婆、儿子在讨论，这些年，全国都在搞均衡教育，加上双减政策的不断落实，教育整治成果已经开始显现，感觉在叙永读完初中、高中也许还会更好些，前些年，叙永外出读书的孩子，由于缺少了家长陪护管理而导致失败的例子难道还少吗？教育，更需要的是和孩子不断地在沟通中达成默契，让孩子用内在的动力去推着自己前行，最终实现自我教育。

有时想想，二妹其实也就是上天在我们即将老去的生活里送给我们的一朵女儿花，同样也是集全家宠爱于一身的掌中宝，但她也总是要在风雨里去磨砺成长的。不管未来怎样，小小年纪的她，已经能够很好地适应社会和新环境了，在学校，白老师和魏老师他们也常常夸她，不但有许多朋友，也很自律，学习不用担心。可我有时发现，她平时就不太喜欢读课外书，许多在她这个年龄该读的书都还没有读，偶尔偷着与小猫、小狗逗趣，时不时还在手机或是电脑上打打游戏，后来又喜欢上了架子鼓、台球这些，有几次我甚至为此还狠狠地批评了她。其实淘淘气、玩玩倒也没什么，这本来就是孩子的天性，但我心里也或多或少有担忧。

逐渐地，我也更明白，毕竟二妹这朵女儿花还有很长的路要自己去走，人生中绽放自己也需要有足够的脚力，因此，我同样也在时时告诫自己和身边的家人们：对二妹，可以心疼，绝不能放纵；可以自由，绝不可放任；可以呵护，绝不能袒护。

2022 年 2 月于叙永

成长中的儿子

——致儿子的一封信

也不知从什么时候起，每次听到儿子你要回来的消息，我都兴奋得像个三五岁的小孩，蹦蹦跳跳的，但我又担心别人看见我的这副丑态，只能悄悄地躲在哪里享受着这种纯粹的快乐。是的，你是我们的儿子，是我们今生今世的儿子，若有来世，我们还能做父子吗？

这两年，我隐隐感觉到另一层意思已经在我们之间不断弥漫，而且越来越明显，自从你长大了，确切说是你参加工作之后，恍惚中我和你妈倒成了你的一双可爱的儿女。以前，别人在说老小孩时，我并不知道，老小孩这个词语竟然还包含着这一层含义，可现在我们已经明显地感觉到了。这样的感觉，是不是就意味我们老了呢？虽然周围的人都不同意我们这么快就老了的观点，其实我们也不会承认自己老了，但事实上我们确实开始老了，额头上有皱纹、眼睛感到模糊，还特别坚持自己的想法……这些不都是老了的表现吗？

儿子，其实，想当初你在妈妈的肚子里时，我们并不希望你是儿子，这是句大实话。因为我们属于计划生育政策中比照的二类地区，如果父母双方有一方在农村，你是女儿，我和你妈妈就可以再生一个孩子。也就是说，我们会在接下来的日子里，会再迎接一个你的弟弟或妹妹来到我们这个小家庭中。为此，我经常伏在你妈妈的肚子上，仔细倾听和辨别来自你的各种各样的信息，并且很认真地判断着。你妈妈知道我的心思，总是胸有成竹地对我说，就是个女儿。她一再强调，你就是个女儿。虽然我心里还是不踏实，但我再怎么也不会和一个孕妇去争论，毕竟十月怀胎，妈妈的确很辛苦。那时的我们，无疑要比今天的无数年轻夫妇生活压力要大很多，不但没有车、没有房，而且还欠着许多外债，可我们还是希望多有一个属于自己的孩子，我们从来都不会去考虑供养的成本。记得你爷爷说的，养儿养女不需要去计较这些，既然希望当父母，有必要去考虑这些吗？

随着那个冬日上午的一声响亮啼哭，我们的女儿梦，还有二胎梦一并在顷刻之间破碎了；时不时，我都在悄悄地埋怨着你不应该以儿子的面孔出现在我们的家庭里，可无论怎样，还是改变不了这样一个铁的事实。转眼生米已经煮成了熟饭，你就这样不受欢迎地来到了我和你妈妈中间，并且逐渐变成了一条坚固的纽带，从此把我和妈妈拴得稳稳的，无数次，不管和妈妈发生了什么矛盾，只要你一站出来，就像是站在了我们的心上，还有什么不能谅解的呢？

往后的许多年，我曾经无数次倔强地想，哪怕不要工作了，也要再有一个孩子，陪伴你也陪伴我们夫妻俩，其实，这中间还隐含着一个自私的念头，都说养儿养女为防老，如果有一天你不要我们了，我们也还多一条路可以走啊，虽然现在看来，你的确是个孝顺的孩子，我们有点什么风吹草动，都会牵动着你的心。孝顺，是我们的传家之宝，也是中华文化的根脉，需要一代一代接续下去。

记得那时，我还在老家村子里的学校当老师，那所学校还算是很不错的，从一年级到六年级都有开班，每个年级一个班，但还不具备条件开办幼儿园和学前班。你四岁以前，我因为上班站讲台，很少有时间管教你，可你却在这个阶段就能背诵二百首唐诗宋词，也会算一百以内的加减法，这是谁的功劳？当然是你那聪明的妈妈。你还在娘胎里，她就每天缠着我和她一起，站在村子的大山上看远方的灯火，吹山口那面来的西风，给你背古诗词。我猜测，还没出生你就一定会背“大江东去，浪淘尽……”了。你可比我幸运多了，遇上了一个有知识且善解人意的好妈妈。在我的记忆中，要说我妈妈也很好，可惜她只会认一个字。在我快八岁的时候，她就在我的纠缠下，在那个寒冷的冬天，从柴火堆里取出一根烧过的柴棍，把那个她认识的“正”字端端正正地写在地面上，毫无保留地教会了我。直到母亲去世，再也不见她写过一个别的字。值得自豪的是，这么多年过去了，我依然带着这个“正”

字，行走在天地间，后来，我还把这个“正”字早早就教会了你，现在，你已经把它变成了自觉的行动。

记得你4岁那阵子，我就被调到乡镇去工作了，其实我当时还是想继续留在村校教书，教室里那些孩子需要我，他们用齐刷刷的渴望眼神逼得我无路可退，难道我就这样走了吗？这时，你的外公说，为了孩子，你就去吧。在村口，孩子们和我彼此含着泪告别的那一幕，至今依然清晰地留在我的脑海里。那是个樱花盛开的季节，漫天的野樱花飘落在地，我忍着内心的疼痛走了。这一走，直到三十年后，随时都感觉在我身后就是那个村口，还有无数双渴望知识的眼睛停留在那里。除了外公考虑得周到，要说我和你妈妈也同样考虑到你确实需要有一个相对更好的教育环境，所以，当时，我就毫不犹豫地离开了，而你的读书生涯也从那天就开始了。那时，我还是一个比较爱慕虚荣的年轻人。到了乡镇的学校，我打算先让你去读幼儿园或是学前班，适时展示一下你藏在短衣袖里的才华，我十分相信你一定是同学中最棒的那一位。然而，你并不吃这一套，而是表示要直接去读一年级，虽然你是那样的自信，但我仍然担心你会因此成为班上的拖后腿的那个学生。直到现在，你还是保持着那份自信。儿子，请记住，自信不要自负，其实，它们有着本质的区别，任何时候千万不要弄混淆了。

原本你对我说要好好学习的，可进了学校，却突然就后悔了，你说，要么就自己走人，要么就妈妈或爸爸其中一个陪你读书，你是那么坚定，一点儿也不听我解释。难道你不知道，妈妈还在老家的庄稼地里忙碌，和玉米花、麦子花打交道吗？我在乡镇上又有太多的事需要处理。你也知道，我也是一个很拼命的人，一点一滴的幸福都要靠努力才能得到。我当时忽然觉得，你在某一刻，是那么蛮横不讲理，有点不像我们的儿子。自你出生以来，我从来就没动过你一指头，不是我舍不得，而是你根本就没惹我生过气，周围的人都说，你从小就是那么懂事。此刻，我高高地举起手，准备狠狠给你一巴掌，手上的劲儿都聚集到了打下去的那个地方，我真的要打你了呢。见我如此凶狠，你不但没止住哭声，反而哭得更响了，教室内外都能听见你的哭声。见吓唬不成，我只好又哄着你说：“幺儿，爸爸陪着你。”爸爸也真是没本事啊，才不到十分钟，我就悄悄地从你身边溜走了——我轻轻地走了。那天，你后来到底继续哭没哭？我至今都不知道，那天你的付老师是用怎样的魔法才把你留在了教室的。

那天之后，我一直很忙，经常都在村里开展工作，根本就顾不上你，没办法，只好把你寄放在学校当老师的姑姑那里。从此，你就像她的尾巴，她在哪里，你就跟在哪里，可她也生怕搞掉了你这根尾巴呀，时时刻刻，小心翼翼。其实姑姑在当时也有她的难处，除了要照顾班上的学生，自己也有个比你还小的孩子需要照顾，但因为她答应了我要好好照顾你，就一刻也不落下。记得那是端午节前夕，姑姑把你带去她老家玩。我和妈妈没有时间陪伴你，你平时很少有这种玩的机会，每每遇上这样的时候，调皮劲儿一下子就上来了，猴子似的，跳前跳后。也不知道什么原因，姑姑邻居的一群孩子都围着你，让你比山大王还威风。后来，你和他们一道，在姑姑家门前那片空阔地带玩捉迷藏。可谁也不知道，就在前面不远处是一个暗藏的陷阱，它就像一张猛兽的饥饿的嘴在那里张着，随时随地都可能悄无声息地把身边的物件吞下去，紧接着舌头一伸一卷，就什么都不见了。不知谁喊了一声“散开”，你就小腿撒开，带头冲在前面，往危险那边跑去。当时甚至还来不及招呼一声，你就一下子掉进那个陷阱里去了，紧跟在你后面的一个小伙伴当即就吓哭了，幸亏他此时还保持着清醒的头脑，只见他飞一般地跑回了姑姑那里去搬救兵。

来人把你从深井里救上来，万幸的是毫发无损，然而，你却被吓得说不出话来了，我们都以为伤着哪里了，一下子如同天塌了下来，四处求医，又是去叙永，又是去泸州，却怎么也找不到原因。这样一来，你把我和妈妈都吓哭了，我们哭成一团，一时不知道该怎样才好。儿子，自从你来到我们中间，虽然你不是女孩，可你的乖巧，已经让我和妈妈爱上了你，不管你是儿子还是女儿，我们都一样的喜欢你。从你降生的那一天起，我们就注定了一辈子的父子亲缘，往后我们就得要搀扶着走，走漫漫长路，山高水长。谁能想到你遇到了这种祸事，我恨不得自己替你承受。好在三天之后，你又重新开口说话了。是我和妈妈的默默祈愿感动了上天？还是你从迷糊中听见我们用心的呼唤突然清醒了呢？多年以后，每当回忆起这一幕，我都还心惊肉跳。从那以后，我哪怕就是从老家骑车带着你去学校，也会用一根绳子牢牢地系住你。任何时候，我都不能把你搞丢了。爸爸这算是吃一堑，长一智吧。

自从我和你妈有了你以后，就算是有了一个属于自己的三口之家了。为了能把日子过得像样一点儿，我一直在上班之余，坚持找点事做补贴家用，大家都在说，我比别人忙碌许多，我却一点儿不觉得累，有你和妈妈在我的人生路上，苦点累点真不算什么。可偏偏做的事越多，我们亏空就越大，我怎么也搞不明白这到底是为什么。后来，我和你妈就商量着搬离老家，到条件好一些的县城里去居住。我们是这样考虑的，一来，县城里人流量大，可以随便找点生意做挣点钱，二则主要还是想让你到县城的学校去上学，如果条件许可，哪怕就是把你送去北京、成都上学，也是很乐意的。客观地讲，你有读书的禀赋，也有我和你妈妈结合给你带来的聪明，就是在北京、成都肯定也会是优秀的，但我们就是到县城里去，也是费尽九牛二虎之力才得以实现的。

还记得我们刚到县城那阵儿，面临着几多困难，主要有两个方面，一是我们没有房住。找了几个房打算租，但不是条件太差就是房租要价太高，把自己贴在墙上又都不是时候。没办法，我们只好住在妈妈做日杂货品的门市上，日杂货品有很多是塑胶的，气味非常大。晚上我们睡在楼上，常常被你吵得受不了，你莫名其妙地哭着，我们却不知道是塑胶味道太大，还是有老鼠捣乱。你害怕老鼠就是那时遗留下来的毛病，不知你现在是否知道了那时的老鼠的真相？其实知不知道已经不那么重要了，那样的日子已经一去不返了。想来，如果你以后有了孩子，也不会让他们受老鼠惊吓了。二是你还没找到学上。我之前在县城师范毕业，有不少同学都在城区学校担任教师。我就想，只要进了城，给你找个读书的地方应该是再简单不过了，可哪里知道，后来找了几所学校都落了空，在县城学校读书难，这不是一天两天的事了，有多少孩子希望得到更好的教育啊。后来幸亏遇上了夏老师，她在开学的前一刻，顶着很大的压力才把你收留到了门下做旁听生，那真就是柳暗花明又一村。任何时候，没到最后一刻，决不放弃，这一课你早早就学会了。

印象最深的是你刚到夏老师班上时很瘦小，因为来自乡下，一个丁姓的同班同学竟然在扬武坊大桥上当众欺负你，用小石块在你的小腿肚上划了一道口子，鲜血直流。看着你的伤口，一直痛进了我的心里，我满脸痛苦状地在家里等着你回来。后来，我告诉你，如果今后谁再欺负你，你必须以牙还牙，打赢了再回来。虽然从小我就这样教育你，可你从来没有这样干过。但不知为什么，那以后，好多同学都尊称你为曦哥。我原以为你成了学校里的小混混，但夏老师却彻底否定了我的想法。直到今天，她谈起你，仍然还是她的自豪和骄傲，你不但成绩好，而且还很有组织能力。我们那时都还不知道，你真正的天赋是唱歌，也许这一辈子，我们就因为无知而错过了一个做优秀歌手的儿子，但你其实并不希望成为一名歌手，你说，一辈子做个平凡人就好。

后来我们在县城里经营的小生意，不但没有一点儿起色，而且又继续亏空了不少，这样的艰难，何处是个尽头啊，必须尽快地改变我们的处境。为节约房租，我们有一段时间还搬到了郊区的杨家院子里居住，同时悄悄地寻找着县城的生意渠道。这时候，我们想到了办学生培训学校，当时我和你妈的想法是，这个门道，不仅投入小，在学校旁边租一个房就可以开业，又可以顺便把你也一并辅导了。可没有想到的是，你不但不需要我们花精力去辅导，还承担了辅导其他几名学生的任务。记忆中，你高中还未毕业，就招收初中生辅导挣自己的学费和生活费了。因为你是穷人家的孩子，所以你很早就学会了独立，今天你的独立工作能力要说也可能是在那个时候锻炼起来的，在单位，你的工作原则是分内工作尽力做出色，并积极主动去承担别的任务，态度决定高度。

我至今最后悔的一件事，恐怕就是自己那次在培训中心为一点儿小事就动粗打了你，如果那次我能像现在这样懂得稍微克制一下，你就是到长大也不会挨父母打一次的孩子了，一个不挨打就可以长大的孩子会是个什么样？现实可以温柔待你，你在今后，想必也该温柔以待岁月，爱着自己和身边的亲人和朋友。谁说黄金棍下出好人呢？难道打就可以成才吗？从你的成长来看，我其实并不认同这种说法，我觉得做父母的还是不要做虎爸虎妈好。那次动手，现在回想起来，也真是我的荒唐，你就是想比别人多吃两块肉，这算什么过分？长身体需要，多吃十块八块也算不上什么，可我却不问明白，居然就对你下手了，而且下手很重，直到三天以后，在你的手背上，都还有三条深深的血印，这是一个父亲对儿子的教育还是虐待呢？你也许早就原谅爸爸那时的冲动了，可我至今仍然对此感到无比的愧疚。

转眼就到了你的青春期、叛逆期，你也并不是别人想象中的那么乖巧。记得那时，你在叙永一所中学上学，上课时竟公然与老师顶撞，后来就被惩罚抄写一个单元的课本，我做过语文教师，知道虽然是你不对，但老师这样做确实不人道。一气之下，爸爸不但没有对你生气，反而替你撑了腰，把那老师骂了个落汤鸡一般。往后，你就成了她的眼中钉、肉中刺，她把你放在教室最偏远的座位上，而且公开对我叫板："从此不再管教你的孩子了。"我被吓得不知如何是好。小小年纪备受委屈的你放学回来，胸有成竹地告诉我："老爸，我自己努力，去考泸县二中的插班。"也不知你从哪里来的一股子劲儿，居然一下子就入选了。

在泸县二中读书期间，你闯过一次大祸。我赶过去，你已经被吓得缩成一团，也许你以为我会把你打个半死，也许你会觉得你的读书生涯就此匆忙结束了。可我吸取了之前对你动粗的教训，竟然一根指头也没动你，只是默默地替你付了赔款，然后带着你重新去找别的学校了。这一次对你的无限包容与爱，让我收获了比动粗更理想的教育效果。从那以后，你变得不再像原来那样淘气了，学习成绩也一路提升。直到考上大学，记忆中，除了我们平时出点钱，别的没操心过。原来，一个孩子走向懂事，走向理解父母，对你而言，就是这么简单；对我来说，也就是这么的轻松。

记得你大学毕业那阵，正是我在创办鱼凫书院最为艰难的阶段，包括我身边的一些朋友，都以为我疯掉了，不好好工作，工作之余干点什么不好？偏要在文化最薄弱的地区传播弘扬文化，这不等同于在沙漠里去植树吗？而我的切身的感受是甚至更难些。除了没有经济的支撑，也没有人愿意和我一起下这"十八层地狱"，这时，你竟然放弃了考研和考公，义无反顾地直奔鱼凫书院而来，你说："爸爸，我来了。"

上阵还要父子兵。有朋友又赶紧来劝我，你把自己赔进去还不够，怎么连儿子也赔进去呢？而我心里明白，如果你这时再不替我撑着，估计我真的就撑不下去了，都说，任何时候，父亲是儿子的靠山，而在这时候，你却成了我的靠山。

应该说，鱼凫书院是你人生的第一部作品，在这里，你倾注了自己三年多的青春与热血，经历了多方面的历练，感受了艰难与困苦，也积累了人生的第一份宝贵经验，而今，不但鱼凫书院的文化传播和弘扬日渐有了起色，成了一张广为人知的地方文化名片，你也在去年顺利地考进体制内工作了，这就有了你自己新的视野，也为你自己找到了更广阔的发展空间。现在，许多时候，有什么事情，我们父子俩还是会一如既往地坐下来商量着去完成，惹得别人都羡慕我们既是父子兵更是好兄弟。偶尔我喝高了，你总要牵着我的手。那时，我总是倔强地把手缩回来，你说："老爸，我还是要牵着你。"人生需要彼此的搀扶，不管父子、家人还是朋友同样如此。

有时，我悄悄拿你和别的同龄人做比较，要说你也并不是比别人优秀多少，只是你经历的比他们经历的更多，也就懂得了更多，尤其懂得父母的苦心与养育之恩，体谅和宽容别人从父母开始。别人常说，孩子是越养大走得越远，可你却是越来越走近我们，你是不是听见我们逐渐老去的脚步声了？

去异地工作，我和妈妈原本打算亲自送你去的，在我们看来，毕竟你还是我们的孩子，而且也是第一次离开家走上工作岗位，可你却坚决拒绝我们相送，一个人开着车就走了，很难相信你竟然如此独立。回过头来想想也很正常，在泸县二中读书那时，你也不过才 11 岁，自从第一次妈妈送你之后，从来都是你一个人在叙永和泸县之间乘车来来回回。

无论再怎么忙，你都经常从工作的自贡那边加完班赶回来陪伴我和妈妈。那晚在鱼凫书院里，我们在一起小酌了几杯，我半开玩笑地说："我们老了，往后，我和你妈妈就是你的一双儿女了。"你却很开心地对我们说："此刻，我才是天底下最幸福的儿子。"月光无声，我们无言，中秋圆月静静地陪伴在窗外，而亲情的烟火味就浓浓地弥漫在我们中间。

2022 年 2 月于叙永

老娘香

算起来，丈母娘和我们一起生活三年多了。这是她第一次离开村子里的老家，到县城里来生活，老家的房子，一下子就空了，成了“留守老人”。三年多前，岳父因病离世了，我们想，这一来，老人家估计要和内弟他们一起生活去了，而内弟他们也希望老人家过去，在丈母娘的有生之年尽点孝心。不想，在征求老人家意见时，她竟然使劲儿地摇着头，内弟无可奈何地望着自己的老娘。老人家不去内弟那边，那就意味着她接下来极有可能会和我们一起居住，要说我也并不是不乐意，相反是觉得尽孝心的责任在肩上沉甸甸的。

说起丈母娘要过来，我们也没怎么准备，老婆说，自己的老妈，准备啥？我母亲去得早，别说供养，那时连病了医治的能力都没有，穷得根本就拿不出钱，一点儿小病就带走了她。树欲静而风不止，子欲养而亲不待呀。对丈母娘尽孝，从某种程度上说，也算是对亲情的一些弥补，而且，往后我们的锅里碗里，又随时能飘起老娘香了，想想就流口水呢。

现在，我们在离老家村子不到三十公里的小县城里生活，随着到村的交通设施逐渐完善之后，去乡下又方便了不少，丈母娘之所以考虑要来我们这边生活，一个重要原因就是方便回老家去。随时要回去，只要老婆一有空，坐上车一脚油门就到家了。能让丈母娘随时回去，把房前屋后那几块土地种起，沾点老家的泥土在脚上手上，稻香草香满鼻，当然是好，她也就不会住不惯。

这些年，我们一直在外头忙得不可开交，而且也不知道都在忙些什么，总之乱七八糟的。社会变革时期，事情就是这样繁杂，有时自己都不知道自己在干些什么，人就像一座石磨，整天都在团团转，有时晚上睡着也是天旋地转。好不容易才积攒下的一套房，当初是那么渴盼，而今却在扬武坊那半空里摇晃着，像只鸟巢，经常只有夜深了才拖着疲惫的身子去到那儿，匆匆洗几把脸就躺下，一年难得在那里弄两顿饭吃，差不多就是一张床的意义了。早知如此，何必当初呢。

还别说，丈母娘弄出的饭菜也是够香的，刚结婚那阵子，在老家村校教书，吃住都在他们家，每天生活都在她的精心安排下过着，不时回到家里吃着母亲弄的饭菜，总也感觉不如丈母娘家的香……从老家出来的这些年，已经很难品到这般老娘香味了。丈母娘进城居住，又是机会了，想着心里就开心！可心里也知道，丈母娘已经不是那个年纪的丈母娘了，走进我们家的那一刻，我蓦然就觉得老人家是真的上岁数了。能不老吗？就连我们都已经明显老态了。算起来，岳父是75岁离世的，丈母娘具体年龄我不知道，但肯定也不会小于70岁。这把年纪也许感觉不到很老，关键是老人家这些年经历了不少事情。才几年时间，丈母娘的前后两家双亲都谢世了，然后又轮上了我们的岳父她的丈夫。与岳父相依相伴风雨五十余年，岳父的离开，对她来说真的太打击了，偏偏不久二妹又中年病故。这些事，一下子全都堆积到她身上，我们感觉到她整个人都迟钝了，单从走路的姿态就能看得出来，一下子缓慢了许多，几乎每一步都透露着苍老。岳父在世时，他就是丈母娘的拐杖，可走着走着，突然没了这有力的支撑，一个人单着，日子无疑就糟糕了许多。

丈母娘过来以后，恰好我们还在开办着培训学校，于是，平常就很少回到扬武坊电梯公寓的家中。和学生老师们都住在培训学校那里，这正合丈母娘的意。也许老人家早就想好了，在学校里，一是可以和孩子们在一起，她喜欢孩子，这再好不过，二是学校那里有一个顶楼，足足有一千多平方米，空着摆在那里，可以利用。我曾经想过，在那里弄点房子什么的，远处就是青山绿水，绿得惹眼，若是弄下几个凉棚，夏天绝对是最佳的喝茶佳地，但我还是一时没有打定主意。这下丈母娘过来了，她很快就有了自己的想法。老人家在村子里谁都知道，一年四季每一天都在忙着，一刻也不愿停下来。丈母娘年轻那阵，带大几个儿女，接着又帮着带侄儿侄女，每天还要管着一大家子的一日三餐。后来，儿女们相继结婚成家有了孩子，她又带孙子。我儿子最亲外婆了，毕竟从小就是老人家一手拉扯大的，我们的侄儿侄女也都最疼爱奶奶或是外婆。如今翅膀再硬，当初没有这只“老鸟”呵护是绝对不成的。除此之外，丈母娘还是一家人的主厨，无论我们何时回去，总有香喷喷的饭菜在等着，村子里谁有我们这样幸福呢？有人说找老婆是在找丈母娘，这一点不仅我，包括我的另外两个妹夫也都是找对了老人家的。

据说丈母娘年轻时很辛苦，但我觉得，岳父退休后的这些年，她其实还要更辛苦些。我们都在外面，事实上，老家村子里的家中，平时也就三个人，岳父他们老两口，还有就是二十来岁就一直拖着病的老二，也就是他们的二女儿。要说，一家子三口都需要照顾，可谁去照顾他们呢？二妹的丈夫和我们一起在县城里做事挣生活供养孩子读书，我们就更不可能抽出时间去了。我们有时也不放心他们，岳父很开明，常常劝慰我们，我们仨还能相互照料，你们趁年轻做点事，为家为国出点力总是好啊。作为老共产党员干部，岳父这份情怀真让人敬佩。

老家村子里的整整一个家，其实主要还是丈母娘在操持，而在我的记忆深处，丈母娘自己也是很早就拖着病的，主要是她的腰椎有问题，年轻时候就驼背了，她有时背着我们，高一声低一声地呻吟，可她却还在承担着家庭的重担默默无闻地度过一天又一天。可以说，如果不是亲情挚爱的力量，老人家说不定早就动不了了。最近这些年，老二的病情又加重了，丈母娘一步也离不开，而她老人家的病也在不断加重，可她却从来不会在我们面前吭一声。

在培训学校里住下来以后，我们原本想让她歇息，可才过了几天，她就主动提出来，要喂养点鸡鸭或是种点蔬菜。我说，这是在县城里，又不是老家的村子里，怎么能成呢？按我的思路，总不可能每天让老婆开车送她老娘回老家村子里去喂养和种植吧，其实，留给她的日子也许并不多了，如果她真的有这个要求，或许我们都该满足她，少给我们自己留下一些遗憾。有一天，我们老了，也许子女们也会尽量满足我们，让我们体会到子女孝顺的甜蜜。老婆比我更理解老人家的心思，就答应说，我知道了。丈母娘心满意足，美美地睡去了，不一会儿，还打起了鼾声，老婆悄悄拉着我的衣角告诉我：“老娘这是要长寿呢，你看，睡眠这样好。”母亲二十年前离世后，我们只有一个妈了，我当然希望她长命百岁，老婆当然更希望老娘每天如愿地出现在生活中，有妈的孩子像是块宝啊。

那段时间，我天天在忙着工作，也在准备出版一部散文集，没有去仔细了解老婆和丈母娘母女俩葫芦里到底卖的什么药？直到有一天傍晚累了走出门，我才发现了天大的秘密。原来，就在我准备弄凉棚的天楼上面，一是堆积了好多新鲜的泥土，散发着气息，二是在周围摆放着几个用木条钉出来的家畜圈。显然是丈母娘已经盯上了这块黄金宝地。在开始之前，老人家显然精心做了规划，种养双管齐下，简直就是在开办一个家庭农场。早晚抽空，老婆也在帮着她的老娘打理。才过了不久，早餐吃面，就可以在这里扯把葱花了，虽然丈母娘不再替我们弄可口的饭菜，但餐桌上，同样有飘着老人家辛勤劳作酿出来的香味。不但这片顶楼被老人家开发利用，而且果然如我所料，每个周末，老婆和她老娘还会回到老家村子里去劳作一日半日。房子周围过去种植的那几个地块，一角也没落下，啥时都是一片葱葱茏茏。丈母娘一辈子就是停不下来，总喜欢和干不完的农活打交道。内弟他们远在泸州，餐桌上也同样不时飘着老娘香，炒一盘从我们这边拿过去的鸡蛋，拌上葱花，谁不羡慕这样的美味呀？

大约是属狗的缘故吧，我习惯了晚睡，有时深夜十一二点，有时甚至凌晨一两点。多少次早上起来，丈母娘已经在天楼上的“农场”里忙开了。洗漱结束，抬眼欣赏一下远处近处的绿水青山，有时候看一看对面玉皇观下来的变化万千的雾，然后呢，再走进丈母娘打造的农场里去。这里嗡嗡，那里嘤嘤，蜜蜂们很热闹，幼苗正在出土，花朵正在开放，能在城市置身这样的活色生香的环境中，发自内心真的要感谢丈母娘她老人家才是。许多年前，我就尝试着把学生作文课上成体验式，把孩子们带到自然中去亲身经历，采回花蜜写进字里行间。培训学校这样的课，我就把它拿到丈母娘的家庭农场里来了，孩子们管这叫什么名字呢？很有创意，说起来还是我的学生、也是侄女给取的名，就叫百草园，这里是她们课余生活的天堂，种菜、喂鸡……周末都让他们尝试一下，还开展一个人领养一棵草活动等，很快丈母娘的百草园，成了孩子们的乐园、家长们的打卡地。

后来，我们不再开办培训学校，学校的房子归还了房东，好想把那方天楼继续留下来让丈母娘经营，但事实已经不可能。带着丈母娘离开那里的那天，丈母娘一步三回头，如同作别一位相伴已久的亲人老友，顷刻间，感觉到了老人家特别不舍。后来，我在无意间发现，丈母娘离开那里时把拳头攥得很紧，原来，老人家手心里攥的不是别的，是一把土，老人家又要带着一把那里的土继续上路了，虽然不是背井离乡却也有离开时的感伤。我很能理解她再次失落时内心的疼痛，但我又无法成全老人家继续在那里种下去的心愿。几次想和老婆商量，干脆带着老娘一起回到老家的村子里居住，守着那几块菜地过日子算了，可这事暂时还不可能，想想倒是可以。

接下来，丈母娘并没住进我们的家里，而是去了三妹那里住，白天的日子就在我们开办的鱼凫书院度过。看得出来，经历了再次失去土地的老人家，显得更老了，最明显的就是背又弯了很多，好像是贴着地在走，特别是言语也更少了。我和老婆都不愿意去说老人家的事，但心底又藏着一份担心，老人家该怎样度过接下来的日子呢？找个老伴？这肯定是她不愿意的。本来丈母娘练就了一手绝活儿，做豆腐，这个在书院里刚好用得上，可我们能让她干这事吗？就算她乐意，我们也不能背负压榨老人家剩余价值的骂名呀，绝对是行不通。后来，我说，那干脆让三妹别上班了，每天陪陪她老娘。可到头来丈母娘却死活不答应，说三妹年纪轻轻不上班挣生活可不行。再说，三妹也和她老娘一样，是个勤快人，整天都在忙忙碌碌，虽然说不上多拼命，但至少是尽心尽力的，同样也起到了言传身教的作用，她的女儿在作文中写道，长大了，她也要像妈妈一样，每天努力工作。

老娘忙着呢，每天四五点钟就出去了，老婆话一出口，我就惊讶了。那么早出去干吗呢，菜市场去弄批发转零售？老婆白了我一眼，怎么可能啊，你落伍了，人家是去排队听课。仔细追根究底问下来，才明白是去听老年健康课。以前我就了解过这事，这样的课，其实就是一些商家的产品销售模式。不知何时，丈母娘已经迷上了这事。说实在的，以我个人来讲，我是不愿意让她老人家接触这事的，别的不说，我主要还是心疼她几十年舍不得吃、不愿拿出来花的少量积蓄。照理，用于自己的健康有什么不可以的？问题是，她这样花出去，能买来健康吗？而对这个事，老婆有老婆的看法，就算买不来健康能买来开心也好啊，平时我们就没有时间陪她，她那孤独的样子很多时候让我想哭，现在她每天出去回来，再怎么也比过去要活泛些，脸上有时还多少有点笑容。再说，我也不忍心花力气制止老娘参加这样的活动，为此惹恼她，何必呢？一番话，让我真的不知究竟该如何回答。人就这么容易老了，而老了之后，许多人又是这么过日子的，谁不希望自己健康呢，这帮人净找老人们的软肋下功夫，也算是心思用尽。有时我也在暗自替自己担心，接下来，我们哪天退了休，也会这样吗？幸亏我平时有写文章和摄影这些爱好。我也经常和身边的朋友聊老去后的话题，鼓励他们拓展一门自己的爱好，到时候把时间花在爱好上，不也快乐吗？何必与那几分钱过不去呢？如果真的买了那些所谓健康用品对自己确实有用处倒也无妨，问题是本来就是类似于多年前的那些传销骗局，却打着替天下儿女尽孝的幌子，真可恶。每次丈母娘被他们狠狠地骗走了一笔，我都想去找他们理论一番，可想想还是算了，人各有生财之道啊，也都是在挣钱养家，何况是老人家自掏腰包的，老人之乐乐在哪怕就是被骗了也觉得不过就是几分钱。老人家想得很开，生不带来，死不带走的。干脆就算了吧，可不用去担心老人家怎样花钱，总也担心每天天不亮往听课那地方的一段路程，如果走过去，什么时候有个大事、小事，到时候怎么受得了呢？这些年，丈母娘的日常饮食起居终归是我时时刻刻放在心里的一件大事。况且岳父离世那一刻，我们也是含着泪向他承诺过，我们会照顾好老娘的。别的不说，至少得让九泉之下的岳父安心呀！

丈母娘每天听完课就会往我们的鱼凫书院里赶，而每次回来，她都会带着这样那样的东西回来，一下是几个鸡蛋，一下是一斤半斤干面，有时候又是一壶水……五花八门，如果一直放在那里，差不多都可以开个小百货店了。问明白了，这些全都是听课那里的商家送给她的，凡去听课的人手一份。这些老人要求并不高，不花钱，听几句暖心话，带点小东西就心满意足了。哪个时候，几百几千块的货品来了，需要他们支持一下，只要手里能拿出来，老人们还能拒绝吗？老婆只好一再叮嘱她老娘不要随便买他们的东西。可事实上，丈母娘瞒着我们，据说先后也买了上万块。人老了，钱就是这么花出去的。记得有一次，我对丈母娘说，您小孙子要买一套《上下五千年》呢，她也不正面回答我，却反而倒了满满一杯她自己从听课那儿提回来的水，让我赶快喝下。

丈母娘每天在鱼凫书院里除了三餐，也就睡睡觉，也许是起得太早了，白天在哪里都能睡着，一小会儿，鼾声就起了。小侄女说，外婆睡得真香。老人家最近好像变得有些糊涂了，特别是感觉到我并不支持她每天去听课和花钱买一些不值的东西，也不太愿意和我说话了，我有时和她说话，逗她开心，她也不愿意回答。倒是书院里的员工小李，一口一个脆生生的老妈，把她叫得满脸堆笑。小李说，她的双亲都在几年前离世了，现在在书院里上班捡了一个妈。而丈母娘捡了一个整天叽叽喳喳围着她的女儿，自然也乐得合不拢嘴。只要丈母娘在身边，我就还是个有妈的孩子。可算起来，已经很久没有开口大声叫妈了，如果进进出出一口一个妈地叫，说不定就都开心了呢。丈母娘老了，剩下来的日子里，能多给点开心就多给点吧，老人家也不图个别的，图的就是个开心。侄儿在武汉那边读大学，每天一通视频通话，只要一声奶奶出口，准能把老人家的眼泪叫下来了。

老家村子里老房子周围的那几块土地，包括土地旁边那些竹林，丈母娘她老人家一直丢不下，照样惦记着，她每天都在盘算着，种点什么或是喂养几只鸡鸭什么的。有时候我说，几只鸡喂养在那里，开着车过去管理，都变成金鸡银鸡了。丈母娘是一辈子精打细算过日子的人，当然知道这样做的成本，但她听到我说话，总是微微一笑，也不回答，有些事，也不可能一味地计算成本的。

现在，每到了周末，丈母娘总是催促着她的女儿们一起回去赶着节令种地，平时爱睡懒觉的老婆，只得由着自己的老娘，比平时起得早，一大早，就开着车到老家去，跟着种，照着做。每次我们回去，地里总有吃不完、拿不完的新鲜蔬菜，我们在鱼凫书院里供客人吃的，也都产自她们的劳作。

转眼，我们这些人，也逐渐上年纪了，头发花白了，眼睛模糊了，走路也缓慢了，也不再有什么大的愿望和追求了。越平淡越好，不知不觉就变成了我们的生活态度，只愿生活里的老娘香，能伴随我们更久。

2022 年 2 月于叙永

和父亲过年

我的父亲，昨天来到县城里。这是我们进城二十多年以来，他首次和我们一起过年。说是过年，其实从下午就开始阴冷，不断吹点风，还飘着很稀少的几片雪，实在没有多大的年味，但许多人在朋友圈里又都在说过年的事，想不明白，年为什么会变得如此寡淡？

这次父亲能从村子过来，也不知道他怎么突然就开窍了。我打电话说，儿子要去兴文那边办事，顺便接他到我们这边来。以往父亲是抬不上轿的，这次能乖乖地来，也是我万万没有想到的，父亲一辈子顺从过谁？如此说来，这个年也该是隆重的，毕竟是和父亲一起过。在父亲面前，我反而有点手忙脚乱了。

这些年过年，哪一年不是潦潦草草地过呢？单位要值班，各种各样的事务要去应对，有时候又想写一两篇文字。今年经历的事情确实多，有点疲惫，也有点懒散，也没为过年特别安排点什么，就是想把整个人躺在那里几天好了，什么也不想。但这肉身安放在哪里也没有个底。自己那个家吧，平时除了睡觉，把自己悬在半空中，也没有停留多少时间。去老家村子里呢，老房子已经不留痕迹，只有一片荒草，不时有野鼠和山猫出没。父亲现在住在二弟那儿，二弟一家也是各忙各的，父亲和他也是各顾各的，平时谁也不管谁。回去的时候，问父亲，弟呢？他牛一样瞪大双眼。唉，最好别问这些。

前些年，我们每年过年都会赶到岳父母那边。由岳父撑起的那个家，不管我们身在哪里，全都会如约赶去，可岳父三年前不在了，岳母跟着我们住，老婆弟妹们没了轴心，都各自围着自己的小家转去了——其实，是大家都在外面流浪。和老婆商议，每年由我们替岳父维持过年聚的传统，但弄了两年，却老是聚不齐，再也找不到岳父健在时的那种气氛，因此，今年我就不再主张了。

父亲要来和我们一起过年，如果回到那个悬在半空中的家里去过年，父亲愿意吗？心里没底，再说弄点吃的我们也很不方便，那个家里平时都没有开厨的。果然，刚一到，他就不断打听，之前你们租的那个房子还在继续没？我自然明白他的意思，他在为晚上住在哪里而担忧。父亲抱怨说，他老了，有时候也想来到我们身边，可我们又总是那么忙，来了就把他放在那个半空中的“火柴盒子”里。父亲什么都没问题，就是不习惯停留在悬在半空中的房子里。让他在那里住着，屙屎都屙不出，有啥办法呢？他说，他生下来就是农村人，习惯了乡下的自在。要说，也不是所有农村人都是他这样，但他一定要这样能有错吗？想来想去，觉得还是在鱼凫书院里过年吧，我们把更多的时间放在这里已经有七年了，也一直是把这个地方当成家来经营的。楼层又低，就在二楼，街边抬脚就到，包括父亲这样上了年纪的人都不会有悬在半空的感觉。更主要是在另一侧还能听到流水，有时间能坐在窗下听听，其实是很舒服的；要是在天气暖和一些的时候，还能听到河对面林子里传出的鸟叫。这样的靠山临河环境，是在城中难找的。

一天到晚匆匆忙忙，很少有在父亲的身边，明显觉得他又老了许多，倒不是他老了，其实我们也在不知不觉中老了。虽然没有人会说我老了，但我们处处都感觉到了自己的老已经是真真切切的了，我们的老在逼着父亲加速老去。下了车，从他走路的姿态就很明显，背弯得很低，几乎贴着地，头向前倾，身子也比过去矮了许多，甚至很难相信他就是三年前的父亲。以前父亲走起路来，昂首挺胸，英气犹在，啥时候都急匆匆的，就像在追赶兔子。我牵着他的手往前走，牵着牵着，他又掉队了，我再次放慢脚步，他仍然掉队。显然，他在不断地放慢脚步，欣赏人生的最后一程，欣赏着在他面前已经顶天立地的儿子。我停留下来，再次拉住他的手，告诉他，这次我们就在鱼凫书院过年。他没说话，只是默默地点了点头。他或许已经知道，这些年，比对家付出的心血更多的就是鱼凫书院这一方文化天地。我几乎倾尽了自己的一切，包括儿子，他的黄金岁月也在这里耗掉了近三年，老婆年初又结束了自己开办了十几年的学生托管中心，也投身于鱼凫书院了。书院是个背不走的大筐，包括许多朋友的关心关注都被装进去了。许多到过鱼凫书院的客人都说，世界再大，也需要有这种集万千星辉的场所存在，在这里最适合做时间的朋友，真的可以静静，可以稍作停留。文化的最大作用，也许就是养心。

儿子老婆还在外面继续完成一些该在当年完成的事，越是最后一天了，越是急着要处理掉。如果不是父亲进城来了，我也肯定会去忙别的，忙不完啊。父亲过来了，一来再忙也得有个人陪着，二来也不好再去忙了，总不能让父亲觉得一年到头都在忙吧。在他那里，老是在忙也不是什么好事。他说，他一辈子为一个村子忙，到头来，有什么结果呢？说不定有人还会骂他傻子，把自己全都归于社会，归于别人了。我明里没说，心里反驳他，难道一辈子只为自己的那些人就过得开心吗？忙是忙点，我们这样过日子也没有什么不好啊。

这时，我把父亲请到一把椅子上坐着。靠着椅子，他看了看周围。四周很静，他也不说话，就像是在与空气默默地交流。该向他说点什么打破这种不能太长久的沉寂呢？我和父亲，就这样坐在一起的时间真的少之又少，仔细算了算，十年、二十年肯定都没有过。严格说来，我和父亲是坐不到一块儿的，多少年了，也都是这样。像今天这样，我其实内心是惊讶的。到底是父亲向我服软了，还是我变得懂事了，愿意倾听他的唠叨了呢？事实上，父亲是一个很沉默的人，母亲和他在一起，他很难说上一句两句的。我还是没有说话，等着父亲用目光和书院的空间以及物件对接交流。这就是一位老者在抚慰身边的一草一木，就像是他在与孙子孙女相望。我写了几部书，有的书已经出版了近十年，可能他也没有拿着认真看过一下，但“鱼凫书院”这部作品，他却仿佛要读透字里行间，而且把言外之意也要读得明白。

这样过了很久，我就想，这样坐着也是坐着，还是问问他村子里的一些事情吧，但父亲不做村干部有好多年，估计也并不了解多少，即使了解，我也不想通过他去打听。在他担任村干部的那些年，什么事情都在他那里消化，处理得对与错，也是他说了算，干得好不好，都是村民说了算，而村民们多是认可的。至今有时候回去，都还有老年人拉着我的手说，你老爹，他是个好人啊。现在父亲不当村干部了，别的村干部处理的事，总是不合他意。包括之前对贫困户的评定，他总是说存在不合理的一面，可到底怎么不合理的他又说不上来。父亲不担任村干部后，变得偏执了，不讲道理了。必然也有人有时候会向我抱怨。父亲也有他自己的理由，应该相信，他对几十年走过的路不可能不熟悉，他在村子里，绝对没有人说过他不公平之类的。他说，他为村民所做的一切，绝对是禁得起历史检验的。看得出来，他对鱼凫书院的一切都还是比较满意的，尽管他可能是一辈子第一次如此认真地观察这样的文化环境，如此认真地面对儿子多年来所写下的这部作品。他是粗人，不懂得多少文化，甚至连字都认不了几个，他说，他认不得，让儿子孙子去认好了，他们认得字去闯闯世界，他嘛，一辈子服务一个村子就好，只要没有人指着脊梁骨骂就满足了。

离天黑还早，我准备带上父亲出去走走，看看过年时候的县城，他就答应了。我在想往哪里走呢？县城这些年，盖了无数建筑，尤其是高层建筑，数量在周边县区中是最多的。任何时候抬起头，眼睛也望不出去，哪里都被它们挡着，仿佛要从这里一直盖到周边的县城里去。我带着父亲往这些地方走，担心在村子里看惯了口粮田、庄稼地的他会骂娘。他不知道，在一些人的眼睛里，只有这样的建筑，而不是庄稼，他们寄希望于碗里装钱，从不会把装粮食当回事。本来也想带他去公园走走，可他喜欢去公园吗？如果走到半路就不走了，我该怎么办？

后来，我还是决定带他往人多的地方走，让他感受一下过年的热闹气氛。这些年，村子里的人都往外面去了，难得见几个人，热闹更谈不上。

我们从鱼凫古街出发，向着老城区的永宁路走。走了一段，父亲对我说，记得不，这一带原来是一片庄稼地呢。我点头答应。他又说，现在的庄稼都赶到山坡上去了，而山坡上也很少有庄稼啊，你们这些自然资源管理的人，随时要保持清醒的头脑嘛，如果都不种庄稼了，饥荒来了咋整呢？父亲可能不知道全国的粮食种植和储备情况，但他能上升到安全层面和我谈及种植庄稼的事，显然就还不是个糊涂人，他这样的忧心也是值得我们敬佩的。

走着走着，他又问我："你桌子上摆放的那本《悬崖村》，是一本写脱贫攻坚的书吧。"我说："正是。记录凉山州脱贫攻坚的。"他说："这脱贫攻坚好啊，特别是'两不愁三保障'，深入人心，解决的是贫穷的根本问题。但是，话又说回来，有的地方易地扶贫搬迁政策执行太机械化了……"我打断了他的话，问他："大过年的，给您买点啥？衣服还是裤子，或者鞋。"他不答应了："我有啊，买那么多干吗？以后我不穿了，别人也不会穿我的。"父亲时时提醒自己，也提醒我，他在走自己认准的路。他是希望自己早点归去吗？赶到那边去，继续听母亲唠叨吗？这时，我暗自责怪自己，每天就只知道单位、书院、讲座这些杂事，也没有拿多少时间去陪陪父亲。母亲离开这么多年，父亲也没有为自己找个老伴陪自己，而弟弟也因为性格原因，和父亲说不到一块儿，甚至还经常拌嘴。村子里去转转吧，最初没担任村干部的那几年，村民们还要接待他，时间长了，其实他这样做，显得有些多余。如此说来，父亲的孤单，也只有他一个人去承受和感受了。多少个长夜，他肯定睡不着，这时，他在干什么又在想什么呢？现在的年轻人，都在刷抖音，父亲会这个吗？

走到永宁路口，人明显多了起来。父亲自觉地捂了捂口罩，继续跟着我。这时，他突然拉紧了我的手，面露难色，要对我说话，原来是急着要上厕所。他说："你们经常想要我住进城里来，我怎么不想啊，可就是受不了这事，有时候一个晚上要跑十几次，刚躺下去，还没暖和，又得起来。"如此一想，他真的住在我们家里，确实也有很多无法言说的具体困难。我感觉他已经是憋不住了，脑子里在替他找就近的厕所。这时候，如果在大街上撒出来了咋办呢？

拉着父亲，我们迅速转进了街边的一个小巷。刚进巷口，父亲就急着要掏出来。我说："使不得，使不得。"他很受不了地看了我一眼，仿佛在说，这个时候，要是在村子里，不是就已经解决了吗？别的事也许我可以帮忙解决，这事换谁也会无能为力。父亲老了会这样，过不久，我们老了也会这样吗？我心里不由得涌起一阵恐慌，仿佛我们就置身在这偌大无边的荒凉天地。在接下来找厕所的几分钟里，父亲好几次急欲掏出来，显然他已经憋不住了。

就在走进厕所的前一刻，荒唐事还是发生了，尿液不自觉地从他的裤裆里流了出来，只见他急急地用手捂住，可裤子还是打湿了一大片。后来，我就一直后悔，父亲是真的憋不住了，虽然不雅，但和父亲的健康比较起来，我为什么就没有让他选择就地解决呢？再怎么也不能让他憋出个病来呀！为了维护他身为父亲的尊严与高洁，我当时竟然就选择了装作没看见，但我的眼眶还是悄悄地湿润了。

才走着没几分钟，父亲又要求去上厕所，我理解他，许多老人有的难言之隐，父亲肯定也有。直到有一天，我们老了，也许也会遇上。此刻，我终于理解了他，之前有一次父亲在电话里对我哭诉：“老难受、老难受啊。”除了夜晚被窝的空虚，由这些日常琐事所带来的困扰，怎么也是难受的。而我们这些做子女的，又能给他们点什么呢？言语的安慰还是物质的满足？真的是什么都谈不上。

很快，我们已经走到了扬武坊。我们家就在这楼上，就悬在这里的半空中，如果你路过时抬头，说不定也能看到。这里是县城盖起来的第一栋高楼，二十八层。当初盖起来的时候，许多人都说它半截在天里头，后来县城里又相继盖了三十、三十二层的高楼，如今再也没人去说它的高矮了，对父亲来说，他就是觉得晚上住这么高，实在太不可思议了，他说，哪个时候要是摔下来，不就是个粉身碎骨吗？他说，人又不是鸟儿，弄得累了一天，到了晚上睡个觉都还不踏实。

我装作不知道地继续和父亲往前走，快要走上往东面的桥了。这时，他突然有些急了，问我：“你们不是就住这里吗？”记得我们搬进来的当晚，父亲过来住过一晚，之后，他每一次过来，都是住在学生托管中心那边。那里是个小院子，相对方便，加之父亲当时相对年轻，包括他自己恐怕也还不知道继续老下去活着会有这么大的困难，也怪我之前并没有仔细去了解过一个老人的这些情况。现在，我也开始变老了，关注他们，其实也是在关注我们自己。有时候，设身处地去想一下，心里总是不自觉地在颤抖。

父亲从来很少对我提要求，包括我读书的时候，他说得最多的是，读不了书，回来有犁头、镰刀它们在等着你的，不用去奢望别的。后来工作了更不会要求我什么，最记得他经常说的四个字就是好好工作。现在，他却突然对我提出了要求，去家里坐坐吧。父亲怎么就想到去家里坐坐呢？我不得而知，也许他是想再去看看，也许是出于别的原因。我何尝不想带他去坐坐呢？父亲转眼这么老了，老得那么无能为力，现在不去坐坐，什么时候才能去啊？也许在他的意识里，既然到城里来过年，就算把鱼凫书院当家，在那里过年，也该去家里一趟，才是真正意义上的在儿子这里来过一次年吧。

以为父亲找不到我们的家了，我故意在上楼前让他走在前头。没想到，他一点儿也不糊涂。原来，尽管没有经常来，但县城的儿子的家早已安在他心里了。可以肯定，哪怕是父亲一个人来，他也会一下子就走到了。走进门，父亲问我需要换鞋吗？其实，换鞋、吸烟、吐口水这些琐碎小事正是父亲在县城里居住最不习惯的，弄不好就忘掉了，但这些也正是应该和必须的，家里更应该如此。我说，您看着吧。结果，他还是主动换掉了。其实，父亲很在乎我们，任何时候，生怕给我们增添丁点的麻烦。

坐在沙发上，我问他看不看电视，他说，不看，没啥看头。也好，就我俩在家，是难得的独处时光，该好好聊聊。我在想，书院里开不了口，也许有某些原因，在家里还有什么原因呢？家就是聊心里话的地方，可父亲照样沉默着。我打开话匣子，尽量把他的话引出来。他又在说家里的事了，也许，在过去的那些年里，我可能会觉得他净挑拣一些陈芝麻烂谷子的事说。不愿和父亲坐一起，其实有一个最重要的原因，总觉得他太不配做我的父亲了，尤其是年轻时候更是有这种很强烈的感觉。也有一种可能是，我在风风雨雨里逐渐经历得多了，更有可能是年纪大了的缘故了吧，现在反倒愿意听这些了，于是，才有了父子多年来少有的短暂交流。或许也正是这些并不那么重要的东西，才穿起了人间的挚爱亲情。

他又说到了幺叔。已经离开人世近三年的幺叔，父亲的兄弟，一辈子都以小欺大，明里暗里，父亲吃过他不少亏，好像偏偏是他的霸道，反而更让父亲忘不掉。幺叔死于高血压，父亲一直心存怀疑。我说，人都去了，谈别的吧。他又说我的岳父，他的战友。“你岳父在世时，你们就有个去处，每年腊月廿九、三十都在那里准备年夜饭等着你们，现在……”说着，他就动情了，“有一天我走了，你们更走不到一块儿了，唉……所以，不管兄弟姐妹有什么过错，平时还是得多走动，多交流，隔三岔五打个电话吧，微信里聊聊也好。”说着，他立即就拿出自己的手机，让我添加他的微信。我真的不敢相信，这老倔驴也开始使用微信了。他说，前几天，他还和孙女视频通话呢。人老了，主动介入当前的信息环境和现代生活，刷刷抖音、聊聊微信啥的，这样总是要多一些生机与活力，而且夜里也不会那么寂寞吧。

一说开，父亲还真不少话，我也学着做一回他的听众，静静地听着。他大约很久没有对着谁说话了，久远的回忆通通都被他翻了出来。这就好像从衣橱里翻出他珍藏的年轻时穿过的黄军装。长长短短，一件一件地陈列在那儿。这也许才是过年应该有的味道吧。以我猜测，三姑在世时，他们俩兄妹之所以说得上话，父亲也许说的就是这些。三姑两年前患病走了，他向谁说去？在老家那边，父亲找不到人说话，就经常蹲在墙根儿，背对着太阳，只留给世界一个背影，把许多农村老人的形象浓缩在那里。有时，他寂寞极了，就打电话告诉他的孙子，他哪天干脆自己挖个坑把自己埋掉算了。谁都能感受到那一刻，老人对自己的失望和无助。儿子没办法，回过头又给我打电话，让我抽时间回去陪陪他，可我确实是没时间，也特别不喜欢听他说这些。当有一天我静下来听听这些，也许就是我该检讨自己的时候了。到底什么是孝敬？平时给点钱，或者生病了随便找个医生？寂寞了没人陪，说闲话没人听，老去的生活还有滋味吗？若不是这次父亲来过年，与我这个下午片刻的相处，我可能这辈子都不知道人老了活着，到底有多么的难受。

虽然父亲想说的还很多，可天色已经暗了下来。我敢肯定，今天是父亲这多年来难得兴奋的一次，看得出来，他是很激动的，对我今天的表现也是够满意的。接下来还要吃年夜饭呢？我问父亲吃啥。他说啥都好，吃啥都是过年。那些年，几片肉煮一锅南瓜汤，加上几块红薯，老老小小一家人围在一起，不也照样把年过得开开心心吗？平时，我们一日三餐的生活都在鱼凫书院，自我感觉，吃得卫生又健康，而且还很丰富。可现在厨师回去过年了，平时那种健康态的生活显然没人安排，父亲又不常来，又是过年，也应该慎重一点儿吧。

沿着街道走很长一段，父亲走得比先前来时快多了，感觉他好像年轻了好几岁，他也没有再提出要上厕所了。他边走边和我聊，聊的内容也宽泛了许多，包括村子里的换届选举，市住房和建设局驻村扶贫第一书记为村子做了什么，他都如数家珍。我能感觉，以前那个村干部父亲又回来了，整个村子好像就装在他心里一样，他是一名公认的称职村干部。也许村子里现在把父亲聘请去当个发展顾问什么的，说不定还能多少发挥他的一点儿余热，让村民对他刮目相看。

回到鱼凫书院，老婆、儿子还在外面忙着，一时抽不了身，而且还要在客户家里吃晚饭。我出来工作以后，亏得老婆照料，向来都是衣来伸手饭来张口，又弄不好饭吃，该怎么办呢？父亲见我着急，安慰我说，哪怕煮几个鸡蛋也行，反正爷俩也吃不了多少。这么通情达理的父亲，怎么就被我们认为是个难缠的人呢？平时总是责怪他这责怪他那的，有时还对他发火，难道就因为他老了吗？老人就这么不受欢迎吗？可谁又不老呢？我为我过去无数次的愧对父亲感到无地自容。这个时候，要是谁突然伸出手来，给我几个响亮的巴掌，我想我也是愿意接受的。

父亲这次进城过年，和我们一起吃年夜饭，如果老婆、儿子没能参加，其实也算不上真正意义上的团圆饭，可父亲竟然非常理解，说我们把这么大的场所（指鱼凫书院）撑起来不容易。就在我和他吃得正香的时候，儿子他们打电话过来了。父亲听说是儿子，丢下啃了一半的一块椒麻鸡，就和儿子说话去了。儿子说的什么，我不太清楚。父亲却一直在问，你们回来了吗？还给你们留着椒麻鸡呢。有什么好吃的，父亲总是想着我们，怪不得先前一直吃得慢吞吞的，还以为是他牙口不好了，啃得慢，可我哪里知道，他这是在耐心地等待着除夕了还在外面奔波的亲人呢！我们小时候，他在村子里奔忙，有时候饿着肚子回来，看我们已经把锅碗弄个底朝天了，就又饿着肚子出去。

我笑着说，他们在外面吃得才好。父亲幽幽地回答："吃什么倒不是重要的。不要说城里，就是在农村，过年也比这要丰富很多，主要还是要看哪些人在一起吃，吃得开心不。"我明白父亲的想法，在这万家团圆的日子里，不是说所有人都能到，至少我们的小家庭，只要不是极为特殊情况，无论如何，还是得一起过年。只要一家人能在一起，亲情浓喝水甜。电话挂断了，父亲说："孙儿和他妈一会儿就到了，我们等着他们，你给我倒半杯酒吧。"为了过好这个年，父亲现在竟然自己破例了。我拿出一瓶鱼凫书院的秘制酱酒——时间的朋友，就给父亲满上了一两的一杯，也不管自己是否正在喝中药，给自己也斟满了一杯。和父亲这样喝酒，也许还是人生第一次。小时候，一是他不让我喝酒，二是没有酒喝。后来参加工作了，和父亲在一起的时间少之又少，肯定轮不上喝酒这档事。母亲离世办完丧事的那天，父亲土灰着脸，要和我喝一杯，他告诉我，那是他从此与弟弟断绝父子关系的酒。我当时就喝不下去这酒，最后，他和我生气，三年不说一句话，却和弟弟三个月不到又住在一起了。父与子，到底是兄弟还是仇人，我经常被父亲和弟弟搞糊涂，在社会中，我有很多时候糊涂，也许大半正是缘于这儿。

儿子、老婆在路上堵了车，这样的夜晚，谁都在忙着赶回家团聚，儿子他们也在忙着赶回鱼凫书院，能不堵车吗？父亲说："年夜饭，久点，长长久久，好啊，再晚也没关系。”显然，父亲对这次团聚，比我看得更重，他说：“谁又知道明年我还能和你们一起团聚不？”这话还没说完，这时，他又突然问我：“你知道我的出生地和生辰吗？”母亲离世时，不要说这些，就是一张照片都找不到，父亲肯定有这方面的担心，所以才特别提醒了我。他一一说出来，我以前还真不知道，但我这次却都记住了。做儿女的，得让父母离去时有个交待。这些都没有，怎么交待呀？我怎么就觉得我就是个混账儿子，一天到晚忙的什么自己都不知道，还经常连老父亲都顾不上。

我正在和父亲聊着，老婆和儿子进门了。儿子一见爷爷，就甜甜地说：“我也来啃一块椒麻鸡，这可是我们年夜饭的打头菜。”儿子今年已经参加工作了，这在我们看来，也没多大，就是成年了找点事情做，可在父亲那里，却是家里的天大事。父亲同意到县城一起过年，很难说与这没有关系呢。不管怎样，只要老爷子开心就好。我们爷孙仨在一起总是那么开心，初夏，父亲 76 岁生日，我和儿子赶去老家，留下的那张照片绝对是很经典的，忍不住放在朋友圈里，惹得多少人羡慕呢。这时，儿子嚷着要和爷爷喝一杯，父亲却一点儿都没推辞。父亲和我很少在一起喝酒，和他的孙子就更少了，而且又是在过年这样特殊的日子里。

后来，我们真的就开心了，我和儿子聊天，父亲又在书院里转了几圈，仿佛要把这里的一切都装进脑子里，带回村子里去，带到更远的地方去。母亲知道我们创办了一座书院吗？也许父亲以后会把这样的事情告诉她，还有，他们的孙子参加工作了，肯定老两口也会逢人便提，有高兴事，他们是按捺不住的，父母都是心思比水还要澄澈的农村人。没料到，父亲这时却忽然走过来对我竖起大拇指说，他在我的微信圈里已经看到了，我们办的这所书院，还是叙永的一张文化名片，一个文化交流窗口，还接待过那么多大人物，阿来这些作家也来过。平时我们给的那些零花钱，他积攒下了一点儿，要把它们捐献出去，也算他为推广地方文化尽一份力。想不到平时我给他的那么少的一点儿零花钱，他都是一个掰成两瓣使，舍不得花掉。父亲说着话，就从衣服里间的兜里掏出来一只我多年前用过的破旧皮夹子，把这些年我们给他的部分百元、五十元，摆在桌子上，又仔细地点数着。父亲的这一举动，就像是一阵暖风，把我们一家的泪花在这一刻突然催开了。

我们在鱼凫书院里一直守夜到晚上十一点，接下来我们就得回去休息了。

这时，父亲却又以一个小插曲让我犯了难。他向我们提出来，只要不去我们家里住，哪儿住都行。我说，我们家里有老虎吗？他打趣说，有老婆。我不太明白他的意思，但我知道，他不想因为自己带来的卫生状况等哪怕一小点儿原因让我们有丝毫不愉快，他一辈子算是受够了我母亲的唠叨。也许，在这方面，他是想得多了点。这就是一辈子都在替我着想的父亲，很多时候，令人难以触摸的一名老去的村干部，令我肃然起敬的老父亲。其实，我已经为他写过许多文字，但再多文字也表达不了我对他的感激。

当我在手机上一口气写下这些文字的时候，我的脑海仍然浮现着年夜饭一开始时的那幅场景。其实，我之前在书院里真的没有任何准备，也不知道弄什么好，周围的餐厅都关门放假过年去了，幸好书院对面的佘家豆花餐馆还为那些回不了家过年的人开着。按照父亲的意思，我去点了一共三道菜：豆花、腊味、叙永椒麻鸡。摆上桌子，一顿简单可口的年夜饭就有了。我敢说，在父亲心里，这顿年夜饭胜过世间一切美味，也可能包含着他对我这个儿子几十年来的原谅和理解。一开始，我是提议喝点酒的。在我们乌蒙山白酒金三角地区，一直以来就有这个习俗，无酒不成席。父亲却说，我好多年没喝了，你不知道吗？他这话，同样让我脸上火辣辣的，比一记耳光更有劲儿。父亲的日常生活，起早睡晚，这些年，我又关心过多少？每一次，反倒是他总是把那句“你吃饭没有”挂在嘴边，电话一接通就递给我。

这时，我赶快给父亲挑了一块相对好啃一点儿的椒麻鸡递过去。老小孩啊老小孩，父亲就好像一个被饥饿困扰了很久很久的小孩子，啃得那么开心，口水都从嘴角流下来了。我赶紧用餐巾纸帮着擦了，他也没察觉，继续啃着。曾经担任过四十余年村干部的父亲，更是从腊肉炒蒜苗的香味里，慢慢地咀嚼出了一家团聚的亲情的味道，好日子的味道。在父亲的片刻满足中，我忽然觉得，整座县城的中国年的味道也好像浓郁了许多，包括窗外的雨，同样带着这种味道在飘着、飘着……

2021年2月于叙永

习习家风拂面来

——退休党员教师傅强明弘扬新时代乡风文明侧记

一

空气中弥漫着桂花香和稻米香。

从纳黔高速黄桷坪互通下道，沿着乡村公路，往川南胜景水流岩瀑布方向驶去，一座高大典雅的仿古四合院建筑出现在我们眼前。

它坐落于一片将黄未黄的田畴上方，以山为邻，与壑为伴，在过去二百三十年的历史长河中，几经损毁、重建、扩建，这就是最近才修缮完成的川南傅氏家风馆。

“从策划、筹资、规划、设计，到整个建筑完成，再到今天形成丰富的文化内涵，整个庭院内外，家风习习，拂面而来，我们用了整整十年时间。”眼前这位正在为我们讲解的老人叫傅强明，今年已经七十二岁了。他耗费大量心血建设了川南傅氏家风馆。

三年前，我受傅强明校长邀约参加了家风馆的落成开馆仪式。当天到场的参观者和我一样，心中都有一个疑问：家风馆建设肯定不是一个小数目，如此巨资到底是从哪里来的？

对于一个企业家、大老板而言，这算不上巨资，但对于一名每月靠退休金过活的普通党员教师来说，这无疑是一笔巨款。

筹建之初，亲人朋友也都是带着疑虑和担心的，他的爱人刘二嬢就委婉地劝阻他："为教育辛苦了几十年，还不够？再说，孩子们不是等着我们退休，把我们接去成都养老吗？"

傅强明校长的大女儿是南京大学海洋科学博士，小女儿是中国药科大学药理学硕士。女儿女婿均事业有成。

其实，刘二嬢早已做好了陪他继续"折腾"的准备。"看到他举着筷子或端起杯子不断颤抖的手，我心里难受啊。"刘二嬢心疼地说。傅强明校长患原发性颤抖症已十多年了。

建设川南傅氏家风馆的这些年，从居住的县城到家风馆的三十公里道路上，春夏秋冬，花开花谢，风里雨里，路滑道阻，傅强明校长乘坐公共客车、摩托车往返上万次，前几年还为筹钱的事经常远道出差云贵川渝。

我与傅强明校长最初结缘于20世纪90年代初，彼时，我还是一名即将从中等师范学校毕业的实习生，而他已经是兴隆中学校长，恰好我被安排在兴隆中心校实习。刚去不久的一天中午，我突然被告知，是傅强明校长点名让我到兴隆中学实习的。我与傅强明校长素无交往，怎么突然有这等好事落在我的头上呢？至今不得而知。倒是记得小学快毕业那阵子，我跟许多当地学子一样，将兴隆中学视为梦寐以求的学校，但后来由于家庭贫穷，并没有

▲ 傅氏家风馆（傅强明 / 供图）

实现这样的梦想，心里遗憾着这辈子注定做不成傅强明校长的学生。不料出来实习，却又有幸成了他的学生，又惊又喜。

未见其人，已闻其声，把一间原本并不起眼的兴隆中学治理得风生水起的傅强明到底是怎样的一个人？通过短短不到四十天的实习期接触，我已非常佩服傅强明校长。傅强明校长身上既散发着可贵的儒雅谦和和值得信赖的气质，又时时充满着我们社会在发展进程中随时都需要的强大正能量。

四十多年时间里，他即使担任着学校党支部书记和校长的职务，承担着无比繁重的工作任务，仍然坚持作为一名一线教师，承担初中的主科教学任务。

自 1995 年从兴隆中学调到城郊中学，直到退休，整整十五年，他坚持在学生放学时，在校外九曲十八弯的仓坝街里巡逻，迎送学生，确保学生上学、放学安全。风里雨里，叽叽喳喳走过的学生们总能见到高大帅气的傅强明校长行走在巷道。

二

才不过短短三年时间，重访傅氏家风馆，我发现凭借傅强明四十多年积攒的师生感情、人脉资源和远近宗亲的信任，由他捐出的几十万元积蓄和社会募捐的资金共同建造的总造价近 500 万元的傅氏家风馆，又发生了翻天覆地的变化。

“上次你过来看到的只不过是一副骨头架子，通过这两三年的建设，基本上算是有血有肉了，并逐渐有神有魂了，但还需要进一步丰富……”下了车，傅强明校长领着我沿石阶而上，边走边看边聊。这时，他指着对面山，说道：“水流岩瀑布就在那纵深里，今年天旱，瀑布细若悬丝，要是往年在这里已经能听到水声了。”

近处，白鹭在水田中翩翩飞舞，这是一片上等好田，田里的再生稻快要收割了，这一带也是叙永县的“粮仓”和“饭碗”。

登上台阶，文化氛围浓郁的傅氏家风馆顿时把我的眼睛给擦亮了。文化，一种看起来也许并不起眼的东西，也可以看作阳光或空气，它给人的正是不经意间的滋养和浸润。

在这里停留的瞬间，我突然有了这样一种感悟：傅强明校长身上散发出来的儒雅、谦和和值得信赖的独特气质，不正是祖上家风潜移默化的结果吗？

门庭悬挂着的三重景深的醒目楹联，在或远或近、或高或低处诉说着傅氏三千多年家风的传承和创新，且将大门外的三副对联录下：

之一
祖德千秋
承版筑青山流水传先德
继圣贤蜀南嗣裔振雄风

之二
版筑暂栖身相祖终为天下范
族门恒继德青山亦佑傅家人

之三
营成世外桃源独善何如兼善乐
吩咐此间泉水出山须似在山清

随着时代发展，川南傅氏家风馆的家风家训已经由过去的“诗书传家，立德笃行”变成今天的“立德笃行，爱国敬业”，这个八字牌匾悬挂于庭院内显眼处，启迪着来往者。

进入庭院穿行，就如同进入一条长长的历史长廊。八个大厅厚重的碑刻文物，三万多字的文章展示，以及用于研学、参观演示的大型电子显示屏，还有一下子数不完的营造家教家风氛围的各种设施设备，令人目不暇接。显然，要制作它们又是一笔数额不小的开支，而这些，同样来自傅强明校长向傅氏家族和社会各界争取的一笔笔爱心募捐。

无论是家风文化的内容、表现形式，还是材料的质量和体量，傅强明校长作为一名普通退休党员教师，交出的这份老有所为的乡村振兴和乡风文明建设的公益事业答卷，振奋了许多人！

而今的傅氏家风馆，已先后获得泸州市“乡贤文化示范基地”“叙永县家风家训教育传承基地”“青少年德育教育基地”“科普基地”“楹联研学基地”等多个称号，已然成为叙永及周边地区乡村振兴乡风文明建设中的一道亮丽风景和一张特色名片。

三

傅氏家风馆初步建成后，傅强明校长以传承傅氏优秀家风文化和红色文化为主题，始终保持自己作为人民教师的高尚情操，组织开展了大量家风家教实践活动，影响着身边的每个人。

这些实践活动主要有三个方向：一是进行家风家教研学、实践，利用传统节日、学生寒暑假、周末等时间开展活动，逐步构建“立德笃行，爱国敬业”家风体系；二是传承红色文化，通过讲故事、写文章、参加社会实践等形式让红色文化扎根灵魂；三是在家风馆举办青少年夏令营，进行青少年科普活动，开展自然科学、国防军事、文化艺术、体育音乐等兴趣艺体活动等。

自 2021 年起，傅强明校长就通过认真研读叙永籍开国上将傅钟与著名烈士、中共两广省委书记陆更夫的革命事迹和红军长征过叙永的战斗历史等，撰写、改编《百年家风铸忠魂——青少年傅钟》《呼唤黎明打更匠——陆更夫的青年故事》《红军鏖战黑泥湾》《漏风垭阻击战》等一批红色故事讲稿课件，供自己和团队成员给全县前来参观、研学的机关、学校等讲解。

由傅强明主持设立的版筑教育奖学金、他参与的设立在兴隆中学的李时雨奖学金已经连续发放多年，成为家乡教育的一抹亮光，照亮无数学子的成才之路。

傅氏家风馆始终传递着“穷则独善其身，达则兼济天下”的价值取向，傅强明校长给出的解释是：“我们虽然只是普通人，但也要随时注重提升个人修养和品行，在有机会承担社会责任的时候，就要想着把善发扬光大，造福社会，福泽他人。”

永远给人以满满正能量的傅强明，一生勤勉努力，全力付出，注重修为。他每时每刻都在强调自己只是一名普普通通的人民老师，然而在子女教育等诸多方面，却一辈子都被别人视为榜样和标杆，他也因此先后获得“中国教育学会园丁奖”“四川省百名好家长”“泸州市优秀校长”“泸州市离退休干部优秀党员”“泸州市最美家庭”“叙永县劳模”“感动永宁十大道德模范”等数十项荣誉称号。

我们都时常劝说傅强明校长该歇歇了，而他自己却始终把自己当成年轻人，在过去的十余年间，不断用行动证明自己“廉颇未老”，自己这些年付出巨大心血的家风教育公益事业正如日中天。

站在院内，环顾文化氛围浓郁的傅氏家风馆，我感受着拂面而来的习习家风，陶醉在满树飘香的桂花中。巍然屹立在我们视野里的高大帅气的傅强明校长，看起来更像是风雨中屹立不倒的一块值得无数人敬仰的闪亮丰碑。

2022 年 9 月 19 日于叙永

刘昌贵和他的“儿女们”

高高山上一树槐，
手把槐树望郎来。
娘问女儿望啥子，
我望槐花几时开。

高高的天台山上，曾经有一片五百亩的人迹罕至的草地。这里杂草丛生，常有野兽出没。而今，在刘昌贵的手里，这里已经长成了一片茫茫林海。

这些大大小小的树并不是槐树，而是名贵中药材杜仲和黄檗。杜仲和黄檗一直以来在人们的心目中，如同孪生姐妹共生在大自然里，而在天台山这里，却是以杜仲为主，黄檗为辅。如果把这片林海看成一个和谐的大家庭，那杜仲显然是这个家里的主心骨，夫唱妇随，黄檗与它在山风中相依。

在刘昌贵的眼里，包括这些杜仲、黄檗，还有后来他花心血在县城近郊管护、补种的近两百亩的数万株油茶，其实就是他的一群大大小小的“儿女们”。他时时心疼着这一群绕膝的“儿女们”来，常常惹得他自己的亲生骨肉也拈酸吃醋，责怪老头子心里只有那些树。树和儿子，到底哪个更重要？刘昌贵心里当然清楚。可是，在眼底下云烟一样飘过去的这几十年，刘昌贵花费在这些树身上的，无论是时间、精力，还是金钱，都比花费在儿子身上的要多出许多倍。他是把哪怕一点点时间、一分一毫的积蓄全都交给了这些树的，他和这些树的关系。就是河里的水和水里的鱼的关系，就像时针、分针、秒针和表盘“相依为命”，谁也离不开谁。

1977年，年轻的刘昌贵从部队转业，被组织分配去青海石油局工作。为了照顾重病的母亲，他毅然放弃了安置，回到了位于川滇黔三省交界处的老家县城叙永，边照料母亲边找工作。他本来可以去当时的一家在川南很有影响力的一家国营硫铁矿企业工作的，那可是当时许多人都羡慕的“金饭碗”，但是，在滚滚浓烟升腾的瞬间里，一股刺鼻的气味呛得他喘不过气来，他感觉那里不是久留之地，于是，再次选择了放弃。而后，他成了一名小电厂的工人，心甘情愿把“金饭碗”换成了“铁饭碗”。

虽然电厂离硫铁矿企业有一段距离，但在早晨或黄昏，时不时还能嗅到弥漫在空气中的刺鼻气味。随着时间的推移，附近那些高处低处的树也受了不同程度的影响，年年在长却年年长不高，矮矮瘦瘦、奇形怪状的，没有丝毫活力。而且，在往后的几年里，细心的刘昌贵又发现，特别是那家硫铁矿企业方圆几公里的地面，已经寸草不生，就像是被火烧了一遍；那些树也相继枯死了，周围一片光秃秃、死气沉沉的，环境遭到了严重破坏。那时，刘昌贵就在想，如果这样下去，说不定哪天，人也会有和草、树一样的遭遇。刘昌贵心急如焚，可这要怎么才能解决呢？从小就肯动脑也勤于动手的刘昌贵在这时突然心生一计：栽树植绿。他想尽自己的最大努力，有效地阻止环境继续恶化下去。

他之所以想到栽树，除了要做一个忠实的环境守护者，还有一个他多年以后才对别人讲述的原因，那就是他在部队的经历。他曾经是抗美援朝的老工程兵，有缘结识了来自天南海北的战友。按照部队当时的纪律：秘而不宣，只干不说。刘昌贵默默无闻地在部队待了几年下来，和无数死伤的以及还幸存下来的战友都建立了深厚的感情。尤其是那些牺牲了的同志们，一直让他无限的怀念。这以后，用什么方式怀念战友呢？那就在自己的家乡为他们每个人栽一棵树吧。一棵树代表一位战友，看着树，想起战友。经过几个夜晚的反复思考，刘昌贵下定决心去栽树，睹物思人。他在心底里呼唤着：“张晨，我的好兄弟，你虽然在建通往中老桥梁的工地上去世了，但往后，我又能通过一棵树和你说话了；李果，你在保护我时受伤了，我就用对一棵树的照顾来感谢你……”

栽树首先得找一块地。说起来，他对这周围都很熟悉，他是这里土生土长的农民。这些地方，有的离那家硫铁矿企业很近，栽树肯定不行。而距离远一点的地方，比如位于叙永县北面的兴隆、马岭这些乡镇，尽管可以找到地方，可那里偏又是全县人民的口粮田，几十万人的饭碗全都放在那里，怎么可以和大家的一日三餐去争土地？他在四处急切寻找着，就像猎人在寻找猎物。他想，说不定很快就能找到一块土地呢。

踏破铁鞋无觅处，得来全不费工夫。终于，他发现了一处绝佳的地方，那就是位于叙永县后山镇境内的天台山。许多年前，我还不知道天台山是何方神圣，刘昌贵就带我去一睹它的尊容了。在通往天台山的悬崖峭壁上，他在前边做攀爬的示范，猴子一样往上使劲儿，我在后面跟着。天台山，如同一方巨型印章倒着摆放在山川河谷间，站在山下，除了感叹高耸惊险，别的一切都很难想象。原来，它本身就带了几分神秘。在过去的二十年间，刘昌贵每天都要在这里来来回回走很多次，早已十分熟悉了这路径，他一点儿也不觉得害怕，可望着这悬在半空中的铁索天梯，我已经惊出了一身汗。我好奇地向他打探：“上面的五百亩林子都是您栽种的？”眼前的刘昌贵很得意地点了点头。他看起来没有什么特别的，只是鼻梁上多了一副黑边眼镜，人显得瘦了点，但很精神，给人一副钢铁战士的印象。在天台山上，他是出了名的健步如飞，猴似的机灵。这悬崖峭壁之上，别的不说，单是五百亩土地需要的大批树苗怎么运上去，还有肥料等物资。难道都是它们自己走上去的？还是长了翅膀飞上去的？都是刘昌贵从这天梯上一点一点背上去的，我脑海里一直闪现出他上上下下的身影。

“兄弟，当初这里可不是这样的木梯加铁索，现在已经好多了，包括从公路上来这一段路，差不多有三公里。严格意义上讲，那时根本就没有路，长着很多的黄荆条。”刘昌贵对着我，打开了话匣子。原来，眼前的这道木梯加铁索，是多年前，为了安全起见，刘昌贵筹资加固的，而且又在上面一段沿山的石壁上一锤一击地凿下了几百个石级。这样的木梯加铁索再加上这些石级，才算是通往天台山的完整的天梯，惊险又刺激。

跟随着刘昌贵，身子侧过天梯的好几个面，好不容易才爬上天梯的第一个平台。眼前石壁下的溶洞里，一汪并不宽阔的水面铺开，几缕阳光投射到水里，波光闪现；几条小鱼游动在清澈的水底，不时还跳起来，撕碎了水面的阳光，水波又微微荡向一边去了。“这样的美景，怎么长在这种地方来了？”我正在犯疑，刘昌贵轻轻揽住我的肩，问道：“这井像个什么样子呢？我疼爱她，就叫它女儿井好了。”我们都是过来人，经他这一说，我越发觉得这井的造型像个小姑娘了，难不成是大自然鬼斧神工？

刘昌贵笑了一会儿，又悠悠地说道：“当年多亏了这口井呢，要不然，我们来时的路也许至今还是杂草丛生。”是这样的，当年一对香港过来的曾姓夫妇求子心切，别人介绍的什么大医院、民间偏方统统都用过了，毫无应验，心里空落落的。就在这时，他们遇上了刘昌贵。之前，民间早有传闻，喝了这口女儿井的水可以喜得贵子。刘昌贵当时如实地向夫妻俩转述了这一情况，夫妻俩千恩万谢，又跟随刘昌贵千辛万苦一路走来，攀爬着这段路，终于取到了井水甘露。曾姓夫妻见来路这么荒芜，万分感慨，当即向刘昌贵承诺：水若有灵，他日定筹款修建此道。而今，每年无数游客抵达天台后山的鹰嘴一览众山小，从 321 国道侧下车登临的数千级水泥筑起的台阶，正是当年曾姓夫妇慷慨捐建的。

不管是谁，如果要登临山顶，注定是要费一番力气的，不少人甚至只能望洋兴叹，败兴而归。可当初，也就是刘昌贵承包下天台山大面积栽种杜仲、黄檗的那些年，根本就还没有今天这样的通天大道。“我是工程兵出身，没有路找路可是我的强项，我一边向附近的村民打听路径，一边实地绕道许多地方，寻找上山的路，整座山周围都转了几圈，还是没有找到。”当地的一位高龄老人就站在现在的路口那里，仰望着耸入云端的天台山，神秘地告诉他，现在就要指给他一条上山的捷径。刘昌贵一听，喜出望外，洗耳恭听。这时，只见老人坚定地用手指了指眼前丛生的杂草——路在哪里？路在脚下。

老人随即告诉刘昌贵：“从这里上去，就会到达一方平台，在那里，就有一道石门，上书三字，是这样的。”说着，老人用树枝在地面画下这三个刘昌贵之前从来没有见过的似字非字的象形块。“传说，谁人要是识得它们，石门就会大开，既可直上天台，还会得到无数的珠宝。”经过老人指点，刘昌贵发了疯似的，用了整整两个月，终于从这里砍出了现在这条上山的路。那段时间，刘昌贵可刻苦了，也没少悄悄地寻师问典，并立下宏志，发誓一定要识得石门上的三字，一朝叩得石门开，大道直上天台。

刘昌贵不知对着石壁诚心地叩过多少次，也不知后来有多少游客学着他叩过多少次，但石门始终未开，而且至今仍然沉默着。那时的刘昌贵，坐在前面的一块石头上想：石门不开，可我还得上山呢。此门为我开，此山我要栽，为每位战友栽下一棵树，为不断恶化的环境植一片绿的信念越来越坚如磐石。

无路找路，逢山开路，遇水搭桥，眼前的悬崖峭壁，怎么上得去？这时，刘昌贵眼前一亮，就在石门不远处，一道悬空的木梯在风中摇晃着。看得出来，这是一道饱经风雨的上山的木梯，至于搭建于何时，概莫能知。据传，兵荒马乱年代，曾有人在山上屯兵养息；20世纪30年代前后，曾经有两个村户在这里繁衍生活，后来不知所终；山上尚存一破庙，因缺人迹，罕见香火。

眼前的悬空木梯，还能用吗？刘昌贵终究还是担心年久腐朽，不能正常使用。这可不是小事，弄不好哪次失身崖下，粉身碎骨，那还了得！为此，他除了加固木梯，还加上了一条粗大的铁索，从山顶延伸下来。人在上悬梯时，一手抓紧铁索，安全了许多。尽管如此，我第一次步入悬梯那天，整个人还是感觉非常紧张和刺激，而刘昌贵在悬梯上攀爬，却又那么轻松自如，宛若行走在平地。

精诚所至，金石为开，谁说刘昌贵没有叩开天台山的那扇厚重而深邃的石门？其实，他早已是这山上林海中一株杜仲或是黄檗的精灵了，日日夜夜守护着这群大大小小的“儿女们”，一晃就是几十年。曾几何时，当地有人看着这些树长大了，想分户砍伐变现，都被刘昌贵严词拒绝了。如果说天台山上的这片林海有一位大神长久地守护，这方神圣当然不是别人，而是退伍不褪色的军人刘昌贵。

有几年没见刘昌贵，那天上午，他突然来访。这一次，和上次同行天台山一样，他又一次让我感到惊讶。说实话，我不太轻易佩服谁，可刘昌贵是个例外，他在我眼里，算得上是一条汉子，我必须对他肃然起敬——他一辈子专心做一件事，用生命散养着一群叫树的“儿女们”，在山岭间，高高低低处。

“天台山不是种着中药材杜仲吗？”我问。“没错呀，不仅是杜仲，还有黄檗，五百亩呢，都长高了。”言语中，带着父母对儿女般的无限疼爱。刘昌贵连续数年不分昼夜，不断地拓荒、种植。渴了，伏下去贴着地喝一通林中山泉；饿了，摘几粒野果子混着自己带的干馒头充饥；困了，占着野兔、野鸡的窝子躺上两三个小时……如今的天台山这片茫茫杜仲、黄檗林海，就是刘昌贵当时不断栽种、补种留下的。哪棵长了多少，他在脑海里都有记录；哪棵需要“谈婚论嫁”，他也都能说得上来。这些杜仲、黄檗就这样在他的爱抚中逐渐成长起来，在蓝天白云下释放着盎然的绿意，又成了点缀在曾经石漠化最为严重的乌蒙山间云朵之上的一颗绿色明珠。

那天，他是这样告诉我的：“兄弟，我的那片油茶林，花开的时节，蜜蜂、蝴蝶好像都从四面八方过来赶集一样，热闹得很，这里嘤嘤，那里嗡嗡，响成一片，汇成了音乐的河流；到了果熟的季节，一个一个的油茶果，说起来也调皮得很，和我捉迷藏，从树上摘下来，一不留神就往草丛里钻，躲进去就悄无声息的，生怕被我逮着了……”刘昌贵讲起他的那些油茶果来，眉飞色舞，就如同一个母亲在对别人讲述自己淘气又聪明的儿子，言语间充满着自豪和幸福。

“兄弟，你可能还不知道，我这几年又在县城近郊叙永镇安居村一个叫大坪子的地方承包了近两百亩油茶林。几十年前集体栽种的地都快荒废了，我承包下来，把它们管起来，这几年也陆续补种了一些进去。”他话没说完，我已经决定去现场看看他的又一大成就了。

山上转悠，每走到一个地方，刘昌贵都迫不及待地给我介绍一些情况：“这些盘山公路是我这几年陆陆续续开凿的，政府已经立项，很快就会弄成林区柏油路；这是高压电，去年农村电网改造安装的，光纤也都弄好了……”

时间都去哪儿了？据我所知，而今已是满头白发、整个人略显憔悴的刘昌贵，几十年的光阴就全都在这两片山上度过了，远处近处，每一棵油茶或者是杜仲、黄檗，都能感受到他的父母般的疼爱。“油茶结果是生母抱子。今年的果子还没熟，已经在孕育下一年的。”他对着一棵上了年纪的老油茶树，踮起脚嗅着，像是在和它亲吻。那股亲热劲儿，不禁让人感慨。而老茶树在风中扭动着身姿，和善慈祥地向我们点头示意。

“现在，儿子不让我弄了，丢了可惜，你接替我或者帮我找个可靠的人管管它们吧，这满坡满岭的都是，这么可爱，多像学校里的那些爱玩爱跳的孩子啊。”面对刘昌贵的央求，我感到很困惑。毕竟这么多年风里雨里，再苦再难，刘昌贵都悉心呵护着这些树。如今杜仲、黄檗已长成，可以作药材变现了，油茶果每年可以在自己的作坊榨油售卖，简单点也可以销售给附近龙梅开办的雨阳公司，每年赚三五万不是问题。这辈子谁又能计算出刘昌贵到底付出了多少心血？怎么能割舍掉这份亲情，急着就要把它们出手给别人？他的儿子平时在成都发展，打理生意，又怎么突然管起父亲来了？在他没有向我说明之前，这些显然都还是谜，把我搞迷糊了。

听说刘昌贵从华西医院治疗回来了，我急忙赶去他家探望。门闭着，他没在家。我于是往大坪子的山上去找寻，忽然看见了一个熟悉的背影，立在夕阳长风中向山下张望。我原本打算无声无息地靠近他，并陪着他深情地注目这些山上山下的“儿女们”。可警觉的他很快就发现了我。

面前站立着的，正是已确诊肺癌晚期的刘昌贵，他整个人明显消瘦了几分。“治疗很有效，不咳吐血了，我在儿子那儿住了十多天，还是舍不得这些大大小小的顽皮捣蛋们。可这一来，儿子生气了，没收了他的银行卡。这个秋天，我安排好了，接下来就把一些影响油茶生长的杂树去除，工人们都在干活儿了，我急着付三千元工资呢。”

此刻，我的脑海一直在不停地翻滚着，今后，由谁来养活刘昌贵一直在用生命守护的这群“儿女们”呢？也许谁也代替不了他，包括我和我身边的任何人，而他也可能早就想明白了。就在那天，他有些疲惫地把手搭在面前的那棵正在盛开着花的老油茶树上——这是树中的老者、树的精灵，周围的“树子”“树孙”已经一大片了。

刘昌贵告诉我：“到时候，我就选择在这株老油茶树下面安息，不用竖碑，它就是我，我就是它，我们彼此早已融为一体。到时候你来探望我，见树如见面。”他想就这样永久地守护着这片生他养他的土地，守护着他眼看着一天天长大的这群大大小小的“儿女们”。

刘昌贵的话没说完，大风使劲儿地吹着，我伸出手去，紧紧地拉住刘昌贵，相信刘昌贵不会那么急就走远的。他的心血、他的精神、他的灵魂早已融进眼前这些树的心中，哪怕无情的秋风把树叶吹落下来，在每片树叶飘落的瞬间，也能感受到他正在散发的气息。

2021 年 3 月于叙永

常乐山上种桃人

我在四月的蒙蒙细雨中从叙永县城出发，小盛开车载我，我俩就像骑着一匹欢快的野马向着更广阔的天地奔跑。

“人间四月芳菲尽，山寺桃花始盛开。”据说海拔1000米以上的常乐山上，有的桃花已经凋谢，接近属于它自己的尾声；有的却还在等待属于它的灿烂与粉红似海。

我这是去看桃花的吗？之前，我们就看过了乌蒙花海。开的花把山底下的整个赤水河谷都铺得满满的，几十公里，上百公里，沿途都是桃花，层层叠叠，如红云红雾，灿烂了所有的地方。本来我想到把在兴文县参加“自然生态文学创作基地”的众多作家朋友都邀约过去看看这样的盛景的，可没能如愿，只好等待下一次了。看过了乌蒙花海，说去常乐山上看桃花，还真不是那回事。看桃花，只要是在乌蒙山中，我只会选择赤水河。再说，总不可能大家都去常乐山上看桃花我就去看桃花吧，跟着说话跟着做事，不太符合我的性格。想来，常乐山上应该有比桃花更吸引我的。高山之上，蓝天之下，大自然的许多美景总是无法预料，关键是要有发现的眼睛。

“您完美错过了看桃花的季节。”小盛又在我的耳边说。我在思考中抬起头对着这位年轻人笑了笑，我不知道这样的方式算不算批评，我为什么要批评好心人？我时常想不清自己。到常乐山上的路程其实并不远，也就是一脚油门的时间，可事实上，上山的路也是费周折的，总在曲曲折折中，因为上山本身就是一种折腾。在经过一小段稍微狭窄的路面后，就到达了常乐山。

难道我们又是来寻山的？一下车，我就环顾起四周来，常乐山被无数的山包围着。在乌蒙山中，身处任何地方，大抵也都是这种感受，山包围着山，山又被山包围着，太多的山拥挤着，让你总不能简单地享受到一览众山小的酣畅淋漓。

这时，一名中年男人向我们迎了上来。我不认识，小盛告诉我，他叫胡兴贵，是常乐山上的种桃人。这位大约四十岁上下的中年人，带着天然的微笑。正是做事的年龄，他自然会抓紧时间做事，不躺平，而我身边的一些人就很难拥有这股子劲头。

二话没说，胡兴贵就带着我们去桃园里转。山上山下已经几乎看不到一朵桃花了，就只看到许多的桃树。满坡满岭都是，大的、小的、高的、矮的，占着自己的地方，每一棵都在努力地生长着。胡兴贵说，他们这种石漠化严重地区，在乡亲们眼里，什么都生长不了，再宽的地方又能有什么用呢？大石头、小石子堆在地面，杂树长不起来，野草荒疏，粮食没法生长，也不能为乡村振兴贡献自己的力量。通过进一步聊天以后，我了解到，胡兴贵是前几年回乡的，抱着试试看的想法种下了对面那一小片桃树，顺着他的手指，山脚最远的那片，在蓝天白云下也长得很精神。不出意料，再过两三个月，就可以摘下鲜美的桃子了，到时候我也许又会来到这里，摘一两筐带到朋友们中间去，让大家都来品尝品尝。胡兴贵说，这是从成都龙泉驿优选过来的品种，而且不止一个品种，每年可以摘四个月。我站在这里，想象着吃桃子的情景，口舌生津。水果中，我比较喜欢桃；除了桃，枇杷也是我的最爱。人上了一定年纪，从健康角度出发，除了食用品质好一些的水果，还可以每天适当吃点板栗等干果。

乌蒙山的许多地方都产水果。在我的印象中，老家的樱桃树非常多。而水果最丰富的地方，还得数赤水河，十万亩的果园，无论走到哪里，都堆积如山。过去没有互联网，销售只能局限于当地的场镇或是县城。大筐小筐被摘下来，一时卖不出去，烂掉的也不少，市场制约了它们的发展，现在，销售渠道拓宽了许多，那里已经成了一道水果的河谷了。常乐山上的桃是幸运的，据说还没结出果来，经当地一个叫边城兄弟的“网红”一带货，才短短两三天，已经认领出去了五六千棵，每棵9.9元。老人、小孩一旦在这里拥有十棵八棵，周末或节假日开车过来，浇浇水，梳理梳理树叶，再和它们说几句话，或者哪怕就是简单看上一眼，都能感到十分放松。亲近土地，亲近自然，心情美了，自己也乐了。胡兴贵这一招，惠及了不少人，实际也逐渐把乡村的产业点亮、人气点亮，把当地农民群众的美好生活点亮了。

我们索性跟着胡兴贵走一走，他先带着我们去看园子东面的两座小木屋。走进去很舒适，阳光透射进来，新鲜的空气中还带着草香，显然，这是个鸟语花香的好地方。这里，对于经常失眠的城市人而言恐怕是最放松解压的好去处。夜晚，坐在院子里看一会儿星星，把一天的忙碌梳理一下，再喝上几口乌蒙山中的红茶。没有应酬，不到十点，躺上床就可以睡下了，然后，又在远远近近、此起彼伏的一片鸡鸣狗吠中醒来，落得一身轻松。

桃园里长得很好的草，还有一些同时长起来的小桃苗，其实都是多余的。胡兴贵一边和我们说着话，一边不断躬身下去，扯掉这些影响桃树生长的杂物，抱在怀里。一会儿，他又把这些杂物堆放起来。他说，通过发酵，过一段时间，就变成了肥料，再还回地块去。“管理是少不了的，而且管理又是至关重要的一个环节。”胡兴贵说，“每天只要有一点点时间，我都会泡在果园里，一遍又一遍地进行梳理。”也是，整个园子就像一个家庭，只有打理得生机勃勃的才会兴旺发达。这些桃树，在我看来，其实就是栽种在胡兴贵心上的，这几年，胡兴贵可是把自己全部的心血都给了它们。

我们走到一处低洼，看见一些朴素的农民正在那里忙碌，按照胡兴贵教给的技术进行着管理。不用说，这些人全都是种庄稼好手，他们这把年纪，少说已经种了二三十年，虫害怎样除，肥怎样施，需不需要浇水，心底肯定都是明亮的，要不然，就真是白活了。可管理桃园，对他们就还算是新鲜事，他们处处表现得小心翼翼。周围的农民，只要愿意参与管理的，都能收到胡兴贵每天一百元的工资，而且包午饭。对这样的收入，大家还算是满意的。“没有弄上桃园的时候，没有别的事情做，哪能有这样的收入呀？有时，几个人就聚在一起玩纸牌，还要输上二三十元。”边干活儿边聊的老罗告诉我，“不过，有时我们也和兴贵吵架，因为我们总是像管理庄稼一样去管理桃树，毕竟桃树不是庄稼啊。”

闲聊时得知，村子里的许多年轻人都外出务工了，有的甚至是举家出去的，能在家待得住的，就剩下他们这些中老年人了，干起活儿来已经力不从心了。我问老罗，这样的活儿，累不？他答，都是手上活儿，也还好。正说着，旁边的几株桃树在微风中不断地点头。仔细一看，它们已经挂果了，或多或少，在枝头上；只是，果还很小，也未可知它们的收成。对此，在成都龙泉驿种了十四年桃的胡兴贵信心满满。种瓜得瓜，种桃摘桃。油绿的叶子底下，小毛桃很兴奋很顽皮，仿佛在说："我要长大，我要长大。"

"当初为什么要选择这个地方种桃呢？"我问起胡兴贵。"之前我去过隔壁的草坝村，那地方种桃子没的说，阳光充足，土地也比这里好很多，就算我想在那种，村干部和老百姓也不会答应的，毕竟现在的土地金贵，很多地方都要拿来种粮食保饭碗，而草坝更合适种粮食。"胡兴贵这样回答，"就拿我现在种的这片地来说，就是种上粮食也没有收成，以我的经验，它是可以种出桃子来的，这就叫因地制宜，走生态发展之路。"当初镇上领导带着一些人出去考察，说要引种桃树，让胡兴贵返乡带动创业。"我们的家乡确实也需要发展，需要乡村振兴，于是，我就答应回来了，虽然没有预期好，这样那样的问题也不少，不过应该也没有多大问题。"这片桃园，陆陆续续已经栽种了三年，整体长势都不错。

创业，难免会失败，但胡兴贵根本就没有想过失败。他向我们描述的是，再过三到五年，到了赏花季，应该是"人间四月芳菲尽，常乐山上看桃花"；到了摘桃时节，又会是桃香满园，摘桃者如云。胡兴贵最担心的还是交通，同行的小盛对我说："镇政府正在规划进一步完善道路基础设施，以后路会更宽敞更安全，过来赏花摘果就更方便了。"确实，道路是很重要的，我在乌蒙山中见过不止一处这样的果园，除了水果本身具有别的地方无比可拟的优势外，其次就还得具备交通优势。只有更快捷更方便，才会实现更大的效益。正好这时，几个结伴的认领者来到了桃园，一下车，就迫不及待地向着他们认领的"宝贝"奔去，如遇亲人，如唤子孙。一阵"亲热"之后，他们过来和我们聊天，话中也透出了同样的期待。

小盛说起我是做文化策划的，胡兴贵在和我小酌时突然就提出，让我给他的桃园起个名字。我说，不是沿途路口都立着"桃花山庄"的指路牌吗？他一个劲儿地摇着头表示不满意。恰好附近乡镇的康养温泉项目即将启动，温泉正好就在山脚，而常乐山又在温泉之上，这样一来，我就有了灵感。我一说，胡兴贵连呼："好极了！"等到第二次去到常乐山上，行动迅速的胡兴贵已经从相关部门获得了"叙永县常乐桃花岛家庭农场"的行政许可审批。

常乐山上的种桃人胡兴贵，其实是一名常乐山所在村新华村的长期外出务工人员。2020年初，为了家乡的乡村振兴，他果断卖掉了成都的住房，加上借贷等先后筹集的近五百万元，一头扎进了这片山。

山有山高，水有水深，紧紧依靠从小看着他长大的父老乡亲，胡兴贵一路跌跌撞撞走来，已经打造出了近两千亩的桃园。像这样种不了粮食的地方，种水果未尝不是一种选择。这些年，在乌蒙山的一些地方，已经陆续建立起许多规模不一的果园，有的效益明显，有的却还在努力尝试中。就在我们上山两个月后，常乐山上的第一批水蜜桃就已经上市销售，据说，个头大，口感很好，利润也还不错。

2023年6月于叙永

云朵上的少年

一

“我知道，也许还会一直等待下去，不管是三只还是五只，总会等到有虫草回来。说不定阿伯哪天就带着虫草回家了，到时候，我还会去到阿娘沟那个带着乳香的地方，把虫草带出关。”我猜，带着几分羞怯的藏家少年汪丹一定是这样想的。

汪丹，那个躲在半扇门背后向外探望的懵懂少年，在我去的那天已经等不及了。可我那时并不知道，他是要我带着他走出阿娘沟，走到丹巴，然后走出关外，去寻找他的阿娘阿伯。而能读懂他这份心思的，偏偏不是我，而是丹巴县县委副书记刘记。刘记三年前来到这里，那时，他的女儿正在进行高考冲刺，即将跨进大学的校门。三年多，他已经熟悉了这里的一切，包括那个叫汪丹的少年。

阿娘沟，是我听到名字就立即想到这次“系统作家写系统故事”采风活动一定要去的地方，不管有多遥远，我知道它就在丹巴县境内。丹巴有接近六千平方公里的地域面积，那里有变幻莫测的墨尔多山、丹巴美人谷，还有高山上的葫芦海以及甲居藏寨等。阿娘沟就在这片神秘的藏区土地上，它虽然就在我的脑海里，我还是不知道它到底在什么地方。更加靠近天空还是云朵？我知道那里有很干净的天空和云朵。

二

丹巴未成行之前，我就想象着那里的半扇门背后，一定会有一个向外张望的懵懂少年。为此，我已经替他准备了一首歌谣：阿娘去，阿娘还，阿娘打工没回还；阿娘沟，是我家，我要出去找阿娘……

当时我并不知道歌谣中的少年就是我即将要遇到的汪丹，直到后来有一天确信就是他。是上天故意安排我因为他而前往丹巴的吗？也说不定是他家就住在墨尔多山对面，山顶上住着的神看懂了他的心事，替他把我召去了。在成都，我仿佛听到了神说话的声音，那是更加靠近天空的地方的神在说话呢。

杜干布说，小时候，他和阿娘还有家人一起夜宿过墨尔多山，在高高的山顶，他曾经借助手电的亮光隐约看到过神。有一次，阿娘也看到了。神总是慈祥的，它平常就躲在墨尔多山的云雾里。所有人都在传墨尔多山有神居住，但没有多少人能像杜干布和他的阿娘这么幸运地见过。

根本就没有人知道我要去阿娘沟，包括从成都和我一起出发的谢师和小文。他们也去过阿娘沟，估计不想再去阿娘沟。他们不像我，去了之后还想再去，去那里陪着汪丹等待阿伯和虫草回来，不管一路有多么艰险。

阿娘沟，那是个更加靠近天空和云朵的地方，带着几分神秘。尽管我的家乡乌蒙山同样靠近天空和云朵，还能听得见鸟儿叫，而且处处都有花开。

三

我对丹巴的认识是从失望开始的。县城那么狭窄，是从我五十岁开始四处游历，截止目前见过的最为狭窄的城。听完他们的介绍后，我把失望提升到了恐惧。

打开丹巴地图看看，丹巴地形可谓是地球之花，如一朵盛放的花，大金川河、革什扎河、牦牛河、小金河，以及来时那条路上的大渡河等五条河从这里延伸出去，同时也在这里汇合。

丹巴的风，道孚的葱……刚刚经过的一处被称为大风湾，想知道风到底有多厉害吗？你尽管早晨或傍晚自己感受好了，千万别被刮进河里去了。

丹巴县城是一座建在滑坡体上的城市，大约是在 2005 年重建的，这里的土地寸土寸金，根本就找不到一个非常安全的地方能建一座城。头顶悬石头，脚踩泥石流，是对丹巴最形象的描述。全县都是高山深谷，高处基本上都是滑坡体，河谷随时都有泥石流。

这是个随时都能感受到危险的地方。这就是我在没有到达之前希望早一点儿到达的丹巴吗？它怎么会是这样的？我感到十分困惑。

丹巴已经查明的地灾点就有上百个，包括滑坡、泥石流在内的地灾类型均发育完全，有“世界地质灾害博物馆”之称。从学术角度来看，世界上所有研究地质灾害的专家学者都应该到丹巴来。如果是采风或是旅游，胆小的人，那就最好不要踏上这片土地，但请别忘了，这里是名副其实的一步一景。

住进酒店，稍微心情平复了一些，收起对丹巴的失望，站在窗前，我望着对面的山。

半山腰曾经居住过村民，几年前实施易地扶贫搬迁工程时搬走了。那些房子里现在居住着成群结队的野猴子，这是后来杜干布用手比画着告诉我的，不能一个人上去哟，会被猴子追打的。

阿娘沟在哪儿呢？也许打开手机上的地图，搜一下就知道它的具体位置了，但是我并不希望那个在我想象中特别靠近天空和云朵的地方，以这种方式出现在我面前，更不希望用别人的描述代替我的行走。

我坚定地对自己说，即使是杜干布说的猴子成群结队的地方，哪怕被猴子追打，既然来了，我也要亲自到阿娘沟去。

四

总有一双双眼睛在我背后张望，这是我在前行时的感受。这些年，无论在什么地方，我时常有这种感觉。是谁呢？想起来了，可能不确定是谁，但多半应该是我当初的那些学生。转眼已经二十多年过去了，如果我继续站在讲台担任教师，也许不会有这种感觉，可惜，我没有坚持到最后。

乌蒙山是被石漠化了大山，又被专家们解读为岩溶地区。我生活的周围，全是石头，高高低低堆积；我的眼里，很难见到几株草、几棵树。这样的环境，虽然不及丹巴那么危险，却是极为贫穷的。对贫穷的理解，我还不懂得多少，但我知道，贫穷最直接的感受就是饿肚子。我还清楚地记得，十岁以前，我是光着屁股过日子的，泥鳅一样在光天化日之下走来走去，赤条条的。还记得三四月间，阿娘无数次下狠心把我带出去，最后我还是回到家里来了，但她其实并不希望我再回来。

这样的光景下，也不知是哪路神灵暗中助了我，在 20 世纪 80 年代，我居然考上了城市的师范学校。虽然只是在县城，而且在今天看来，那时的县城也非常破旧，但比起我居住的农村来，简直是天堂，大街小巷里，牛车驶过的声音，都是绝美的音乐。我当然不想回到山村去，更不愿意在山村长久地待上一年半载。可我们当初来的时候，已经明确了三年之后要去的地方就是山村。走进学校的那一天起，我就被定位为山村教师。未来的讲台就在山村，回去是一种必然，尤其是我这样成绩一般又没有任何优势的人。走进学校的第一天，我就已经在想象着自己三年以后出现在哪所山村学校和哪间教室里了。除了家乡附近的两三个村，那时走得最远就是到县城，我能想象的就是村子里的那所学校和附近村子的学校，还有就是自己就读的那个初中。不敢想象能回初中去。首先，在我的印象里，那里的老师，个个都是学问满满，饱读诗书，而我只是个山村缝隙里出来的毛头小子，怎么可能站上那样的讲台呢？其次，那是一所初中学校，而我只是名小学教师，这辈子能做一名山村教师就已经够了。

就在这样的思想支撑下，我回到了老家的山村学校。一开始，一个人负责一所学校，承担三个班二十三名学生的教学，但我并没觉得有多难有多苦，只是简单地希望，有更多的孩子能像我一样，也能够当上一名山村教师。上完课，我就一家一户去动员更多的孩子入学。但他们的家长都喜欢欺负我。有的把孩子藏在谷草堆里，听我说着话，孩子又光着身子跑出来了；有的说都快当爹当妈了，还读什么书，开什么洋荤。邻居李大伯十二岁当爹，我们都知道这件事，但那是很多年前的事了。好不容易，教室里多来了三名学生，但好端端的氛围，却被一个叫胡三的大个子给破坏了。他不但带头打架，还在上课时突然往野地里跑，并当着我的面说要带女同学回家睡觉。村长帮着教育过几次，他再也不来学校了，时不时又在回家的路上扔石子吓唬我。虽然说有惊无险，我也被弄得一身冷汗。

我不是那种喜欢逃离的人，但是我在坚持不多久之后，还是逃离了我任教的山村小学，可是逃向哪里，我并不知道。

五

后来，我在乡镇做了很多年干部，又在县级机关继续工作，之后又去了北京，在这个过程中，我就到丹巴来了。尽管我内心里有些害怕头顶的山体滑坡和脚底下的泥石流，但我说实话，还是在惧怕中喜欢着时时处处置身危险中的丹巴。这辈子，只要是我喜欢的东西，无论如何，我就一定要得到它。不会说的话，我要变得会说；不会唱的歌，我也要学会唱。因此，我早就想着要到丹巴的阿娘沟去，肯定能去。当初逃离山村学校，那些学生渴求知识的目光，恐怕是我欠下的最沉重的债。这样的眼神，和我想象中的躲在破旧的半扇门背后的那双懵懂少年的眼神确定相似吗？

我想去的阿娘沟远吗？我问身边的杜干布。他人很踏实，在紫外线极强的地方生活，加之工作压力大等原因，令他虽然年纪比我小，看起来却比我老。也因如此，我叫他老杜。“您要去阿娘沟？”“对，我要去的地方叫阿娘沟。”“它在哪个地方？”老杜肯定是很熟悉的，他是直接负责丹巴地灾防治工作的县自然资源和规划局的一线同志，熟悉近六千平方公里县域面积上的九百多个地灾点。

“上得去不？说不定要靠走路，又说不定走路也去不了。”老杜说，“在我们丹巴，我们只说山和沟，没有别的说，山有藏区最出名的四大神山之一墨尔多山；沟可就多了，山下全都是沟，沟深沟长沟套沟，五条河谷一百三十一条山谷沟，还有不计其数的小沟沟。去年 6 月 17 日，其中一条沟——梅龙沟，发生了特大洪水泥石流，一下冲毁了几个村子，其中包括阿娘寨村。半扇门镇的交通因此被迫中断了近两个月，那边成了孤岛，进不去，出不来。现在正在紧张地进行地灾治理和灾后重建，实行交通管制。”

老杜继续说：“阿娘沟就在阿娘寨的上头，那里离天很近，与墨尔多山对望。有时墨尔多山的云朵也飘过来，而这边的也飘过去。就算河谷治理地段能过得去，上山的路也很难说，被冲毁的地段不断修复又不断中断。”

六

阿娘沟一共有四个村，其中的一个村早已经被特大洪水泥石流完全冲毁了，只剩下高处的一些被冲刷得伤痕累累的树和满河床的石头，村民们之前的家已经被埋在了石头下面。村里到处回荡着机械轰鸣声，修复重建日夜兼程。一、二、三、四村从沟底依次向山顶分布，四村就在更加靠近天空和云朵的地方。

站在阿娘沟四村的村委会门前，崭新的村委会院子很干净，村干部忙去了，我让杜干布不要惊扰他们。站在这儿有点像站在云朵之上的感觉，向下、向前都有很好的视野；离墨尔多山也近了许多，如果静下来，说不定能感觉到神的呼吸。

虽然上来的过程很艰难，上来的风景却十分美丽。近处的树长出了新叶，路边、地坎上，花儿在开放，装点了很多地方。这边的山比墨尔多山矮不了多少，隔河相望，两面山顶上的雾几乎都散尽了，又都覆盖着雪。雪线离我们很近。因为阳光，此刻我们感到很温暖、很惬意。我早把外套扔在车上了，整个身子轻松了许多。原来这里如此宁静，万物都沉浸在巨大的静默中。

之前，我们到过腊月山村，那边的村民，有的在犁地唱山歌，把土地翻开，就像在翻日历；有的在互相帮忙栽种玉米，种完了这家种那家，到了午饭、晚餐时间，腊肉香、炖鸡香弥漫着村子。而阿娘沟这边，庄稼已经种下去了。杜干布用手指着山顶告诉我，村民去那边找虫草了，阿娘沟在这个季节有虫草可以找，增加收入呢。他这一说，我也替村民们开心，有收入来源，才能真正地好起来。

我提议到附近村民家里去看看，我们一行就走过去了。这是一处脱贫攻坚新建的民居，走进去很舒适。都去找虫草了吗？我问。驻村第一书记小王说，劳动力除了出去挖虫草的，也有出去打工的，务工也是村民们的另一条路。正说着话，一位上了年纪的老阿公迎了上来，接上了话：“虫草并不多，不过也能找到，他阿伯也出去找了。对于我们家来说，虫草是我们的主要收入来源。”

阿公后面紧紧跟随的孩子，猴跳似的，站在我面前。他说了句什么，没太听清，但他很友善，脸上的笑就像天空的云朵一样纯净，不含丝毫杂质，憨态可掬。尽管他并不知道我是谁，却又很急切地想抓住我。

也不知是谁说了一句："他很调皮。"我没有去答理，而是继续和他逗乐儿。

也许他真切地感受到了来自我的善意或是别的，比如瞬间目光的温暖，于是更加亲近于我。屋里的人正在吃午餐，他索性拉着我过去，又迅速拿起一个馒头递给我。我看见了馒头上的脏手印，加之刚才在镇上吃过了，故意装作没看见，也没有接下，而是跨步走到灶台前去看了一下，又走回院子里来。他继续紧跟着我，我在哪儿他就在哪儿，尾巴似的。

这时我忽然想起，这年纪，他怎么没有读书？阿公说："他阿伯找虫草去了，去年春天出去的，这么久也没回过家。不见阿伯，他和我生气，逃学，死活不去学校，又不好狠狠地打他。莫娘儿啊，阿娘生下他，就出去打工了，十年了，再也没有回来。没个阿娘的家，唉……"

这一天，阿公还告诉我，孩子叫汪丹。

在云朵之上的阿娘沟四村，汪丹牵着我的手，和我走出村子很远，一路上，他还在不停地打量我。当初我逃离山村学校时，也曾经出现过这样一幕：在垭口，迎着风，路旁的小花开着，刚上三年级的小三子哭得一塌糊涂，说什么也舍不得我走。之后许多年里，类似情景出现过不止一两次。

临走时，我打算把我写的书送两本给汪丹，不巧，出门时却忘带了。直到上车了，他还是跟着我，贴得我紧紧的。这时，他第一次对我讲了非常标准的普通话："叔叔，我想和您照张相。"

下山途中，车道不断迂回，曲曲折折间，坑坑洼洼里，我总时不时感觉身后又多背负了一道目光——那是躲在半扇门背后焦灼的张望。

七

当天晚上，我回想起白天的事，翻开手机相册，找到和汪丹一起的照片，写下几句话，和照片一起发了朋友圈。后来刘书记看到了，在微信里留言：汪丹说和您照相了，您知道他真正想要的是什么吗？

我问："是物件，还是金钱？""都不是。"刘书记很肯定，"这些年，我们省厅不止一位领导到过他家里，很多次给他钱物，可他都拒绝了。每次我们走后，阿公阿婆还大骂他，可等到下一次有这样的机会，他还是坚持不要。”

回到成都，我在电话里叮嘱杜干布，麻烦他帮忙把我和汪丹的那张照片冲洗出来送到他家里，并请杜干布转告他，我会惦记在云朵上生活着的那个少年的。

2021年8月于叙永

高川之子

——全国首届“最美自然守护者”马银国速写

在中央宣传部和自然资源部发起的寻找“最美自然守护者”活动中，原四川省绵阳市安州区高川乡自然资源管理所所长马银国通过层层筛选，脱颖而出。被当地人敬称为“马英雄”“救命恩人”的马银国，虽然已年过花甲，但岁月的沧桑却不能遮住他的高大帅气，以及整个人身上透射出来的那一股子正能量和干练劲道。

随着鞋子敲击地板的声响由远及近，马银国向我大步而来，紧紧地握住我的手。马银国引起我注意的，不是别的，正是那双特别的眼。世人都有一双眼，他的有什么好特别的呢？乍一看，浓眉大眼；细微端详，确实又留下了无限的叹惋。据他自己坦言，他的右眼；并非天生残疾，而是在工作中先后两次受到意外伤害导致，现在已经完全失明。

一

“我的家就在高川乡的大山里，一个叫五里坡的地方，生我养我的就是高川脚下的这块土地……”因为央视摄制组要赶时间拍摄制作，作为主角的马银国几乎没有时间停下来和我闲聊。在高川乡自然资源所门前的院坝里，拍完骑着摩托车赶赴地灾现场镜头的马银国，好不容易才和我聊了一会儿。这时，我提出得找个时间一起去一趟他的家乡，他摆摆手：“那边太远太偏僻了，而且在‘5·12’那次重建中，差不多都搬迁了。”接着他又摊开手说：

“整个高川乡173平方公里都是我的家乡，我这辈子离不开高川，离不开手头的工作呀。照理，老婆、儿子他们都在德阳那边定居了，我退了休，也应该去抱孙子了。”

说着话，马银国又警觉地抬头看看天，我也跟着看，偏西的太阳正好躲进云层里，风在对面的山林里咆哮。“最近几天要下雨呢。”马银国随时都在关注着天色。一旁马银国的徒弟小李补充道：“马老师会看云识天气，别的地方我不知道，但是在高川乡这块土地上，他说雨要半夜到，就绝不可能拖延到五更，有时比天气预报还准。”

高川是绵阳市安州区的一个乡镇，整个安州区的高山深谷几乎全集中在这里，山高不见顶，沟深不见底。马银国自小就生长在高川河边半山的农村家庭。

马银国的奶奶李氏，大字不识一个，却胆识过人。就是她，一个乡村老妇，引导着马银国自小就带着正直善良，练就了一身敢于对抗邪恶的本事。五里坡又被当地人称为“断魂坡”，是传说中鬼神出没的地方，偏偏马银国上学就要从这里经过。小时候的马银国，虽然长得比周围的伙伴高大，但如此一副身板里却缺乏胆量，特别害怕经过“断魂坡”。邻居老光棍马三时常给他讲“断魂坡”的“鬼”青天白日出来抓小孩的事。每走一次，马银国都会被吓得痛哭流涕。强悍的奶奶李氏先像逮小鸡似的把马三抓到身边“审问”，吓唬要把他打入“冷宫”，把村民们眼中娇弱的马三吓得屁滚尿流；再亲自护送马银国经过五里坡，并在路途上讲一些故事为他壮胆。奶奶告诉他，自古邪不压正，况且世间根本就没有鬼神。渐渐地，马银国就敢一个人来回五里坡了。

“既然银国喜欢读书，我们就勒紧裤腰带供他读吧。”马银国的父母都是老实巴交的农村人，也没读过多少书，平时话也不多，倒是实在，有一句算一句。自家的“马娃儿”每天总是天不亮就勇闯“断魂坡”去学校，天黑了很久才借着光亮微弱的木皮子火把照路返回家，尤其是冬天，泥一把水一把的，裤子被路旁树枝上的水打湿了大半截，两口子既心疼又欣慰。就这样，马银国在父母的呵护下，成了中华人民共和国成立以来高川河边的第一个高中生。奶奶李氏说，在五里坡，有一种灵性的动物叫九色鹿，它守护在那里已经上千年了，她家“马娃儿”这么有出息，一定是这辈子遇上九色鹿了。

“我觉得真的是九色鹿被我幸运地遇上了，否则我读书怎么那样顺利呢？次次考试都没下过第二，很顺利地就进了高中。我这辈子第二次遇上的‘九色鹿’是好邻居柳大娘。”马银国谈起邻居柳大娘对他的帮助，就有说不完的话。高中毕业，马银国回乡务农。种庄稼，对于一个刚从学校出来的娃娃来说，肯定是难事。一旁干活儿的柳大娘见到马银国，说了一句：“高中生，可惜了。”马银国笑笑，轻轻地回了柳大娘一句：“我应该好好劳动锻炼。”马银国的第一次干部经历，就是在村子里说得上话的柳大娘倾力向生产队长推荐帮他实现的。回村不长时间，马银国就接替了老眼昏花的记分员，成了生产队一名受人尊重的记分员。

机会总是留给随时有准备的人。马银国自从担任记分员后，一边认真履职尽责，一边抽出时间不断学习，当初奶奶留给他的“走出五里坡”的寄语也一直在他的脑海里浮现。这天，马银国生命中的贵人柳大娘敲开他们家的门，专程给马银国带来一个好消息：乡政府要招收广播员。“我已经替你向大队支部书记报名了，你就准备考试吧。”眼前的柳大娘，难道真的就是守护五里坡的九色鹿的化身吗？

二

1980 年 10 月 1 日，通过招聘考试，马银国正式成为高川乡的一名广播员。那天，高川乡政府来人通知他：“马银国，到乡政府上班。”马银国简直不敢相信自己的耳朵，来人继续告诉他：“你是这次考试五个人中的第一名，已经被安县（现为安州区）广播局录取为乡政府广播员了。”马银国从此正式成为乡政府的“八大员”之一，也算是初步实现了“走出五里坡”的梦想。他从庄稼地里一口气跑回家，第一时间把这个消息告诉了柳大娘。淳朴的“马娃儿”还要当众给柳大娘下跪谢恩，柳大娘一把拉住他：“干好工作就是对我的感谢。”

说是广播员，其实还只是一名临时工，接下来的十多年间，一向努力上进、嗜书如命的马银国一直在抓住成为一名正式公职人员的考试机会。每次考试，马银国都取得了不错的成绩，但现实却是，由于他不懂“人情世故”，从不去“找关系”，接连几次都失败了，其中包括一次参军入伍的机会。

1988 年前后，马银国被临时抽调到县广播局工作了一段时间，但由于高川乡广播站缺少人手，很快又被喊回来了。

周围人眼中积极乐观的“马娃儿”，在一次广播检修时，被飞来横祸给了致命一击——一辆飞驰而来的货车把他撞飞了十几米远。他在医院里昏迷了三天，醒来后，突然感觉自己的右眼特别不舒服。从小就习惯在五里坡走夜路的马银国，眼睛会有什么问题呢？旁边的人也都在安慰他，过些日子，把伤养好了，眼睛应该也就恢复了。谁能料到，他的右眼却从此陷入了一场长长的“噩梦”，不但没能好起来，相反，视力由开始的有点模糊到日渐灰暗，到后来就只能看见一点点光了。更为糟糕的是，比起左眼，右眼球还从眼眶里陷进去了不少。一向积极乐观的马银国，被这突如其来的麻烦纠缠了很久，而且，由于眼睛残疾这个原因，一次又一次无比重要的招考机会也离他而去。

“临时工到最后还有出路吗？”一个夜晚，老婆叶堂英终于小心翼翼地把摁在心底里很久的那句话说了出来。究竟该何去何从？当时正是年富力强的马银国，吃苦耐劳样样不缺，又有工作经验和能力，而且文化水平也不低，即使有一只多少有点受影响的右眼，也可以有无数机会选择。哪怕就是丢掉这份广播员临时工的工作，去县城工地打工也不差。就在这期间，身边的好心人也在不断鼓动他：“这样长时间守着一根无肉的‘骨头’有意思吗？”马银国经过反复沉思，还是果断地留了下来。

1994 年，马银国被组织安排到了高川乡国土所工作。工作虽然变动了，但他的身份却没有改变，仍然是临时工。直到 1997 年，马银国才和全区其他二十三位符合政策的同志一起，吃上了地地道道的“财政饭”，正式成了一名事业岗位工作人员。

三

“从 1994 年我进入高川乡国土所工作到 2022 年在高川乡自然资源管理所光荣退休，在这近三十年的时间里，单位先后三次换了名称，中间一次叫高川乡林业站，工作内容也在不断变换和增加。全乡差不多每户农村建房都重新来了一次，尤其是 2008 年‘5·12’地震后，许多民房都重新进行了选址修建。”透过窗外的薄雾，我仿佛看到了马银国在山间小路上穿行的身影。三十年来，在高川乡坑坑洼洼的村道，每天清晨五六点或者更早的时候，马银国就啃上几口馒头，胸前挂上一个已经用了很多年的军用水壶，匆匆跨上那辆陪伴了他许多年的摩托车，开始了他一天的征程。不管春夏秋冬，马银国由他的摩托车“老伙伴”驮着，赶星星赶月亮。

“高川乡土地金贵，每个人才只有一分地，而且我们这地方的老百姓也普遍贫穷，一辈子建一次房不容易，有的建一次说不定就要使用两三代人。”由于高川乡地属偏僻闭塞山区，老百姓多是善良、厚道之人，不但缺乏地灾防治意识，而且法律意识也相对淡薄。建房之初，有人甚至故意逃避国土部门的监管，私自在一些并不安全的地方如滑坡体上违法强建。这样一来，往往就会被马银国的“法眼”给盯上。一开始，有的人不理解，常常在背后指责：“‘一只’眼怎么这么狠？”马银国深知，于情可以，于法却绝对不行。

高川乡太平伐木场一个农户当时就成了典型，安县国土局依法做出了强制拆除的决定。眼看着不听命令的农户的十万八万就打了水漂，马银国含着泪，在现场监督完成整个拆除后。又不顾当事人的辱骂和威胁，主动帮忙跑到县上和村组，及时为其重新选址落实宅基地，协调争取民政部门补助资金，安排地灾搬迁补助等，并支持及时把房子重新盖起来。村民后来都知道了，在法律法规的原则面前，“马国土”就是铁就是钢，在原则范围内，他又是“大好人”“活菩萨”。

有一次，马银国在下村巡查过程中，当场制止了一起正在实施的未批先建行为。哪知，对象户翻脸不认人，可马银国一点儿也不生气，反而心平气和地去做法律法规的宣传和讲解。一开始，对象户并不买账，马银国春风化雨、润物无声，加之周围邻居的劝说化解，对象户终于承认了自己的违法行为，主动进行了整改。

自己家侄子要结婚，找到马银国建房批宅基地，希望他照顾一下。他不肯通融，侄子就又请自家的爷爷出面。马银国的父亲找上门帮着求情，双方僵持了很久，马银国始终没有松口，他选择守住法律的底线。不久，侄子结婚办酒席，请了全村人，就是不请马银国一家。他老婆气得脸色都青了，一个劲儿地埋怨他。马银国说：“既然干了这份事，就要负起这份责，我不当‘卫士’谁来当？”

马银国在高川乡老百姓那里赢得了“马国土”的口碑，“有事就找马国土”几乎成了每个高川乡人的口头禅。2008年“5·12”地震后那段时间，马银国马不停蹄，日夜奔波，整个乡的1600多个农户建房几乎都是由他现场选定的。为了让每户高川人都住上合法、安稳的房，马银国从事土地管理几十年来一直在努力。

四

“我已经是死过几回的人了，‘5·12’大地震那一次忙于救人，我整整七天七夜没有睡觉，争分夺秒在救人。”虽然时间已经过去十余年，但毕竟大地震带来的伤害太大了，马银国至今回忆起来，依然有几分不愿提及。

2008年5月12日下午，山清水秀的高川乡一片宁静，远处的树正在生长，天空中的云朵很悠闲地飘着，勤劳淳朴的高川人正在像往常一样忙碌。谁也没想到，一场惨绝人寰的突袭瞬间把高川乡翻了个底朝天。天崩地裂，河断山倒，路垮楼塌，呼救声无处不在，尸体随处可见，美丽的家园毁于一旦。

那时，马银国正在乡政府大院的平房里填写“防灾救灾明白卡”，突然感到一阵头晕目眩，紧接着，脚下剧烈晃动起来，头顶一阵巨响。“地震了！”马银国边大声喊着边一个蹦跳逃出办公室，就地卧倒。就在他逃出办公室那一刹那间，后山巨石滚滚而下，把办公室隔壁的那间房砸成了无数碎片。

一向性格稳重的马银国，立即掏出手机向县国土局报告，刚拔通的谢局长电话突然断线，110、114、119，全都无法打通。他冒着生命危险返回办公室打座机，仍然没有信号。瞬间，高川乡成了孤岛，与外界完全失去了联系。“救人！”马银国脑海中立即闪出这个念头，接下来的七天七夜，他一直处在救人的忙碌中，几乎没有睡过一个完整的觉。

学校、乡政府、村子，马银国一路在奔跑，哪里需要就去哪里。有工具就尽可能用上，没有工具就用手刨。救出来的生命，能背的自己一个人背，遇上体重重的就招呼其他参与救援的同志一起抬。抢救时间，一分一秒都无比重要。有需要的人太多了，马银国却连家里父母、妻子、孩子都没顾上。直到地震后的第六天，他才在离家二十里的救灾现场意外地见到了搀扶而来的父母。马银国一把抱住劫后重生的母亲，一股枉为人子的愧疚感令泪水从眼眶中倾泻而下。这时，父亲用沙哑的声音告诉儿子：“你柳大娘走了，还有你大爷、婶娘……我们的房子也没了。”正在此时，强烈余震又一次袭来，马银国强忍着悲伤，立即又投入紧张的抢险救灾中。汗水模糊视线，石头磨破手指，膝盖处挤压出巴掌大的淤血，钢筋在双臂上划出道道血痕……

“娘，娘，我饿……”5 月 13 日夜，从废墟下被救出来的小女孩大声地哭喊着，撕心裂肺。“没吃的可是个大麻烦呢。”马银国强烈地意识到。这时，他忽然想起来，妻子叶堂英开的店铺里还存放着一些大米，眼下可以救急，可他这两天忙着救人还不知道家里的情况，妻子生死未卜。马银国带着无比歉意赶回位于世平路三岔口的家，看见妻子正蹲在废墟上，一身湿漉漉的，一脸疲惫。叶堂英见到满身泥土的马银国，一下子愣住了……确认对方还在世，两人拥在一起。可惜，妻子的店铺已经被夷为平地，一片废墟，一地泡影。

马银国也顾不上别的，开口就问叶堂英：“我们还有大米吗？”妻子用手指了指：“废墟下还有四吨，刚好运回来，没卖出去。”马银国抑制不住心底的激动：“拿出来拯救乡亲，可以救上千人的命，这是大功大德啊。”妻子一开始很不乐意，在马银国一番晓之以理之后，便和丈夫一起，掀动压在大米上的水泥板。在地震后的高川孤岛，一次拿出共四吨的大米，马银国和几十年来一直在默默支持他的妻子叶堂英，成了无数高川人眼中的“救命稻草”。

通往高川乡医院那条破碎不堪的路上，马银国已经记不清自己背送伤员往返了多少次；在安置点为灾民煮制食物时，自己却时常饿着肚子；救出一个又一个老人、妇女、孩子，一共二十二条生命时，自己却没时间联系父母，了解他们的安危。“当时的情况下，人是意识不到累的，咬着牙也要救出更多的人，这是我脑海中唯一能想到的事，就这样度过了整整七天七夜。”

五

“5·12”地震后，地质灾害就像是一把利剑，悬在高川六千父老乡亲的头顶，是乡干部、村干部最大的心头患。地震之前，全乡只有两个地灾点，震后，直接威胁群众生命财产安全的隐患点猛增至一百五十六个，全乡 90%

以上的农户都笼罩在这片阴影之下。防汛抗灾守护高川家园，守护这一方土地的平安是马银国最大的职责，“确实是放心不下啊，哪个角落都可能出现意外，无论主汛期，还是其他时候都不可以掉以轻心”。

命运并没因为马银国一路坎坷而饶过他。1999 年夏季的某个夜晚，风大雨疾，马银国预感这是要出事的节奏。他一边向上级和乡镇领导汇报情况，一边骑上摩托车往地灾频发的泉水村方向赶。恰巧泉水村支部书记也急着往地灾点赶，就在双方都急着赶路时，两辆摩托车不期而遇撞上了。支部书记并没有大碍，只受了点皮外伤，可马银国却又给自己添麻烦了，倒霉事再次找上他的右眼。那之后，马银国的右眼完全失明，右眼球也进一步陷了进去。

马银国并没因为眼睛受到如此灭顶之灾而耽误工作，没有放下地灾防治这块一年四季中最硬的骨头。习惯与地质灾害做斗争的勇士马银国，保持着随时冲锋在前的姿态，2009 年 7 月 17 日下午，马银国骑着摩托车赶往“大山包”大型泥石流现场查看灾情，三点钟以后才在乡政府匆匆吃了午饭再赶去泉水村巡查。每年这段时间，他不是在巡查，就是在巡查的路上，整个人就和地灾杠上了，不肯忽略一点蛛丝马迹。在路上，他发现有老鼠在慌慌张张搬家，抬起头，仔细分析了天色并做出判断——暴雨即将来临。很快，安县国土局也发布了夜间将有暴雨的信息。他一边果断地向乡党委政府领导汇报沟通，一边迅速拉开了平时织下的乡、村、社地灾防治网，严阵以待。

当天深夜，由于降水量接近一百毫米，一场历史罕见的地质灾害突袭二郎村插秧沟一带，马银国带领乡镇村相关人员打头阵，赶到现场指挥村民紧急撤离，一家一户敲门敲窗，叫醒催促。他还和其他同志一起，背起一位不愿意离开家的八旬老人走出一公里多。午夜两点，整座山崩塌下来，二郎村地灾范围内的居民全部脱险。回到乡政府，他又记起高川村的父母和家人，一通电话打过去，得到全家都已经安全转移的消息后，才松了一口气。

在高川乡，类似的地灾险情，有时每年会发生两三起，有时甚至是五六起，经验丰富的马银国常常有自己的先见之明。小李更是对自己的“马老师”佩服得五体投地：“马老师真的是一方守护神，这么多年都是全乡地灾防控的主心骨，就像警察对付小偷，他有一整套办法。”权威的背后，是马银国的钻研和学习，干一行，爱一行，钻一行，除了对常规业务的掌握熟知，平时他还特别注重学习识别高川乡的气候特征，天长日久，马老师有时候比气象台预报还要准。

“地灾防控，只有起点，没有终点，永远在路上。必须时时警惕，闻令而动，才能确保一方老百姓的生命财产安全。”马银国从事自然资源管理近三十年来，在地灾防治工作中，凭借着自己积累的丰富防灾经验和那双“火眼金睛”，先后成功预警和组织避险六十九起，安全转移群众1900余人次。有着“地灾窝子”之称的高川乡，特别是在“5·12”汶川特大地震后，更是创造了连续十四年地质灾害零伤亡的奇迹。

六

高川乡是安州区远近有名的富矿乡镇，钙矿、磷矿遍地都是。一些人早就盯上了高川乡的矿山。“这么偏僻的地方，又这么富矿，挖点采点算什么呢？您‘马国土’高抬贵手不就行了？”说话间，一沓沉甸甸的百元大钞已经掷在“马国土”的办公桌上，不料竟然遭到马银国的严词拒绝，但这些人还是不死心，临出门时，狠狠地甩出一句：“反正矿是要去挖了。走着瞧。”

怀恨在心的盗采者上演的“老虎嘴”百米悬崖以货车追逼的一幕，马银国至今谈起，仍然心有余悸：“如果当时我没有防备，采取紧急避让，这把骨头早已敲得鼓响了。”马银国记得那是2007年4月的一天，他在县局开完会已是傍晚，县局安排他在县城过夜，但由于正值主汛期，放心不下高川的马银国骑着摩托车往回赶。

县城到高川足足有六十公里路途，当时的路况不佳，偏偏马银国眼睛又不好，关键还要经过“老虎嘴”和“月儿门”两个危险地段。马银国已经走过这条路几十年，自己并不担心，就摸黑和“老伙计”摩托车在路上走着。走着走着，他总感觉有些不对，但他毕竟是从小就闯过“断魂坡”无数次的人，仗着自己胆子大，也就没有在意别的。后来，他从摩托车的反光镜里看见一个人开着一辆拉矿车一直尾随他，走走停停，停停走走，不离不弃和他保持着一定距离，他自己也多了几分警惕。在经历了接下来的“老虎嘴”追逼惊魂一刻之后，他忽然想起来，这不正是前不久依法查处的磷矿矿主吗？说时迟那时快，一路尾随而至的黑心矿主，竟然是要对他下毒手，到达“老虎嘴”时，矿主突然加速超车，轰轰狂叫着冲上来，朝着他的摩托车飞速撞去。

那一年除夕夜，高川乡家家户户都在祥和热闹中度过，几辆车却在夜幕的掩护下鬼鬼祟祟地驶入了矿区。早有预料的马银国，骑着摩托车一路跟踪，暗中侦察清楚情况后，马银国没有打草惊蛇，而是随即向县局和乡政府值守人员及村干部作了情况汇报。

正当那些不法分子装满车，准备离开时，各路人马已经陆续到达现场。时机成熟，只见马银国把摩托车推到道路中间，打开摩托车灯，对着拉矿司机正气凛然地说："我是国土所马银国，请接受检查。"拉矿司机丧心病狂地朝着马银国撞过去，可马银国一脸威严，如一座山峰立在前头……

"最近经常接到老婆和儿子的电话，顽皮的孙子在那边一个劲儿地唱'爷爷是个大坏蛋，太阳下山不回来；妈妈煮好饭，奶奶炒鸡蛋'……"聊起家庭，马银国的眼睛里闪烁着幸福与愧疚，"虽然国土局现在正常运转，可我到底还是割舍不下高川的一切，离不开这片土地。"

马银国原本就属于高川这片土地，生于斯，长于斯。也许他才是真正守护五里坡千年之久的九色鹿的化身。他心里装着高川美丽的山水，同样也装着在高川这片土地上生生不息的父老乡亲。

2022 年 9 月于叙永

不待扬鞭自奋蹄

——记全国脱贫攻坚先进个人杨登全

一

2021 年 2 月 25 日，全国脱贫攻坚总结表彰大会在北京人民大会堂召开，四川省自然资源厅扶贫办专职副主任杨登全被中共中央、国务院授予全国脱贫攻坚先进个人荣誉称号。他也是全省系统内唯一获得此殊荣者。

如此至高的荣誉，既是对他在脱贫攻坚工作中作出成绩的肯定，也是对他几十年从事自然资源工作的认可。而在杨登全看来，这是组织在肯定自己工作的同时，鞭策自己在今后的工作中更加高标准、严要求，继续发扬不待扬鞭自奋蹄的老黄牛精神。

杨登全在过去五年多的时间里，专职承担省自然资源厅扶贫办工作，到底有着什么样的精彩故事呢?

二

此刻的成都正春意盎然、阳光明媚，百卉路的省自然资源厅机关里，大家都在忙碌。在这些忙碌勤勉的人中，少不了杨登全的身影，现年已经 57 岁的他，仍然像年轻人一样，在厅机关里弄资料、参加各种会议……由于要继续负责省厅脱贫攻坚成果巩固与推进乡村振兴的工作，他目前正在抓紧做前期阶段的调研，忙于牵头拟定土地矿产要素保障支持政策措施等，他以新的标准要求自己，那就是必须懂得乡村，才能振兴乡村。自2016年8月起专职负责扶贫工作以来，他一直都处于这样的状态中。平时简单的背包行李随时放在办公室座椅旁边，不是奔波在秦巴山区，就是蹲点在乌蒙山地区，其他一些地方也少不了要深入进去。自然资源厅党组成员、机关党委书记谢安军赞许，这几年的扶贫工作中，四川的每一个角落里都留下了杨登全的足迹。杨登全坦言，自然资源系统在整个脱贫攻坚工作推动过程中，由于职能职责所在，起的是助推助力作用，全省系统在省委、省政府一盘棋的统筹下，在厅党组统一部署下，哪项工作都要落到实处，盯紧抓牢，限时完成，才能确保自然资源政策的落实落地，土地增减挂钩、土地整治、地灾防治工程等项目按时保质地建设完工。

在统筹全省系统扶贫工作时，为突出党建引领和凝聚力作用，根据帮扶队员分散在凉山州11个深度贫困县和丹巴县的实际，杨登全向厅直属机关党委建言，队员战斗到哪里，党建工作就延伸到哪里。厅直属机关党委及时批复帮扶队成立临时党支部，通过开设指间课堂，与州局、县局联合开展主题党日，组织学习培训和座谈会，利用电话谈心等方式，让帮扶队员把困难和心声向组织汇报，也把省厅、州局的关怀传递给队员。为确保丹巴及半扇门镇四个村——省厅的帮扶县和联系村——如期摘帽，省厅先后派出18名干部驻村帮扶队员，而杨登全也会不定期赶过去，倾听百姓心声，共商大计，着重发挥好纽带桥梁作用，让他们扎得下去，打出漂亮仗，赢得勇士归。

当我每次提出要采访他时，他总是这样回答："我没有什么可写的，工作几十年都是这样，只是在做我该做的事，尽我该尽的责，做好本职工作。"每次提起写他的脱贫攻坚先进事迹时，他又总是这样对我说："整个系统上上下下，大家齐心协力，出色地完成了任务，这份荣誉不仅仅属于我个人，更属于全体自然资源系统。"他说先进代表背后的扶贫故事，是自然资源政策的精准助力和惠民红利，是厅党组坚强领导下的创新善为和接续奋斗，是所有合格自然资源人的担当付出和为民情怀。

三

一张张现场照片，记录了杨登全这些年的工作痕迹。打开手机，他如数家珍，这是古蔺，这是屏山、丹巴、凉山、嘉陵区……联结起来，就是杨登全的扶贫工作剪影，他不时和我聊起一张张照片背后的故事。

春天的阳光里，在乌蒙山扶贫连片集中开发地区的国家级贫困县泸州市叙永县采访时，我向身边原来曾经在县自然资源和规划局工作的张钢同志打听杨登全。他掏出手机打开相册说："就是他，这是他当时在叙永现场工作时的照片，杨主任给大家留下了深刻记忆。全省系统上上下下，只要负责扶贫项目工程的，哪个不认识他啊？都是老熟人了，他熟悉叙永县的每一个项目，几乎每个点他都可以叫上名字。"

在省厅扶贫办，我问："杨主任，您心中是不是有一张全省几大项目的地图呢？"他说："说不上，这些年，我们系统涉及的项目实在太多了，只是脑子里有个大概而已。如果县区的哪个项目什么时候动工，什么时候可以验收我都不知道，手里捏着一本糊涂账怎么行呢？"如此细致的杨登全，谁敢和他马虎啊！张钢说照片上的这个地方是水尾镇画稿溪村易地搬迁现场，回到县城的路上，杨登全又提出顺道去看看就在县城附近的叙永镇红岩村的双挂钩项目。在现场，他对一些问题的指出和处理不但准确而且及时，也不回避问题，一听就知道他是个工作经验丰富的内行，让项目实施单位和监管人员口服心服。

要不是杨登全，姐把哪打村的村民不可能这么快搬进新居实现脱贫。一张手机照片讲述了关于杨登全在凉山州督促参与扶贫的故事。姐把哪打村位于凉山彝族自治州腹地，在昭觉县三岔河镇，平均海拔 2620 米，此地居住的人全部为彝族。此地曾经被称洒拉地坡，其含义是水草丰盛的肥沃之地，而现在却是山高坡陡、土地瘠薄。

面对一方水土养不活一方人的困境，昭觉县积极实施易地扶贫搬迁，帮助该村脱贫攻坚。用地指标从何而来？这不仅仅只是姐把哪打村的问题。杨登全回忆，2016 年，由于全省普遍存在缺少用地指标的情况，很多扶贫项目没办法真正落地，拖慢了脱贫攻坚的进度，杨登全多次向厅领导和相关处室汇报，请求抓紧解决。通过包括他在内的很多自然资源一线扶贫干部的努力争取，2017 年，原国土资源部印发了《关于支持深度贫困地区脱贫攻坚的意见》。拿到文件，活学活用，工作推动加快了许多。政策要在全省执行，得花不少工夫，省厅在此基础上，细化和制定了几十项措施政策，几乎每一项的经办人和起草者都是杨登全。有了政策的支持，2017 年年底，姐把哪打村村民从高寒深山搬到了交通便利、自然条件更好的安置点。踩在新家院子的水泥地上，村民吉巴约古感慨，以前觉得住好房子很难实现，现在房子宽敞明亮，电视、衣柜、碗柜等一应俱全，生活真幸福。

2016 年 10 月 28 日，一场特别的会议在省厅举行。“一些市（州）措施不够、抓落实能力有待加强。”会议一开始，厅领导犀利的言辞让不少与会者感到心惊，警示、约谈、威慑的同时，部分市（州）局又分别收到了一封来自省厅的信件：“你市有四个项目进度滞后，为切实保障任务按时保质完成，现将有关工作要求专门通知你，请你务必遵照执行……”杨登全说，这样做的目的是进一步增强责任感和紧迫感，把每个项目进度落到细处实处。

这一年，土地整治被纳入全省 22 个扶贫专项，“当年任务当年完成”是厅里立下的军令状，杨登全在现场奔忙督导调研中发现，受雨水多、建材紧缺、部分市（州）重视不够等多重因素影响，项目进度严重滞后，年底前完成目标几乎不可能。他和相关技术人员马不停蹄踏勘项目，查看进度，紧盯施工质量，力争保质量、早完工、早移交、早验收，把土地整治扶贫项目建成民心工程、德政工程。就在当年年底前，她们终于完成了目标。

几年前的那一幕幕，仿佛就发生在昨天，扶贫这一伟大征程加强了只争朝夕的紧迫感。“我感觉，您的工作是在跑步中完成的。”“咋不是呢？我就是属龙的，就得有龙马精神，就得奔跑，还有许多的事要做，工作一天，奔跑一程。”截至 2019 年 12 月，四川省贫困地区 299 个省级投资的农村土地整治扶贫专项项目提前一年全部完工，涉及甘孜、阿坝、凉山等 12 个市（州）52 个贫困县 1261 个村，其中贫困村 362 个，直接受益的贫困地区群众超过 153 万人，除此之外，在帮扶队员和杨登全的共同努力下，凉山州完成了增减挂钩项目 653 个，完成项目验收核查 183 个，取得节余指标 2.5 万亩，累计实现指标流转到账 70 亿元；协助完成乌蒙山连片区域土地整治重大扶贫项目 36 个子项目县级自验，取得占补平衡指标约 2.2 万亩。“脱贫攻坚这么宏大的工程，全省自然资源系统有多少人在默默地努力和付出啊，岂止我杨登全？我是幸运的，也是幸福的，时代给了我光荣，组织给了我平台。”

另一张手机照片记录着他与丹巴县半扇门镇腊月村一位藏家兄弟的故事——一位藏家兄弟亲切地拉着他的手，正说着话。半扇门镇腊月山三村，是丹巴县最为偏僻的村子之一，位于离天很近的云朵之下。因为村子不通公路，村民们祖祖辈辈过着世外桃源般的生活，日出而作，日落而息。走进村子一打听，都知道在公路未修通之前，竟然还有 90 多岁的老年人连丹巴县城都没去过，就更不说成都、北京了。四川省自然资源厅确定定点帮扶这个村之后，把打通山里山外的通道作为首要任务，通过协调，通村公路正式立项开工。修通道路后，一位年过八旬的老人经常通宵不睡觉，他说他要一直守着公路，一直守着公路带来的幸福生活到永远。

我去腊月山三村采访时，恰好遇上这位藏家兄弟。在四川省自然资源厅捐建的村生猪养殖场，他打开了自己的手机相册，对着照片，同我讲起了一段杨登全和他的故事。“我们这个村共有 43 户 182 人，去年因年迈生病自然死亡走了 3 人，现有 179 人。四川省自然资源厅这几年翻箱倒柜、倾囊相助，花了不少资金，改善了我们的生产生活和出行条件，还为我们修筑了村办公室和村民活动场所。公路修通那天，杨主任和驻村的小邓书记再次到了我的家里，给我指导产业发展，而且一再叮嘱我要立业成家过好日子。”

这位大山上的康巴汉子继续告诉我：“杨主任说产业起来了，有钱了，如同栽有梧桐树引得凤凰来，娶妻生娃水到渠成。”半扇门镇腊月山三村的这位康巴汉子兄弟已经在杨登全的引导下，将产业发展起来了，生活水平提高了，居住舒适，不缺钱花。这位兄弟说自己可能还是要出去打工，村子里那些出去打工的，大多找到了婆娘。我借用当地的几句民谣回敬他：“丹巴的风，道孚的葱，要找婆娘到鱼通。”他听后乐开了花，笑声传出很远，山谷里有了回声。

杨登全做贫困户工作的功夫由此可见一斑，很能深入人心，让贫困户发自内心感激，难怪不到 30 岁就被选拔为宝兴县副县长，年轻有为，少年得志。杨登全说，人一辈子，成长为什么角色并不重要，重要的是这辈子做了什么。

杨登全手机相册中最揪心的一张照片，无疑是他和父亲的合影。翻看这张照片，杨登全双眼又模糊了——忠孝两难全，工作与家事相遇毅然选择工作唯大，父亲的病故是他今生的遗憾。杨登全告诉我，扶贫办人员各司其职，另一工作岗位五年轮换三人，很多工作他不得不亲力亲为。往年每逢父母生日或身体不适他都会回去看望和守护。从事扶贫工作后，他就真难做到忠孝两全了。2018 年 5 月，85 岁的父亲患膀胱癌住院，家人在父亲手术时才告诉他，他请假赶到雅安市医院时父亲已经进了手术室，守护了一天一夜，待父亲苏醒后又即刻返岗。这一年，86 岁的母亲也患病了，几次住院，他也只守护过一次。

2019 年 11 月父亲病危，杨登全只告假回家守护过短短的三天，因工作之需又不得不返岗。同年 12 月 15 日父亲逝世，他没能看到父亲最后一眼，再返回家时，父亲已经入殓。严父之恩，无以为报，杨登全只好写下“读私塾承仁义拖家带口顶天立地，为人师传手艺风云人生回报以歌”的挽联，来表达他对父亲深深的哀思。

四

一桩桩，一件件，杨登全扶贫事无巨细，累积起来足够堆成一座大山了。杨登全既没有豪言壮语，也无心宣传自己，可他却一直在坚持，不断地努力，做了许多事。他说，不管自己曾经为扶贫做过什么，成绩属于过去，要做的事情还很多。

我拉着正在办公室忙碌的他小坐了一会儿，他又和我聊了四川省自然资源系统的脱贫攻坚成果巩固、乡村振兴这一块工作。他说，从事系统专职扶贫工作 5 年多，最遗憾的是自己竟然还是没能跑遍全省的每一个点，但最艰难的地方他一定去过，而且不是一次两次。“我们牵头实施的避险搬迁、双挂钩、易地扶贫等项目，总要看到老百姓搬进去了我心里才踏实，在工作时立足求解，我总要拿到答案才睡得着。”

看到许多地方旧貌换新颜、脱贫验收摘帽了，即使有点累，他也不觉得：“我们老百姓的干部，其实就是邮差，不管长跑还是短跑，都得任劳任怨。每次走到一个地方去，如果有老百姓认得你，说不定在菜园子里摘一把菜煮着和你吃，还拧开一瓶酒陪你喝两杯，顺便聊聊产业发展，说说挣钱门路，这样的扶贫干部杨登全，才是我自己想要成为的杨登全。”

杨登全特别强调自己的工作在老百姓那里的感受，山一程，水一程，身向榆关那畔行，夜深千帐灯……杨登全就这样走着走着，慢慢走进了别人的心里。当干部，一辈子要是能做到春风化雨就很不错了，杨登全在先进事迹报告材料中这样写道：自觉坚持做一头“不待扬鞭自奋蹄”的老黄牛，我们这一代人，在组织多年的培养下，已经养成了一种自觉和自律，都是自带责任感的，只要有精力就尽力奉献，不说大话，不负时代，不负年华。

2021年8月于成都

响亮的回答

——嘉陵区自然资源系统脱贫攻坚掠影

翻开百年党史，共产党人一路走来，披荆斩棘，逢山开路，遇水架桥，无往而不胜。

——题记

厚重的奖牌背后，有着怎样的故事

2021 年 2 月 25 日上午，全国脱贫攻坚总结表彰大会在北京人民大会堂隆重举行。南充市嘉陵区自然资源和规划局作为四川省自然资源系统唯一的先进集体接受表彰。

4 月的一天早晨，我们从成都出发。天已经放晴，阳光从各个角落齐刷刷地赶过来，把我们给团团围住；昨天的那几分冷意已经荡然无存，瞬间降下去的温度又回来了，温暖的感觉使人惬意很多。双手使劲儿推开阳光的波浪，迎着天府之国的满眼绿色，眼底不时有鸟儿飞过，留下鸣声几许。我们沿着沪蓉高速往南充方向前行，200 多公里路程，差不多就是两小时的样子。我们此行，还包括那辆越野车，它是我们这次在沟沟壑壑间行走的保障，全省自然资源系统这些年到底跑出了什么样的加速度，这些日夜穿行在川南、川北、川东、川西的越野车说不定更为清楚。懈怠，没有理由；奔跑，是自然资源人的日常。除了南充嘉陵区，我们还要去别的地方，寻找自然资源部门助力脱贫攻坚、走向乡村振兴的内在动力和支撑。

嘉陵区在省内率先全域实施土地增减挂钩项目，如果可能，我在以后还会写一写这个项目发展的重要意义，比如它是如何激活土地管理的，争取让这个项目在全国范围内有更高的认可度和推广度。我强烈地感受到，这个项目是自然资源主管部门自主创新推行的众多项目中含金量极高的一个，尤其是对一些财政增收难、资金运转难的县区而言真的是吹糠见米，更为关键的，是解决了脱贫攻坚筹集建设资金阶段的燃眉之急。就拿嘉陵区来说，仅仅在一年多一点时间之内，就奇迹般地崛起60万平米的新房，并且同时拆除对土地资源浪费极大的旧房老屋200万平方米，共惠及农户2万余户7万余人，其中包括贫困户2146户7296人。这也成为嘉陵区建区以来，在农村实施的规模最大、覆盖面最广、涉及群众最多的建设项目。

一时间，来自五湖四海的几万人的施工队伍被组织起来，对准土地增减挂钩项目这个靶心使力，弓箭齐发，战马共鸣，遍地机械同响，不分昼夜。嘉陵区自然资源和规划局办公室主任罗中政告诉我，那时候，如果来到嘉陵区的乡村，无论走到哪个角落，哪怕就是深更半夜，探照灯都是亮着的，人群都是忙碌的。大家的目标只有一个：让乡亲们住上好房子。那时候，部分老百姓并不理解，他们也会在背地说，这些人像打了鸡血，一日三班倒，疯掉了。施工人员把舒适的房子建好，赶在日出之前又悄悄走掉了。至今，许多住进新居的乡亲们，并不知道他们是谁，从哪里来，到哪里去，但渐渐地，他们感觉到，施工人员为自己带来了安逸舒适的住所，让他们重新建立起了新的生活环境和新的邻里关系。

车停在嘉陵区自然资源和规划局机关门前宽敞的坝子上。很有几分年代感的院子，处处透露出干净与利落，绿树成荫，鸟儿也在树上说着欢迎的话，天空几朵白云飘过。寒暄之后，嘉陵区自然资源和规划局杜局长指着办公楼告诉我，这个地点始建于20世纪90年代，这显得更新的部分，是后来配备的职工食堂。我说，那差不多有30年了，是有点年头的，难怪有几分记忆带出来的亲近感，还有几分自然生态的味道。他开心地应答着。午饭时，和杜局长随意聊，他说，几年前，也就是2013、2014年，单位牵头开始清理全区僵尸、废弃企业的闲置土地，取得了很好的效果。当时这座城市有10平方公里左右的建成区，实际上就只有半条赶集街，而且一半以上是闲置的。应该说，闲置土地的清理处置为城市发展迎来了机遇期，更为今天三区融合发展的南充城市规模奠定了基础……在院中行走，我看见一位年轻人悄悄捡起地上的一团餐巾纸，放进了垃圾分类处理箱。在这院子里，估计谁都会不约而同地爱护优美的环境，包括你我。

杜局长是南充市嘉陵区自然资源和规划局的领头人。区委副书记宇旻告诉我，虽然杜局长满头黑发，神清气爽，帅哥一枚，但如果再仔细看看他的发根，就能发现他已是满头白发了。他说 2017 年，杜局长累惨了，那一年可谓不堪回首。一旁的杜局长听后笑着说自己是特意染了发，怕满头的白发吓到我。杜局长 1973 年出生，今年正好是人生的第四个本命年。嘉兴区自然资源和规划局副局长张会清补充说，在聚居点新建酣战期间，杜局长的第二个孩子出生了，当时，他正在深山里督战现场，杜局长多想看一眼孩子和老婆，但也只能从断断续续的视频里获得瞬间的满足。红嘟嘟嘴巴的小家伙大声哭着，他禁不住伸出手去抱，却扑了个空，此刻外面全是浓浓的夜色和机械的轰鸣声。

拿什么接受国家验收

采访时，我开门见山，就这样与杜局长打开了话匣子：“当主要领导的十年里，您经历了什么？”

他说：“要谈经历可就多了，我主要写了两篇文章，在土言土，都是关于土地的。其中一篇就是关于脱贫攻坚关键阶段实施的土地增减双挂钩项目的。其实，都过去几年了，不管当时为这事脱了几层皮，瘦了几斤肉，现在回过头来看都不算什么。这次在全国脱贫攻坚总结表彰大会上领到奖牌那一刻，我的心情又不平静了。采访中走过一个又一个村子，不断映入眼帘的农家小院，再次证明在省厅、市委市政府、市局、区委区政府的支持推动下，在他们这代人手里，我们的确创造了嘉陵区飞速脱贫攻坚的人间奇迹。那些破房、烂屋已经消失了，变成只有在老照片里才能看到的历史了。

在崭新的聚居点，92 岁的独身付氏老奶奶在自家的房子前，晾晒着的青菜、萝卜干、薄荷，透露出她生活里的阳光。她对我说，她一个人一个家，邻居有好吃的，经常都端点过来。邻居小张说他把老人家当成自家奶奶，这样时常孝敬孝敬心安。有时她生病了，街坊邻居也帮忙联系一下村里的医生；她健康的时候，经常给大伙儿讲故事。付氏老奶奶带着愧疚接着补充说，当初还是那些干部花了几天时间才把她劝说过来住的。在新的聚居点，老幼互助，邻里和睦……”

嘉陵区因嘉陵江而名，幅员面积1179平方公里，总人口约70万；1993年南充撤地建市，嘉陵区正式成立设区。嘉陵区行政区域除政府驻地外，其余均为原南充县地理位置偏远、经济条件落后、自然条件恶劣的乡镇，经济社会发展先天不足，后天乏力。作为国家扶贫开发重点县区，嘉陵区2014年贫困发生率高达11.52%。

站在被列入国家级贫困县区的嘉陵区的乡村深处，迎着山风，抬眼望去，眼底民房破旧，一片黑压压，再过一年多，就要接受国家扶贫验收了。每当回忆起那时的情景，嘉陵区委副书记宇旻仍然心有余悸。时任区委常委、纪委书记的他，在对全区进行全域调研后，在日记里这样写道：如果没有劲风吹拂，山川沟壑绿不了；如果没有竭力而为，这里贫穷落后改变不了，恐怕到时候，乡亲们住的仍然是破房子，骂的却是我们的娘。别的不说，我们作为一个地方的脱贫攻坚参与者，如何向历史交待呀！”

“面对当时的状况，心里同样忧虑的廖伦志（时任南充市常委、区委书记）把我找去，问我，有信心如期脱贫吗？信心从哪里来？”宇旻告诉我，“虽然只有两句话，却犹如两记重锤敲打在头顶。那时心里真是急啊，可如果仅凭区委、区政府自己，哪怕砸锅卖铁，要改变眼下的状况也几乎都不可能，但我们没有退路，更不敢退缩。”

杜局长曾说过，扶贫是人民翻开崭新一页生活的历史机遇。特别是到了精准扶贫、脱贫攻坚的关键阶段，越来越多事实表明，大家做工作动真格，信念坚如磐石，功成不必在我，功成必定有我。

采访途中，我经过嘉陵区里坝镇。镇党委书记夏熙闻正在指挥森林防火演练，匆匆和我说上几句：“尽管当时确实困难重重，但我们清楚，必须全力以赴啃下这块硬骨头；我们嘉陵区必须交出令人满意的脱贫答卷。”

杜局长解释道，当时，国土资源部门正在全国实施土地双挂钩项目。当他把项目情况向区委区政府主要领导报告后，通过激烈讨论最终一致决定，嘉陵区必须以此为突破口确保脱贫攻坚摘帽一举成功。回顾那一年多，作为牵头单位，整个院子里，全员参与，高速运转，不分白天黑夜奔跑，帐篷、地铺成了常态……当时精神压力之大简直难以想象。直到如期完工，如期通过验收的那一刻，所有人才发现，杨登全的头发全白了，而具体负责项目、伴其左右的韩勇大量脱发，成了今天的“光头强”。如果没有他们的拼搏努力，怎么可能完成这个艰巨的任务呢？杜局长说，工作干得好不好，我们自己没有资格评论，荣誉、奖杯和奖牌只是一个方面，我们的工作得到了肯定，这是全省自然资源部门共同的荣誉，凝聚着全省自然资源人的心血。

嘉陵区大大小小一共有四百多个新建聚居点，这次采风，我不可能一一走遍，但所到之处，都感受到了日新月异的变化。“能住上这么好的房子，咱打心眼儿里感谢党，感谢脱贫攻坚。”家住嘉陵区吉安镇仁和小区的52岁D级危房搬迁户赵先生高兴地说，“自从住进新房子，心情舒畅了，脸上笑容多了。”

全国先例，全省首创

聊天时，杜局长回忆起决策前的一幕幕情景，为了确保精准扶贫，首先要对全区情况进行调查摸底。这块土地上的农村，事实上有超过80%以上的住房是20世纪六七十年代修建的，均为土木、石木、砖木房屋，与住上好房子的要求存在着巨大的差距。打赢脱贫攻坚战，解决好群众的住房问题，被列为嘉陵区必须解决的头等大事，但解决住房问题也非一朝一夕之功，谈何容易？要说建房最大的难题就在于资金，绝不是买一个面包、一瓶酒那么简单，想吃粑粑得有米做，画饼是不能充饥的。房子也是村民最重要的财产，没有房子，连说个媳妇都轮不上。当时他们就仔细算了一笔账，如果让全区农村群众住上好房子，预计至少需要投入近30亿元。这对于一个国家级贫困县来说，谈何容易？不管有多大的困难，他们也要想办法去克服、去攻破。

2016年2月，原国土资源部出台土地增减挂钩项目助力脱贫攻坚政策，国贫县挂钩项目节余指标可在省域范围内流转使用，后来又进一步作了优化，形势非常有利。这让苦无良方的嘉陵区，找到了破解用地指标和投入资金瓶颈的金钥匙。有了金钥匙，还怕门不开？原嘉陵国土资源分局党组一班人一致认为，可以尝试在全区范围内实施土地增减挂钩项目政策，拆除贫困户旧房，引入社会资金集中建新房，土地指标流转收益归投资方，让贫困户和投资方实现双赢，发挥好平台作用就行。在区委区、政府领导的大力支持下，他们提出了大胆的思路，即活用土地政策，在全域实施土地增减挂钩项目，一村一镇实施。若是常规操作，没风险，也不用担心，可一下子端出这么大体量的项目盘子，指标又从哪儿来？而且即使拿到指标，一旦没有按期完成，也要担责任。方案提出后，有人担心，并善意提醒。慎重起见，党组认为应在更大范围组织进一步研究政策，大家深知困难的确大，是块前所未有的硬骨头。不过，骨头硬也好，正好磨炼牙口。

说起土地增减挂钩项目，既是缓解用地紧张的明智之举，也是解决脱贫攻坚资金紧缺的源头活水。四川是全国最早试点该项政策的省份，早在2005年就开始实施了。实践表明，这项政策在全省脱贫攻坚中起着举足轻重的作用，尤其巴中、泸州等地区在实施项目过程中，早已尝到了甜头，既达到拆旧增加土地面积的效果，又能实现剩余指标异地流转变现，一举两得，实现双赢。

南充市嘉陵区拟在全区全域实施该项目的想法一传出来，不同的意见很快从四面八方传来，有的支持干，有的建议别冒险，按常规出牌……“可无论如何，我们必须确保脱贫攻坚成功，绝不拖国家的后腿。”杜局长说，区委、区政府早已横下一条心，他们不能因为困难而有负于人民，成为嘉陵区历史上的罪人。

杜局长告诉我，那时他直接跑到四川省国土资源厅，15天时间里，争取到土地挂钩项目用地指标1.3万余亩；局分管领导们也分别带队出征，辗转江苏、上海、重庆、成都等地接洽项目合作事宜，争取社会资金17.9亿元……精诚所至，金石为开，省厅随即向嘉陵区开放了一条绿色通道，将这个已经被实践证明了的含金量极高的政策，向嘉陵区做了最大限度的倾斜：一切为了脱贫攻坚，你要我给。实施之前，厅领导还不忘反复叮嘱，要确保质量，确保老百姓受益。

获得全国脱贫攻坚先进集体表彰，载誉归来，杜局长在给四川省自然资源厅党组书记、厅长孙建军的汇报工作材料上写道：一路走来，我们深知，这份收获，得益于省自然资源厅的鼎力支持。让我们感激的是从未间断的支持，在得知农村住房问题是嘉陵脱贫攻坚最大短板、最大问题时，为支持嘉陵区脱贫攻坚工作，省厅破例同意两年内向嘉陵区下达挂钩项目指标，指标数达到以往十年的总和。让我们感动的是雪中送炭的情谊：在了解到嘉陵必须在脱贫攻坚国家普查验收前完成保障性住房建设的情况后，省厅又再次给予支持，同意我区打破原有项目建设程序，先实施、再立项，特事特办。让我们感恩的是用心用情的帮助：在增减挂钩项目实施的关键节点，省厅领导专程来到嘉陵挂钩项目建新点实地调研、检查指导，一直以来省厅在土地整理项目立项、土地报征等方面也给予了嘉陵区特殊的帮助和照顾，有效改善了我区农村生产生活条件、保障项目了建设用地需求，极大地助推了我区脱贫攻坚。省厅对贫困地区群众的真心、真情，让我们感激不已，不能忘怀。

在向孙建军厅长作汇报时，杜局长把当时竭力争取项目的实情和盘抖了出来：根据中央、省上的安排部署，嘉陵区必须于 2017 年年底退出国家级贫困县序列。按照国家“两不愁、三保障”的验收标准，农村保障性住房问题成为嘉陵区脱贫摘帽的最大短板、最大难题。2016 年，嘉陵区一般公共预算收入仅 6.59 亿元，财政压力巨大，根本不可能筹措到资金用于解决农村保障性住房问题。市、区两级主要领导多次在不同场合表达了对嘉陵区能否顺利实现脱贫摘帽的担忧。

过去那段时间里，为了确保脱贫摘帽，再大的困难，他们扛；再大的责任，他们担。“只要贫困群众能早日住上好房子，这个铁脑壳我来当！”面对领导、同事的各种担忧，杜局长以壮士断腕的勇气在区委会议上立下军令状：全国先例，全省首创，嘉陵区全区全域实施土地增减挂钩项目。会议以热烈掌声一致通过了他的提议。后来的事实表明，在带着几分文弱书生模样的杜局长的大力推动下，嘉陵区土地增减挂钩项目创下了奇迹，把不可能变成了可能，把不可以变成了可以。

为了乡亲过上好日子

多少个日日夜夜，嘉陵区这块土地上，没有硝烟，却处处都是战场；没有子弹，现场照样激烈。项目一经实施，必须与时间赛跑，按期完成任务，否则一切都是徒劳。嘉陵区自然资源和规划局党组成员韩勇介绍，项目指标虽然在几番争取之后下来了，可要在短期内实施，真是令人难以想象。

作为牵头单位的嘉陵区自然资源和规划局，全局上下就像是一个闹钟，都在拧紧发条向前赶。这么大规模的施工，全部要在乡村实施，而且多是在偏远乡村，需要解决的问题实在太多了，有的地方，甚至材料都很难运到现场。韩勇坦言，现在回想起来，这真是一个挑战极限的事："作为项目的具体负责人，我不知道是怎么走过那一段的。直到今天，我还感觉那种紧张感仍然没有得到疏解，看似寻常最奇崛，成如容易却艰辛。"

时间回溯到 2017 年 5 月，嘉陵区土地增减挂钩项目，在经历了一番前期准备之后，开始在全域实施、全面铺开。此时，距离嘉陵区定下的 2018 年 6 月脱贫摘帽时间节点，仅剩一年零一个月。"土地增减挂钩项目，一般实施周期为两到三年，在全域实施土地增减挂钩项目，嘉陵区能够完成吗？我们都捏着一把汗。为此，我们咬紧牙关，旋即迈开了最后冲刺的步伐。作为牵头部门，必须建好 470 多个建新点，处处有人现场督促指导，确保质量和进度。杜局长掰起指头向我逐一清点了人数，除了必须留守办公室的，一个人得要扯成几块才够使用。事非经过不知难，不到 400 天，470 多个点，每天就有一个多点要立起房子来，还有院坝绿化、菜园子要建设，附属设施也得跟上，不能懈怠一天，不能落下一米，必须一步赢步步赢。冲过去是胜利，掉下来就是失败。"韩勇补充道。

嘉陵区自然资源和规划局副局长何大刚回忆，85 名机关干部连续半年全部下沉项目一线、分片包干，全面负责协调工程进度，哪里缺建筑工人，就协调用工力量；哪里群众对项目有意见，就挨家挨户疏导……吃在去项目的路上、睡在去项目的车上，加班到深夜，十天半月见不到亲人一面，成为局里干部工作的常态。该局党组成员向志锐，每次跑施工点都是私车公用，半年下来，四个轮胎全部报废。土地储备中心干部邓世国，母亲遭遇严重车祸抢救时，他在工地；母亲成为植物人需要照顾时，他还是在工地。项目联系人肖坤、杨冲、陈婷，从家里带上锅碗瓢盆、铺盖棉絮，在工地上用砖头垫木板当作床，打起地铺，安起了家……整个项目实施过程，村民全程参与新村聚居点选址，住户基本按两户一栋标准修建，对参与农户分类按标准补偿。贫困户不出钱，直接拎包入住；即使是非贫困户，一般交三四万元也能住上新房。全区一共有 470 多个大小聚居点，如今，无论走到哪里，抬眼一看，所到之处不时传出欢声笑语、鸡鸣犬吠。

何大刚介绍说，集中开工修建过程中，偏偏遇上了最头疼的两件事，一是雨季，眼看着最后期限一天天到来，却天天下雨，雨一下，材料进不去，现场的工人也动不起来，那是真的折腾人，每个点的具体负责人都急得不知该如何是好。杜局长也常常给单位职工打气，说我们的队伍没有克服不了的困难。我私底下和他寻开心，说用您的白头发、韩勇的脱发去克服吗？他看了我一眼，回答说，别笑话我们，你的白头发也增加了不少，之前，我没有太多时间去在意自己。杜局长这么一说话，忽然之间发现，全单位上下，岂止是我们几个多了白发？“集中修建期间，正好遇上环保督查，一些材料厂家不符合要求，停工整改，砖的单价由两角涨到六角，我们跑遍了南充市周边县区，还找不到货……唉，那滋味，不说了。”何大刚说到激动处，眼睛里竟然闪着泪花。

这一切都是为了让乡亲们住上好房子。嘉陵区委书记史燚在全区脱贫攻坚收官大会上总结说：

明知山有虎，偏向虎山行；
明知山难搬，偏要搬大山；
明知不可为，偏要大作为。

谈起全区全域实施土地增减挂钩项目的全过程，许多人记忆深刻，毕竟全区上下都是亲历者、参与者。大通镇镇长贺东告诉我：“还记得在发出动员令的大会上，区委副书记史燚就是用这样三个词来要求全区各级干部的：努力，拼搏，坚持。”一番感慨之后，贺东自豪地说：“我们在区委、区政府的带领下，兑现了当初的承诺，打赢了脱贫攻坚战，赢得了民心。”

虽然我没有参与到他们这场时间短、任务重的特殊战斗中，但我深知，厚重的奖牌一定是他们用撼天动地之举换来的，用青春和热血换来的，是自然资源人以绝对的执行力对脱贫攻坚做出的掷地有声的回答。这回答，接下来还将持续融入乡村振兴这场同样宏伟的国家战略中，他们这样的执行力，也是中国的执行力，这无疑又是在国家制度优势下凝聚起来的。这样的执行力，将带领我们从一个胜利走向另一个胜利。

嘉陵江畔，阵阵花香不时飘来，江心渔火点点。我和杜局长一边走一边聊嘉陵区的发展变化，一路欣赏着无边的夜景。杜局长告诉我，眼前的生态湿地公园，原来是一大片闲置地，他们用了一年多时间清理改造，成就了城区里的一道道靓丽风景线。

映衬着流水的灯光里，隐隐照见杜局长，照见无数这样的嘉陵江儿女。他们为了这片土地的发展，为了这方百姓的幸福，青丝变白发，无怨又无悔。

2021 年 6 月于成都

老屋

一

以前这个家到底发生过什么，是位于大地之上的这栋老屋告诉世人的。老屋有多老，就连她自己也不会承认自己就老得这么匆忙，门前的那条河依旧细水长流，游鱼跃起，偶尔还增加一些流量。说她老，那是因为我的岳祖父母、岳父、二妹先后在这里离去。在我们这个叫烂坝子的村子，死过人的屋全都有资格称为老。在一个早晨或黄昏，岳祖父母打开一扇门，他们离开了这个世界，走在另一个世界的路上，那里的道路曲折离奇。而我恰好记得，岳父是在一个恐惧的深夜被一只手捏住了呼吸，捕蛇者突如其来地把手伸到了他生命的七寸。村子里的人七手八脚收拾完，将他放在堂屋，也就是凌晨三点钟的样子，周围传来几声零星的鸡鸣犬吠，草丛边虫子在低语，清晨的露珠眨着小眼睛。

我们至今一直在不断花精力、时间和金钱维护着老屋，就像是在维护祖宗的尊严和脸面，在不断往她的脸上抹化妆品，抹了一层又一层。不晓得什么时候，我就已经说过，其实老屋也可以算是老婆和二妹的劳动结晶，简直就是她们用全部青春热血换来的，说得更具体一点儿，她们如此巨大心血换来的，还仅只是其中的大部分。老屋是故去的灵魂归附的地方，也同样是我们这些还在尘世中奔跑的人可以疗伤慰藉的处所。渐渐地，她以什么方式存在已经不那么重要了，就像每个家里上了年纪的老祖宗，谁还在乎她穿戴什么？只要活在一边，她就已经事实地承载着本身所不能承载的东西，至于其他的，我们都可以视而不见。

算起来，老婆和她的二妹应该是村子里最早一批下海去到广东那边打工挣钱的，这是在20世纪80年代，日记上清晰地记录着。而今经常遇到一些外出打工的年轻人，他们往往夸夸其谈，炫耀自己在外头有多风光，有多风光就有多虚荣。老婆面对他们，总是微微一笑低头走路，给他们一些赞许和温暖。也许，这些人并不知道，面前这位年过半百、看起来并不显老的女子，竟然是打工人的祖辈。她们在沿海打工那阵，多少人还穿着开裆裤在烂坝子或是其他村子撒野呢。老屋是她们打工的见证，也是工作业绩的堆砌，她的大部分开销都是靠当初她们磨手板得来的。要说，当初还是当地政府组织老婆她们过去的，坐的是包车，进的是广东东莞的一家制衣厂。那时，她们的收入和其他打工仔相比起来，还算是比较高的，而且也是很有保障的。她们毕竟年轻，家庭教育也很好，好像不懂得怎样花钱，也从来不会随便花掉一分钱。每个月工资到手，留在手里的，除了餐票、卫生巾这样的必要开销，全都通过银行汇款给了岳父。而在当地乡政府工作的岳父，从小到大就很节约，舍不得买一根皮带替代已经断过几次的束腰之物，自己的那份工资也能够维持一家的开支，甚至还多少有点积余。面对两股突然涌入手心的“暖流”，虽说是乡镇干部，其实一辈子保留着乡村农家子弟小心翼翼秉性的他，在当时的情况下完全不知道该怎样支配这些钱，说不定爱酒的他，在某个时间，甚至想召集三两酒友边喝边商讨。可以肯定的是，岳父在世时曾经费过一番脑筋，是存进银行，等待女儿们回家支取，还是由他去支配？他自己在心里打过鼓，鼓声如雨点，毕竟这不是一般的钱，也不是自己贪污腐败得来的不义之财，而是女儿们打工挣来的。照理，她们都该是读大学的年龄，出入在校园里，抱着书本或者挽着自己的男友，都是她们的权利，但她们一来没有进大学的门路，二来即便可以进去，自己的父亲也没办法供养。一笔笔钱源源不断，做父亲的心事也在一天天沉重。如果她们的父亲能够大胆一点儿，或者像别的乡镇干部那样思路更开阔一点儿，说不定，他会立即在县城或是乡场上置下几间民房或是一两套两室一厅、三室一厅的房产，不知是过于保守，或是出于别的考虑，他做出决定，在现在的老屋所处的这片野地上，搭一方便棚，开一间商店，由已经日渐老去的他的父母，我后来的岳祖父母负责经营，供来往的过客们消费，除此之外，两位老人家还可以在这边晨听鸟语，夜枕溪流。

如此一片位于河谷一侧的野地，荒草丛生，说不定是野鼠、野猫们的打斗场，据说还有路人遇见过火红的野狐狸举着火焰在奔跑，抬起头还看见山鸡夫妇携家带口很绅士地踱步行走，遗憾的是我们谁都没有见过烂坝子村的山鸡们恋爱的情景，这一幕只能靠想象了。这是它们的领地，要说怎么做也都是可以的，管得着？包括烂坝子村的干部们，一天到晚忙着抓计划生育工作，可你管得了这帮家伙什么时候交配，什么时候生儿育女？也就是在搭建便棚之前的两三年吧，叙永到兴文的公路开通了。它是由我们当地人参与开凿的，大家每年冬天捐出劳力在悬崖峭壁间凿出一段，几年时间就成了。我们上学也由过去出入山道转道这边，尽管还是甩腿前行，但比起深一脚浅一脚、无比狭窄的山道来，公路总是要好走一些。从此，这里也开始有了人迹，从山上深沟里过来的人，都取道这边。周边就是不见一座房子，大片的旷野摆在这里，人走过之后，阳光、月光之下，溪水潺潺，终究还是冷寂的。有时候我们放学晚了，走过这一段，是需要有点胆子才行的，三两声猫头鹰叫，七八只夜鸟飞，不由得加紧脚步……

这时候，她们家就在任乡镇干部的父亲的筹划之下，邀约几个村民，从山上下来，伐木取竹，割山草，动手搭起了便棚。两间屋子宽的便棚搭好后，她们家里首先就让爷爷来经营。一间供夜来住宿，一间摆上消费品，供过往客人购买。爷爷早年是经历过抗美援朝枪林弹雨的，回来后又做了几十年村支书，一句“改天找你”的口头禅，让无数村民对他敬畏三分，也让他挣得了巨大的人脉。我们这些学生，也都喜欢在这儿歇歇脚，实在饿得慌的时候，也曾向老人家赊欠三五角钱的充饥物。很多时候，赊着就赊着了，好像从没给老人家还过钱，老人家也从来没有向我们要过钱。仔细想想，我当初用来填充肚子的一部分食物，竟然相当于是我老婆打工供给我的，那时只知道是老爷爷暖了我的胃，却不了解其实还是打工妹暖了我的心。老爷爷用来住宿的那间便棚，许多时候其实又是酒鬼们的被窝，周围两山四沟的男人们，想想自己，多少次酒醉后是在这里度过夜晚的？老爷爷又多少次为你端过茶递过水？而今，老爷爷早已远去，茶余饭后，却有无数人仍在提起他。人，能一直活在别人嘴边许多年，是不是就活出了一种境界呢？

老爷爷打过枪炮，又在村里的高土台上发号施令无数年，可几年经营下来，却是血本无归，一双孙女打工挣来的几千元本钱化为乌有，儿子给他的零花钱也全部赔进去了。做乡镇干部的父亲又派出家里的老奶奶参与经营管理。哪知，老奶奶更是出手大方，比起老爷爷有过之而无不及。来往客人，茶水听便；小学生途经，必送糖果一大把；若几人围坐店里，也会从酒坛舀出二两甚至半斤白酒，然后大摆龙门阵……常常不到夜晚，老人已双双几分醉意，俨然成了这方野地的神仙眷侣，银发飘飘，烟火袅袅。他们的乡镇干部儿子倒是觉得，不管怎么，能够让父母开心就成，这个家也不是靠老两口挣锅里碗里的。孙女知道爷爷奶奶收获着乐趣，虽然累点苦点，倒也感到欣慰。

凭着我后来许多年与这位做乡镇干部的岳父接触来看，把便棚拆除变成楼房，应该不是他在脑子里仅仅策划一次两次的大事。我敢说，他一辈子都没有学会大手大脚花钱，他节俭的美德，至今仍是我们拿来教育后代的经典教材，我们时不时还会向孩子们提起当年外公是怎样省下一角一分的。也许每个人都希望在出生地有一栋属于自己的房子吧，据我所知，有的人甚至愿意穷尽一生的积蓄去完成。老人不但把自己平时舍不得吃、舍不得花积攒起来的悉数拿出来，而且还把两个女儿通过银行汇过来的一笔笔存款，全都用在了这座在他脑海中规划过无数次式样的楼房上。据说，他在完成这栋建筑的那段时间，掉了整整五斤肉，别人以为他瘦下来是生病了。

它是这大片空旷河谷地带立起来的第一栋楼房，公路修通之后，有了这一栋，无疑就会有第二栋，第三栋……直到今天，河谷两侧，已经形成了沿河而建的两条街道，几十户人家在这里迎来送往。一侧的公路在政府的不断完善之下，变得宽敞整洁，曲线柔美如画，在村民们近些年栽种出来的大面积的竹林掩映下，处处透射出巨大的生机与活力，如此环境，农村、城市已经不大好辨别，又何必去辨别？岳父当初在这里建房，如今看来，也是有着相当长远目光的，也许他并不知道，乡村会迎来全面振兴这样的发展机遇，但他一定相信乡村会一直延续下去，短期内不会消亡，而且不可能一直落后下去。这建筑经老婆她们姐弟一再精心维护，无论从远近看，还是挺显气质的，如果说像一位沧桑的帅哥，十足就是岳父彼时那副模样，虽然有几分清瘦，却那样精神，并带着几分儒雅。

鸟枪换炮，由便棚改造而成的一楼一底共两层砖混结构的楼房，那时还不能称为老屋，里里外外都是新的，曾几何时，包括野猫、野鼠在内，谁想过，会在这里出现这样的建筑呢？她们的家原来住在北侧的山上，在乡镇工作的她们的父亲，以及在县城上班的大姑、大姑爷他们每次回来，都要徒步走很长一段山路才能到达，好在都在农村中长大，早晚都耗得起这份力。随着叙永到兴文客运线路开通，只需花几块钱的车费，落地就到，避开经济利益不谈，安家于此却是已经够方便的了，一时间，一家人都在称赞这是一项杰作，是一项前无古人的壮举，村子里的人也感激缔造者为大家开了个好头，让这片野地一日日热闹起来，把那些调皮的野猫、野鼠们赶得远远的，狐狸举出的火焰也不知躲到哪儿去了。

经过几番改造后，这栋楼在这片野地里，看起来确实是像模像样的，除了继续经营销售消费品，岳父退休那一阵，还利用他自己毛笔字写得不错的优势，开设过纸品铺，为烂坝子村及周边村子的逝者们写过祭文或是花圈之类，而且又增加了居家的功能。

她们一家一分为二，叔叔小家继续留在那边，她们的小家移居到了这个地方，实际上两处也就是不到一个生产队的距离，同属于烂坝子村。虽说是已经分开居住，其实大事小事却是连在一起的。分枝不分干，亲情是纽带，他们各自努力又互相照应，尤其是一些重要的传统节假日，都会放下手里的事情，远的近的家庭成员都聚在这栋楼房里，摆上两三桌。特别是每年腊月二十八雷打不动的过年聚会，包括我融入这个家庭后，不管身在哪里，赶早点晚点，都会到达，齐刷刷地出现在餐桌上。一切美好和不如意都在彼此的酌酒倾吐和慰藉中烟消云散，等到新的一年，又继续上路，去拼搏属于自己的幸福和苦累。这个家庭的团结，让周围的邻居看在眼里，记在心里，谁又不羡慕呢？无论各自在忙碌着什么，家都不会散，就像枝头的鸟窝，编织得紧紧的。

一手缔造出这方天地的我的岳父，是一辈子都爱着家的典范。即使在没有通公路那阵子，他在县城南面的一个厂矿工作，只要有一点儿时间，都会翻山越岭几十公里赶回来看上一眼，并力所能及地为这方在那个年月里风雨飘摇中系着一家人温暖的天地做点什么。自从搬到公路这里来以后，毕竟方便了许多，在乡政府工作，他几乎每天都是搭便车早出晚归，这样，一来照顾自己的日渐老去的父母，有时还和他们说几句话，喝半盅酒；二则什么时候都把这里的楼上楼下打理得干干净净，不放过半个角落。他最终选择把家安在这边，说难理解也不难理解，到底出自何种原因，恐怕还是只有他心里才更明白，也或许他根本就没有心思去弄明白，哪舒服就哪好。但是，进城却是他始终不愿意的，也许是习惯了长期倚靠绿水青山吧。及至后来，晚年生病，被我们接到城里住下来，他还是三天两头念着回到那边去；直到临终前，他坚持要去的地方，仍然是位于烂坝子村的这栋房子。当然，同样想留下来的，也还有他的父母——我们的爷爷奶奶，最后，他们也同样在那里终老一生，做着一方土地的坚守者，抱柴煮一日三餐，种菜地为碗里装上青绿，不问世间发生了什么。他们在那里老去，那曾经崭新的房子也就安然老去了，成了而今我们时不时总要抽时间去看看、去触摸一些记忆的老屋，而我们事实上也跟着老屋在日渐老去。我们没有离婚，我们的步子走得很慢，估计走不到那一步就要老去。老去变得不可抗拒，孩子逐渐成为我们日子里的主角……我们该为我们的老去承担点什么呢？两鬓增加几许白发还是经常夜半无眠？

我来了或是去了，站着进来躺着出去，对老屋来说，也许无关紧要，对我来说，却无比重要，我当然地见证着我们的这栋老屋里发生的任何故事。一条河与她发生的一切，可以由她来告诉你，也可以由我来告诉这个世界。其实，世界早已经很累了，每天疲于奔命，哪里还有精力来听我们的烂坝子村这样的碎片故事？我们就都在老屋的阳光透进来的卧室里多躺一会儿吧，然后起床，简单吃点附近的稻田、眼前的土地上长出来的米饭和蔬菜。饭香、菜香，浓浓的亲情，真实而可靠，具体到了每一个角落，也就是生活的每一个细节。

二

儿子在自贡那边工作，好不容易抽空赶回来团聚。我和老婆也难得有空，恰恰天气也好，一家人心情不错，我们就往老家那边赶。虽然县城过去只是一脚油门的距离，儿子开车却并不那么急。车速本来就不快，又放点舒缓的音乐，整个过程就显得更加的慢了。我们也时不时聊聊天，这个时候，显然更适合聊过去的事，我们就都沉浸在回忆里。聊得并不深，就像在大海的浅水里游着，彼此做着倾诉者，同时也是倾听者，舒适惬意。也不知从什么时候起，我们一家的相处不知不觉就多了这样几分意趣。画画、写作需要意趣，生活又何尝不是如此？

因为此行的目的地是兴文，我们本来也没打算在中途什么地方停留多久，说不定什么时候把车停下，在小河边坐一会儿，看河滩上的牛悠闲吃草也行。兴文老友已经有安排了，晚上去县城近郊吃柴火鸡、喝小酒，乡村深处飘出来的烟火味，足以让人能感觉到有几缕炊烟跟着在飘，馋人呢。像我们这般年纪的人，慢慢地都习惯这样了，从早到晚，乱七八糟一整天忙完，找个地方静一静，聚一聚，随便聊几句，恢复一下心态和体力，明天再继续奔波。平常，我们去乡村，总喜欢这里走走，那里看看的，头顶白云朵朵，鸟儿飞来飞去，山上山下各种花色夹杂，有的果也长大了一些，偶尔也有熟了的，溪沟里游鱼追逐嬉戏……看不尽啊，祖国山川风物，哪里都是一个字——美，都是一幅水墨画，这样看得多见得多了，也不晓得如何去称赞了，总之，每次回到乡村里，舒适是随时都能感受得到的。

因为要途经老家，出发之前，老婆顺便就带上了老屋门房的钥匙。这房，顶多也才修了三十年，是在一片野地里立起来的。我们之前的老屋已经在脱贫攻坚那段时间，实施易地搬迁时交出去拆迁了，变成了一块很大的耕地，我们没时间去打理，后来又交给别人种上了蔬菜。那家人厚道，时不时还让进城的邻居给我们带点儿来品尝一下。因此，这栋建在叙永到兴文公路边上的砖混结构楼房就自然而然地升格成了我们的老屋。要说也算得上是老屋了，岳祖父、岳祖母、岳父、二妹还有姑父他们，以前，节假日大家都会在这里欢聚，尤其是过年，从腊月二十八那天起，亲戚们都会不约而同地赶过来，连续在这里闹腾几天，它把我们一大家子系得紧紧的。而今，岳父他们已先后在这里离世，纷纷移居到别的地方，尽管离老屋并不远，却再也回不来了。只要是有亲人从那里离世的房子，村子里也都习惯性地称呼为老屋，我们这个肯定是老屋。

几年前的腊月年末，岳父因病去世了。一些亲人和岳父生前的同事、战友纷纷赶去祭奠老人家，有的还送了一些钱物，全部叠加起来，还真不是个小数目。老婆想，这栋房当初不但花掉了父亲从几十年的微薄薪水中积累的全部，而且她和二妹挣回来的打工钱，也全都变成了上面的一砖一瓦。父亲的血汗，老婆和二妹的青春，能看见的，算起来也就剩下它了。岳父健在时，特别是退休以后，只要有一丁点时间，他都会全部花在这房子身上，任何时候，房前屋后都被他弄得脸一样干净。卖了吧，虽然应该不愁买家，但确实没必要。我们怎么可能在父亲和二妹一走，就什么都不留了？放在那里荒废了呢，又实在太可惜。想来想去，老婆就自作主张用这些钱中的大部分，重新修缮了这栋楼，尤其是在后面，还弄出了一个十分敞亮的大院子。弟妹们一开始打心底里也许并不赞同他们的大姐以这种方式花掉这些钱，毕竟这个钱又是很有分量的，拿去弄点别的什么也许更有意义。但他们每次回来，见到这焕然一新的老屋，就像是老父亲换了一身新装带着微笑站在那里，又都在言语间透露出对他们的大姐的感激。一来二去，一家人都觉得老屋成了彼此的牵挂，任何时候回到老家，大家都还能有个去处，又都能聚在一起，它是不是也具有岳父灵魂的象征和二妹曾经来人世的见证的双重意义呢？那以后，我们偶尔电话里或是闲聊，都会不约而同地称它为老屋。老屋还真不是很老，算起来，在村子里，毕竟还有好几栋百年以上的房子，如此说来，它还只是这些老者的孙辈、曾孙辈呢。

还没有到那边，具体说也就是车刚开进烂泥沟岔路口，我就和父亲聊起微信，让他稍后到老屋这边来坐一会儿。父亲和二弟他们居住在河对面的由二弟前些年修建的房子里，我们过去很方便，他过来我们的老屋同样便捷。年近八旬的父亲，在侄儿的带动下，不知何时，也爱上了微信，据说他还经常和村子里的老人小孩视频通话呢。好像他是在守着手机屏幕等待我随时和他说话一样，我一句“老爹，一下到老屋里坐一会儿”，大约不到十秒八秒，他立即用语音回我：“你们回来了？”虽然我们也经常抽点时间回去看看他，可从他的话语里听出，他好像已经等我们回去很久了。这时，我的心不知不觉被什么狠狠揪了一下，还以为是父亲把如柴的手伸进我身体里去揪住了那个部位呢。如果可以，我真该回去长时间陪陪他，母亲过世后的这二十年，父亲到底有多孤单，只有他自己才知道，比如今天，他对着手机等待我的微信又不知有多久了。听到我们快要到老屋的消息，我敢说，父亲肯定是跑步从河对岸过来的。怎么这样说呢？因为下车之前，我从副驾驶看出去，那个干瘦的熟悉身影已经早早就等候在老屋的檐下了。父亲在此刻显得更加孤单了，个头很矮小，佝偻着背，影子在阳光下拉得很长。

就住在隔壁的姐姐原本是在客厅里看电视的，听到我们拉开卷帘门的声响，也快步走了过来。我们在随便说一些话的气氛中，往屋内走去。老屋除了是一家人团聚的处所，也是几代人曾经共处消耗时光的地方，其实它还有一个巨大的功用，那就是堆放一些陈年物件。弟弟前年从泸州那边搬回来的旧沙发，宜宾三妹去年冬天运回来的老桌子，都在这里找得到位置；我们这些年为了谋生经历各种折腾，开办学生托管中心用的床、鱼凫书院里丢了又可惜的林林总总的各种物件也不少，包括一些暂时用不了的字画，我们也如数拉回来，挂在墙壁或是摆放在一角。整个屋子堆积如山，就有点像当年老婆在县城的街边开的杂货铺。如此堆下去，恐怕到哪天我们自己都很难挤进挤出了，可对于曾经陪伴自己生命历程的老物件，谁又没有一份不舍的情感呢？丢不下啊。尽管我们堆得再多，每次弟妹他们回来，从来没有半点怨言，我们如此恋旧能得到他们的认可，也真是让我们内心里无比感激，这也许就是来自手足间的默契吧，在我看来，相互体谅其实是兄弟姐妹间友好相处的不二法宝，彼此越是这样，情感的道路就越是宽广，人与人之间的通向，是高速路还是泥泞道，多半也取决于这些琐碎。

穿过杂乱的旧物件，我们全都站到了院子里。整个院子，摆放着很多盆各种各样的花，我没有认真去数，估计老婆心底里是有确切数字的，因为这些花全是过去五年时间，她和岳母花时间一一培育出来的。老婆之前在县城一处顶楼上开办学生托管培训中心，那里有好大一片空着的楼坪，除了岳母种的菜，就是老婆种的花，彼此相映成趣。而且岳母有时也参与了种花，去年春天，老婆彻底关掉了学生托管培训中心，租借的场地也归还别人了。菜园子不能种了，惹得岳母悄悄流了几次泪，那么多的花，我建议老婆将部分送人，也可以试着变卖一些，同时也搬一些到书院里做装饰。后来，凡是没有搬到鱼凫书院的，她就委托搬运工，统统送到了老屋这偌大的院子里来了。

眼下整座院子，以三角梅为代表的各色花，开得可不是一般的灿烂，就好像一群人全都在那里开怀大笑，笑声抖落一地。要说平时，我们真的没有多少时间来养护这些花，特别是儿子在外地上班，把车开走以后，尽管距离并不远，可我们来来回回也不是很方便。多亏隔壁居住的姐姐，早晚时不时浇点水，但它们一样美得令人不敢置信。老婆对着它们，很是过意不去，就像是在对着一群孩子承认错误一样连声地说：“到底还是该经常来看看你们。”它们依然如此的热闹，不仅老婆，我也被弄得有几分负罪感了。为了工作、生活，还有无数琐碎的事情，我们每一天总是忙不完的，但无论如何飞奔，我们还是得抽点时间，去照顾一些身边需要我们照顾而又被我们忽略了的，比如老屋满院子的花，还有岳母、父亲这些风烛残年的老者，哪怕坐下来，听听他们唠叨也行，就算他们已经过了唠叨的年纪，哪怕就是不说话，静坐一会儿也好啊。千万不能等到哪一天油尽灯枯了再去失声痛哭，那又何必呢？

院子里这株很大的银杏，可惜不是梧桐，没有凤凰筑巢，但长势可好了，绿在叶间仿佛随时要滴落下来，浓荫里不时传出鸟儿的新语呢喃。突然记起，昨夜县城狂风疾雨，不知风雨翻山越岭到了这边，还有没有那么猛烈？这时，我仔细瞧了一下，鸟巢在树的高处，也没有半点歪斜的痕迹，向父亲打听，老人家说：“昨晚无风也无雨，我在山后站了很久呢。”父亲已经习惯了长年累月这样张望我们居住的那个城市的灯火了，曾经劝过老人家几次，可怎么也劝不住，不过想想，都差不多八十岁的人了，每天有自己的张望，也好啊。儿子在一旁问我：“这银杏，怎么这么矮，绿荫匝地上了呢？”接着，他又自顾自地回忆起来了：“哦，对了，这院子是在楼面上呢，树干在下面。”儿子怎么会是个不长记性的人？他虽然对老屋没有多少记忆，但对一草一木都应该还是留有印象，老屋是我们的根，同样也是他的根。自从工作了，我常常告诫他，你今后能长成什么样的树未可知，但却要知道来时路——树高千丈也忘不了根。这银杏是岳父当年亲手栽种的，尽管它身强体壮，甚至不需要管护，但我们还是得心里有它，见树如见人，也许，静下心来仔细感知，说不定枝叶间就还透露出岳父的气息呢。姐姐说：“伯母（岳母）每次回来，都会搬个凳子坐在银杏树下很久呢，我说陪陪她，她总不断地摆手摇头。”这些年，岳母是不是在和岳父以这种方式默默地交流？

我们一家已经有一段时间没有来过这乡村里的老家了，站在院子里，猛吸几口空气，清洗一下肺，舒展一下身体，同时，也在脑子里掠过一些过往与印象，说不定，岳祖父、岳祖母他们在这里走路的情形都还会闪现。除了不停地打量院子，我也在不断环顾四周。对面的半空中悬挂着高速公路，车辆来来往往。本来我们去兴文，也可以从高速公路过去的，今天我们并不赶时间，就绕道到这边来了。山上的竹子一丛覆盖一丛，不能再多了。我们这一带，前些年栽种了不少竹子，把曾经荒废的那些山上的石夹缝、山下的巴掌地，这里一窝，那里两株，应栽尽种。竹长得快，几年时间，不仅青了山绿了水，而且既可挖笋品味又可伐竹兑现，竹子也渐渐成了当地村民乡村振兴路上的绿色经济支柱。我说："以后我们要抽空多回来打理一下院子屋子的！"老婆听到这话，当然高兴，说每周安排一两次吧。照理，安排这么一点时间给老屋，还能陪陪所剩日子不多的父亲，本是情理之中的事，但我们又都在习惯性地忙碌着，又能实现这样的小小的愿望吗？

现在的老屋，是一栋三层的砖混建筑，不过，我在村子里教书那阵，还只是两层。一家人热热闹闹，挤不下，我和老婆就住在楼下，儿子也是我们在那里狂热后的结晶。我们居住过的那间靠窗的小屋子，已经有几年没有踏进去了。老婆把院子围起来之后，遮住了许多光，整个一层已基本废除了功用，只好用一道门关闭了楼梯，锁上了，放在那里闲置着；顶楼一层，设置了一个小院子。小院子里有一个小池子，去年我喂了几条小鱼，悄悄地长大了些，担心水干枯了死掉，前段时间，我们就把它们弄到鱼凫书院的小桥流水景观里养着，至今很鲜活的，就像一群乡村进城来的调皮孩子。小院子四周，是我们一家各自小家的宿舍。有时候想想，生活中这样的日子变得少了，而这样的日子少了，其实也不知不觉增加了几分陌生。从我们一家来看，确实就是如此。要我说，岳祖父、岳祖母、岳父他们走了，人去楼空，我们就应该经常跑回来，找回这样的气氛，也偶尔增加一些交往，热闹一下老屋。这时，我和儿子正好不知为一件什么事情争论起来，父亲在一旁说了一句："看嘛，看嘛，爷儿俩又回到好多年前的样子了。"我回答他："在外边不能说的话，带回来放在老屋里说，又有什么不好的呢？"这时，儿子把一旁的水管拉过来，对着院子里的花全部浇了一通，包括银杏也浇了，我们也在帮忙，把一些倒地的花盆扶起来，老婆还从屋里拿来一把剪刀，剪掉一些枯叶。这些花儿、草儿的，不也和父亲、姐姐他们一样吗？见到我们，总是无比高兴，谁都希望我们多在一起待一会儿啊。

回到屋子里，姐姐已经在杂物间腾出来我们坐的地方。这种零乱，我和老婆、儿子在二十年前经历过。那时，我们刚进县城居住不久，没别的去处，早晚就躲在老婆开的杂货铺里，包括睡觉也在那里。也许和老婆夜间不小心弄出的“老鼠”响动至今都还在儿子耳边回响，所以儿子也特别敏感，还没坐下来，他就劝我们说：“多少有用的，比如书、画、桌子这些，留下一部分，其余的，就找个地方丢掉吧，一辈子总是要懂得舍弃才行，要不然，什么都留下来，什么都舍不得，往哪里放呢？”不知何时起，儿子哪怕就是放一个屁，在老婆那里都是香馍馍，儿子一说，她立即就答应了。这时，走过来一个邻居，见我们在老屋，就亲切地坐在屋子里一同聊了起来。屋子里的几个人，不管邻居还是姐姐，就这样坐着，东拉一句，西扯半言，确实也没说什么实质性的内容，但好像又什么都交流了，一转眼，就坐了一个多小时。

说激动了，我把凳子挪向一边，一不小心碰上了那辆摩托车，儿子被吓着了，急忙把我推开。原来，他是担心我碰坏了前车镜。这是二妹夫的车。他在县城一家私立学校上班，由于实在太忙，大约有一段时间没过来了。要是在平时，他其实是老屋出入最频繁的一位。小汽车花费高，一时买不上，为了方便进出老屋，他就专门买了这辆摩托车。二妹意外去世以后，他一直不相信在这样温暖的家里，他的生活竟然会发生如此巨大的变故。他总是相信二妹依旧住在这边，每天在公路边的一些零星地里种点小菜什么的。每天只要忙完了工作，他就会赶回来陪着二妹。作为夫妻，不管日子过得怎么样，能有这样的一份长久牵挂，不管哪一方，也该是幸福的。算起来，二妹已经过去差不多五年了，在这五年里，二妹夫就这样坚持在风风雨雨里，骑着摩托车在老屋和学校之间来来去去，一往情深。

我们还是要急着往兴文赶，我问老父亲一起去不，他说：“不了，要不，你们还是去我那边，我煮给你们吃吧？”我们也是想一直停留在此刻这样的温暖里呀，但是，在这个靠亲情、友情维系的真实世界里，还得要各方面都有所兼顾，朋友、亲人都必须要有交往交流，人人都是如此。而且事实就是如此，很多时候，哪怕就是牺牲对亲人的陪护，也得要陪陪朋友。

人这一辈子，再忙也是忙不完的。接下来的日子，我们确实也该调整一下自己的日常，经常找点时间回到老屋，尽量多邀约一些亲人、邻居坐坐，聊聊；或者在院子里看看花，给它们浇浇水、培培土，也对和岳父一样慈祥的银杏树说说话；小走几步去父亲那边，尝尝他煮的饭，也学着煮饭给他吃，然后美美睡上一觉。

在老屋做一个关心粮食和蔬菜的人，品读山川星野，背倚长风浩荡，不要那么急着变老，在黑发变白、白发更白、如期而至的大雪封山中，感受老去不也是一件幸福的事吗？

2022 年 12 月于鱼凫书院

家住小县城

我喜欢小县城叙永。如果你觉得仅仅因为叙永是我的家乡，那并不准确。这时，你或许又会立即改口说，多少应该也有些这方面的因素，这我还是比较赞同的，毕竟“谁不说俺家乡好”。

叙永是一座位于川滇黔三省交界处的文化、美食共享边城，同样也是三省的边贸集散中心。眼前这个季节，无论走到哪里，都能看到树在生长、鸟在飞翔、花在盛开，不过，这还不是我喜欢它的绝对理由。不要说城市，现在乌蒙山的许多偏僻乡村，过去被专家称为岩溶地区，一些地方寸草不生，通过这些年的努力，也都变成绿水青山了，处处鲜活如同一幅幅水墨画，不时含点烟、染点雾，真的就很有味道，特别有种风韵女子的含蓄美。难怪许多人就算是走遍了更多地方，还是想回到乌蒙山来，回到叙永这方小县城来。如果在这时候，恰好又能遇上三两位略施粉黛的当地女子漫步街头，必是令人流连忘返。

如果要我说喜欢叙永的理由，最主要的是她是一块幸福地。说回来，我曾经也是厌恶过这里的，那是在饿极了的年代。20 世纪 70 年代，我出生在这里的穷乡僻壤，没吃的，没力气，走到哪里看不惯哪里，如果没有记错，我应该有过饿得不行想寻短见的时候。也不是想死就能死的，最后好歹还是留在了人世间。自 20 世纪 80 年代起，在国家扶贫政策的支持下，同许多地方一样，叙永慢慢地变好了，我又暗自庆幸自己当初没有过早地结束了自己。确切说，我从进入这里的师范学校那一天起，就觉得好日子要来了，我在叙永县城里读书的那三年，感觉艰难在一寸一寸地缩短。

叙永这块幸福地是东门河和南门河两条河环绕形成的一块河谷地带，河与城结伴而行，相依为命，这里直上滇黔，山地河谷相连。第一次来到这里的那阵，河东河西房子还没有几栋，更没有十层八层的楼房，不敢相信，以后还会有我现在住的对面那种三十层以上的耸入云霄的高层。我至今还是因为不习惯，没有住进这样的楼里，许多朋友已经在夜里像鸟儿一样在高处摇晃。不过，人类好像没什么适应不了的。

从师范学校毕业那年，我就去了老家村子里的学校做了一名教师，其时，当然想在离叙永更近一点儿的地方工作，但是，也由不得自己。再说，去哪里不是去呢？就算是县域内最远的地方，也得听从组织的安排。许多年以后，当我走过许多地方，更加觉得，即使去到叙永最偏远的地方，做那些山村孩子的老师，其实也是很近的。哪怕就是在北京，通勤路也完全可能比去叙永的任何一间村小学校要远，我 2015 年在北京，上班需要两个小时转两次地铁才到单位，同事却说，已经算是很近了。前几日在成都，朋友说，他每天上下班同样要花不少时间。由此，我越发庆幸自己工作生活在叙永这样安逸的小县城了，现在镇村都通了公路，实在是方便得很。

▲ 远眺叙永县城（邱易东 / 摄）

到山村学校工作之前，我就曾经明确告诉过自己，得尽快回到县城里来，说起来，叙永又是一座古城，具有千年的历史文化积淀，她自身无疑带着某种神秘的魔力，而这种魔力其实就隐藏在寻常的小街小巷，说不定就在那缓缓滚过的牛车辙印里，抬脚就能感受到。如果到了叙永，随便走走，你就知道了。

回来也不是那么顺利的，注定要经历很多，这样也许更能体会到叙永的魅力，更愿意为奔向她而努力。人来这个世界，别的好像都不是大问题，可要找个自己真正可以长久停留的地方，恐怕又是最花精力的，而许多人都愿意把精力花在这上面，我当然也不例外。很难相信，中国人对家的眷念永远那么根深蒂固。有几年，县城里几乎天天有高楼立起来，谁都想拥有一套，有朝一日，站在窗前，眺望远山近水。我也曾经梦想过好多次，可努力了很多年却也没能实现，但还是在暗自拼搏着，一刻也没有松劲儿。

叙永是块幸福地，某种意义上，她是让我有了无数经历又让我有了无数记忆的一座小县城。如果对一个地方没有记忆，也许这里什么也算不上，顶多就是一个借居地而已；而一旦有了记忆，或许她就成了一辈子再也离不开的地方了。如今，我无论走到哪里，时不时都会想着要回来，特别是在她有了一座供我经常出入的公园之后，当然，这里的公园之于我，远远没有地坛公园之于史铁生那么重要，某种意义上讲，地坛公园是他的生命依附，于我，叙永县城里的公园，仅仅是一个可以随时出入的地方，我可以早晨去，也可以晚上去，因此，我又是幸运的。

这座公园，是我来到叙永县城生活许多年之后才有的。落成之后，又一直在不断完善中，毕竟是新建，还有许多地方需要调整，比如能留得人的文化元素的增加等，包括名字都得反复琢磨，而且花力气。刚摘帽的国家级贫困县，能辟出这么个地方，已经是够高大上了。和周边县区比较起来，叙永的城市建设总是抢先迈出了一步，而这么大一座公园的出现，又或多或少为它增添了一些形象。

这方公园，就是为满足县城十多万人在茶余饭后有个去处而建的。最初，我也多是因为这样的简单动机而来，单纯地走走。我在想，每天把自己的一个或半个小时花在这里，差不多也就是把自己的时间零头花在这里，如果到时候能赚取个健康什么的，这个利润可就大了。也许更多人正是为这个而来，尤其是那些明显看出已经多少有点症状的男子或妇女，他们把在这里的进进出出，当成每日里最为重要的一环。这走，算是连结着生命，维系着未来，对这些人来说，公园的重要性不言而喻。

我一开始走进来的具体日子，已经不确切记得了，那是早晨或黄昏，也或是阳光或者下雨的时候。以那时我对时间的把控来看，估计又是在早上吧。那也是心情和事务相对繁杂的时候，自己在文化的道路上，走得很孤独，多半是走出去寻求慰藉，往往就一个人走进来了，史铁生是在整个身子瘫痪之后摇着轮椅进的地坛公园，而我却是在寻找精神支撑的时候踏步进来的。

我是早就知道这个地方的，它在拆迁时归属于一个叫岩头上的地产项目，当时叙永恰好一下子就上了十几个地产项目，眼看着再上也真的不行，要是凑在一起，到时候房子即使能卖出去，也卖不出个价格来。恰好这时候，一位很有主见的地方官，狠了狠心，不顾阻拦，决心弄一座公园出来。这块地位于县城东侧，又靠近上下高速的地方，其实最佳选项就是建公园，而且也是顺应民意的。民意决定了信心，也就相对容易推动。沿东门河两岸，几百亩地连成一体，东门河的流水也成了公园的一景，还有许多已经不年轻的各种树，包括我经常把手放在树干上的这几株黄桷兰。到了季节，开花很多，芳香弥漫了整座公园。远处就是川南道教发源地玉皇观，冬天有部分时间，它是会积雪的。有时，我在要去公园的时候，会打趣小侄女：“走，我们去公园看雪。”她很好奇：“有雪吗？”我肯定地回答：“有雪的日子，随便站在公园里某个地方，应该都能看见。”侄女兴奋地说：“我陪您去。”等到我出门迈开步，突然她又不去了。到最后还是我一个人走去，然后在一路上就会遇到很多人，同样，很多人也会遇到我，认识的和不认识的，也都善意地点点头或是招招手，这是多么有意思的事啊。

我有时候走得快，也有时候走得慢，更多时候是故意放慢了脚步，毕竟是在逛公园，又不是上班，毕竟这时刻，心也闲着。更多时候，我就沿着游步道一再往前走，一直走向深处、更深处。这个路线，首先要经过一个广场。广场就在红军烈士陵园的下面，常常有许多人在那里跳广场舞，用的都是些再熟悉不过的旋律，通常我不会去跳，人笨跳不来，说不定有时会跟着哼上几句，我唱歌走调厉害，只能是小声唱给自己听，尽管有时候自己也觉得难听，可还是要情不自禁地哼上几句。难听也无所谓，除了表达对生活的热爱，也算是对生活压力的一种释放吧。其实，我也喜欢在入口处的石墩上坐一小会儿，有时候，那里会挂着几个鸟笼，鸟儿们在笼中也叫得欢，而周围树上的鸟儿更热闹，跳上跳下的。我曾经遇到过让人很生气的一幕，那是一个中年人，竟然拿着弹弓，偷偷摸摸地往树上射鸟，很多人走过，还以为他是在散步。我当然不会饶过他，但也不敢把他如何，谁知道要是把他逼急了，会不会把石子转而射向我的脑门呢？反正还是有几分胆怯，如果真遇上的是个脑子进水的，我可就惨了，我很恨他这样伤害鸟儿。我在手机上翻了一下日历，眼下正是三月，“春来不打鸟，儿在家中望娘回。”嗖嗖……一只鸟儿应声落地，他用得意的眼神瞅着我。这时，旁边走过来了一位警察模样的年轻人，我把手机作照相的样子，咔嚓、咔嚓，射鸟那人很着急地溜走了，也许他不敢再弄了，也说不定他会换个地方继续在伤害别的鸟儿。不过，更多时候，这公园里还是宁静而和谐的。其实，在我看来，差不多整个县城的宁静都聚集在这里，这也是我特别喜欢走进来的原因吧。

公园里有一块地方我特别喜欢，那是两方不大不小的荷塘，六七月总是要开许多红的、白的荷花，可热闹了，我经常走过去给它们拍照，拍视频，发抖音。而且秋天的残荷也特别有味道，如果技术过硬点，拍下来就可以做手机封面。曾经朱自清先生在叙永小住过一段，以我的想法，也可以给这两方荷塘命上“自清荷塘”的名字。它们现在还是没名儿的，我就这样突发奇想给它们一个名字，就像自己家的孩子，有时也可以轻唤两声，感受一下疼爱。说到名字，我确实也想过，这个公园可以称作升庵公园，而且，应该也还可以考虑在这座公园里的某个地方为他设置一尊雕塑，因为公园是和鱼凫古街连在一起的，“鱼凫”又是当初由杨升庵题写的。杨升庵对叙永包括周边的文化传播有过突出贡献，而且影响力还不小，为他找一个位置总是合适的，这样的公园，给了他，无论知名度还是厚重感就都上来了。

有一段时期，我去了邻近的兴文县工作，虽然说并不远，但每天总得来来回回，到公园里去的时间明显减少，尤其是那两年的冬天，几乎都没去，就有点疏远了，但内心也在记挂着。很快我又回来了，而且心情也得到了很大的改善，又常常待在公园附近的鱼凫书院里，这就有更多时间走进去。渐渐地，我看到更多热爱生活、享受生活的人都来了，特别是早晚，整座县城里的不少人其实都喜欢走一走这里，环境浸润之余，如果能得到文化的多多少少一点儿浸润，也许，它的功用发挥就已经够大了。

公园对于我还有一个更大的作用，那就是我可以用来写作，她就像是一方装点漂亮的案头。我曾经一度停留在位于县城中心的春秋祠的角落里写过一段时间的文章，在那里找到了灵感，写出了不少我要的文字。慢慢地，我就不仅是到公园里走走了，而是在每天的进进出出中写下许多文字。天长日久，一些经常在这里进出的老幼可能已经认识了我，也有一些可能已经忘记了我，但我仍然坚持在这里，用手机记录下大家热爱的新时代、新生活，包括写下这篇关于我们居住的小县城叙永的文字。

有一段时间，我每天就从鱼凫书院出发，然后走上东门河上的木桥，就往那边走了。史铁生在瘫痪后的那些年，他一个人摇着轮椅到地坛公园里去做什么呢？他说自己躲在树的背后等着母亲来找他，然后呢，又让母亲找不到他，母亲只好失望地走回去了。除了释放心里的苦闷，他可能也是在折腾自己的母亲，让母亲心疼。上天给了我一副还算健壮的身板，尽管我不会到公园里来躲在哪棵树的背后，但我有时候在写文字的时候，也会想到母亲。她离开我们已经二十多年了，呜呜，我已经没有母亲来折腾了，如果母亲还健在，说不定我会用轮椅推着她，并带上一只可爱的小狗在身边，走进公园里来享受阳光，享受社会进步发展释放出来的健康红利，因为我和身边进进出出的这些人都在尽情地享受着，生活每天都是新的。

的确，叙永是一块风水宝地，山水宜居，环境宜业，县城除了干净舒适，也颇具有游观价值，更有豆汤面、夜烧烤等招牌美食，且叙永美女也足够典雅端庄养眼。如果我以作家的眼光去发现并提出建议，那么叙永这座具有三省交会地域优势的小县城，真的还是可以考虑把这座公园与鱼凫古街、红军街、烈士陵园、国家级文物春秋祠、开国上将傅钟故居等有机地连为一体，相互映衬，并做一些明显的标牌标识，构成一条县城旅游路线，就能吸引游客到县城里来游玩上一两天了。如果有朝一日把小县城打造成网红旅游景点，那这无疑又是继打造公园之后的一项历史功绩。

2022 年春于叙永

赤水河"凤凰李"

一

这些年，走过乌蒙山那么多地方，哪里的水果多？"问渠那得清如许？为有源头活水来。"在脑海里，我首先想到的却是一片花海，就像从河谷里奔流过来，要把我整个人彻底淹没，眼前是蝴蝶在飞，耳畔又是蜜蜂的嗡嗡声。方圆数百里内，赤水河这一带的谷地，被称为"乌蒙花海"，十万亩花海，十万亩果园，可以想见，那有多么的壮观。

赤水镇孙家村村民葛权明告诉我："我的祖祖辈辈都居住在这里，这里虽

▲ 凤凰李（叙永县赤水镇人民政府供图）

然谷底是赤水河，常年清凌凌地流过，我们却是望眼欲穿啊，可它爬不上山坡，每年好不容易在石夹缝里种下三棵五棵玉米红薯，十年中有九年都会活活旱死，就像是被火烧过一样……”就在2013年前后，市县的专家们赴叙永县赤水镇孙家村、双山村等地进村入户开展脱贫攻坚工作，通过多次“把脉会诊”，得到的结论是这些地方的山上山下常年干旱又瘠薄，除了栽种果树，也种不了别的什么，于是，当地政府果断落实推动种植。经过试种比较多个品种的水果，最适宜的还是李子，而且还只是一种李子，就是现在被当地百姓捧为掌上明珠的“凤凰李”。略作进一步研究，发现这种李子，其实就是由当地传统的“江西李”改良而来，最早几棵祖宗级的李子树，据说至少也有近百年树龄了，它们就躲在附近的山上，后来有一次去采风写作，我还专门抽出时间“登门拜访”。

在这样的地方进行水果种植，既涵养山也涵养水，并且加大了对赤水河流域的自然生态保护，还能助农增收，实乃一举多得，并且彰显了守护长江上游左岸青山绿水的仁心。桃三李四，经过短短三四年的精心管护，大约从2017年起，每年春季，大面积的桃李花铺满整个河谷两岸，以叙永县赤水镇部分行政村为主，一直向上下游的乡镇绵延一百多公里，前来赏花者不计其数。遗憾的是，由于基础相对薄弱，虽然经过几年的补短板行动，但设施配套也还稍微落后，有时午餐晚餐往往也会人满为患。而这也好像是旅游景区的通病，许多地方一直在解决，却始终没能解决好，这样一来，总会让游客多少产生一些瞬间的不愉快。不过，旅游者的心思总也猜不透，来年春天，我们常常又在山上的“乌蒙花海”观景台七里台或是双山苗王寨不期而遇。

花是果的青春期，这种花多的地方，顺理成章，果也必然多，“无花不成果”。奇怪的是，赤水河谷地的桃花、李花那么大的范围，铺天盖地，潮起潮涌，偏偏到头来，好像就没见过有多少桃子。我为此曾私下问过葛权明，他说：“我们这里的桃子确实不多，一些桃树也通过嫁接，变成李树了，只是桃花确实惹眼，很少夹杂在李花中间，造成了很多错觉，其实我们这里主要还是‘凤凰李’，我带您走在果林里转一圈，大约就知道有多少了。”

虽然“凤凰李”挂果销售才不过几年时间，但由于它的品质极佳，目前已经在江、浙、云、贵消费者那里具有很大的影响力了。我敢说，只要吃过这种李子的人，十个人中绝对有八九个都会竖起大拇指直夸顶呱呱，它是叙永县脱贫攻坚中在赤水河流域亮出的一张崭新的“名片”。它和稍下游的古蔺县马蹄镇的甜橙一起，已经构成了当地的两张水果“名片”，喝赤水河流域生产出的酱酒是对世间美味的享受，吃赤水河流域四季鲜果又怎么不是呢?

二

在没通高速公路之前，我们居住的叙永县城离赤水河谷地也还算远，需要从大纳公路（大方—纳溪）过去，翻山越岭，也是够劳累的，尤其车必须通过雪山关。说起来还是一个县境，也正是因为交通不太方便而不常往返，感觉那边好像是在另一个世界，那边的乡镇干部也只能常年居住在镇上。过了赤水河，姑姑喊“大婆”，大婆喊“老奶”……怎么称呼，其实也就是当地习惯而已，可正是这样的称呼，更让城里人觉得那边实在是太远了，有点遥不可及。直到近年厦蓉高速通达后，赤水河也随之有了互通。便捷的交通，让它有了根本改变。交通通，百事通。高速公路就像是一根粗壮的绳子，一下子就把一个倔强的小顽童拉到了跟前。在这转瞬间，赤水河就成了全叙永县的“金窝银窝”，不管寻亲访友还是要联络远方的感情，无论官员还是百姓，在眼下这个季节，只要从“金窝银窝”里掏出一件两件“金蛋银蛋”，或直接捎带，或用顺丰、韵达，就是到新疆、西藏那边，品尝赤水河的鲜果美味也不过像是在自己家果园里，爬上树摘回来一样，再简单不过。这样的条件，无疑为昔日的革命老区、贫困地区插上了经济发展的翅膀，人民更加美好的生活有了支撑。

厦蓉高速从成都过来，进入泸州境内，由于地理条件的限制，桥梁越来越多，路几乎都在半山或山顶的半空中，沿途风景真是美不胜收，抬眼就能看个够。等到过了江门峡隧道，乌蒙山的地形地貌尽收眼底，这时，你肯定就在怀疑自己是在画中游了。随时带着雾的山，闲游在蓝色天空下的云朵，还有碧绿橙黄的山，远处近处时不时一挂瀑布或一片金黄的稻田，都是眼底的寻常物件。再往赤水河方向，就渐入云贵高原了。这里，尤其是炎热的夏天，除了风景，还有绝对的凉爽，风带来的惬意，惹得我们这些人，只要一出门，几乎不用想，就会往那边赶。这真是十分让人享受的旅途，别总是认为最好的风景都在远方，而且越远越好，有时候，近处的风景同样会让远方的人格外羡慕。在夏秋季，为了节省开支和减少劳顿，我通常都会建议身边的人就在周围海拔千米以上的康养度假天地住上十天半月。

无论是春天去赤水河赏花，还是当下这个季节去摘果，都必经这样的行程。可这个季节就不一样了，等到一饱“眼”福之后，接下来就该是嘴巴享受的时候。还没到白土岭，沿途全是赤水河李子的世界了，满山遍野大树小树上，都挂着让人心动的大果小果。细听，当地果农的笑声隐约传出林子，其间还夹杂着鸟儿欢快的鸣叫。如果在这里听鸟，自有它的季节，最好选在秋后。这个季节，就直接奔着果子去吧，那里是果子的世界，果子的天堂，果子在欢呼，果子在奔跑。带着几分野趣的果子，在高高低低处穿林打叶，耐心地等待着食客们品尝它的美味。就怕你不吃，一吃放不下，管你吃饱，小心别撑着就行。

车沿着河边的公路行驶，眼底就是清澈可见游鱼的河水。这里就是赤水河上游河谷地，赤水河流域酱酒水源地，原人民日报社社长邵华泽中将题写的“美酒河”这三字就凿挂在位于下游的古蔺县境内的悬崖峭壁上，至今几十公里开外仍然醒目。赤水镇街村支部书记胡磊告诉我：“赤水镇的凤凰李，是经赤水河水的孕育，高山高岭分娩，没有这么好的水流经谷底，肯定就没这么独特的气候和生长环境，也就不可能有这么好的果。如果哪一天，在这边的显眼处，什么时候由谁来写一幅‘美果河’悬挂上，那这些果子不是也会和这条河边酿造的美酒一起扬名四海吗？”“东西再好，当然还是离不开宣传推广，好酒也怕巷子深啊！”镇党委书记王世林和我聊起这一块，显然，他已经有了自己的思考。

三

据了解，通过这些年的大力发展，仅赤水镇全镇“凤凰李”的种植面积就达到了七万余亩，其中投产面积约四万亩，年均产量在八千万斤左右，等到盛产时，可能还会翻上一两番。也就是十年左右时间，不知不觉，这里已经建成了一座巨大的“金山银山”，年年宝藏不断，挖不空，吃不完，无资源枯竭之忧，财富滚滚而来。当地百姓的吃、喝、医、教、娱，几乎所有开销大多出自这片山川河谷，它的确是老百姓实实在在的经济“当家人”和“台柱子”。以李子为主的经济支撑他们的日常，他们把每天的日出日落交给自家几亩或几十亩的李子林等果林，上一天接着下一天，管理水果的忙碌间隙，再在山上放几头牛或是羊，或者林下养点鸡、种点中药做补充，日子就相对而言满足了。

赏花的季节，越来越多的游人赶过来，或帮着弄几张照片，也或彼此一个微笑点头，主动送上一杯山泉，迎来送往，然后默默地等待着另一个季节他们再回来摘果。“目前，在还没有更大的稳定销路的情况下，老百姓自己的人脉渠道毕竟很有限，而各种零售和县级部门组织的直播带货出去的也还不多，让果子真正名扬天下，特别是在品质、品牌和销售上还有很长的路要走！”致富回乡承包种植的杨琳丽一边和我聊着销售的话题，一边伸手摘下几个又大又熟的“凤凰李”请我品尝，交谈中得知，她家也有一片凤凰李老树林，是当年爷爷辈年轻时栽种的，这可算是精品中的精品了，每年都被一抢而空。

我摆着手对杨琳丽说：“这可是我既喜欢又熟悉的味道，但已经吃得太多了。”过犹不及，一个人一天顶多也就吃掉十个二十个李子，就算是一群人，一个乡镇，甚至一个县的人都来吃李子，也吃不下多少。更大的销量，更大的订单来源，确实需要花大力气对接和挖掘。这些年来，花开的季节、果熟时候我都会坚持到这边，用目光去打量土地，也用耳朵去倾听各种呼声。鸟声、民声，声声入耳，也大概知晓了果农们真正的所思所盼。

今年赶了个早，果子还没大面积成熟，我就以微薄的一己之力，邀约几位成都、重庆等地的客商直奔赤水河，“生意不成友谊在”，葛权明一见带来了客商，就满脸堆笑，迎候在那里。也许接下来就会有一堆订单在等着他和乡亲们；也许这只不过是一次简单的接触，打交道的日子还在后面，但他一样以好酒好菜款待。一直以来，大山人就是这么憨厚，谁又忍心欺负谁呢？迎来送往，没有太多的礼数，却有更多的真诚。午餐之前，我们一行十余人在葛权明的带领下，沿河边的公路往山上去转一圈。我到这里多次，这样的全面参观却还是第一次，乡村公路除了弯道多点，其实也很宽敞。差不多已登上山顶时，我们都下了车，站在高处的果林中间，感受着弥漫着香味的果海，真是无比浩瀚和壮观。眼里是李子，眼外仍然是李子，金钱也许遮挡不住我们的视线，李子却能。

果子是由山下向山上逐渐成熟起来的，翻山越岭地成熟过去。最热闹的时候，整座山都熟透了。此刻，我们就坐在山顶的林荫下，品着从山脚带上来的李子，所有人都被它的美味折服，却又评头论足。我是多年的老食客，当然更知道即使是山下的，这两天也还不是完全成熟，口味也还远没到绝佳的时候。商人毕竟是商人，在商言商，此时此刻，他们即使说一些挑剔甚至难听的话，也都在意料之中。再说，生长在贫瘠土地上的果子，再怎么也不会做到十全十美，比如个头、形状等，这些就算交给培育专家，估计也无法掌控。几天后，传来消息，当天激烈讨论的焦点，说到底，其实还是价格的原因，生意没有谈成。而最终定价，对品牌和影响力无疑都至关重要。无论如何，我还是希望能帮助当地果农搭建起连接基地和市场的桥梁。

四

近几年，这些地方虽然常常不同程度地遭遇极端天气，可赤水李子除了生长在那些几乎长不出庄稼的陡坡石缝里，而且抗风险能力也特别强，每年整体还算是丰产。从我们所经过的地方看，树枝挂着的大果小果实在是惹人喜爱。种植大户杨德文指着手边这片林子告诉我们："盛产期亩产五千斤还是不成问题的，如果能在当地政府和能人的帮助下，及时开辟出符合鲜果特点的绿色市场通道，加之随着它的知名度的不断提升，品牌打造升级，效益也会更加凸显出来。"

我们一行坐在餐桌上，大家并没有更多去讨论简单而又复杂的买卖问题，而是又把话题集中到了品质、品牌上。就品质而言，李子的确是得到了广大食客的一致认可，包括与我们同行踏访的这一行商家，除了为接下来的讨价还价做一些铺垫，随便挑几个无关紧要的问题说一说，倒也说不上来别的。如果有一天，赤水河的李子通过各种包装宣传，也收获了江西赣橙、贵州六马蜂糖李那样的影响力，肯定就不会有这样令果农糟心的事了。

在许多人看来，目前，"凤凰李"的品牌打造已经到了迫在眉睫的时候，周边很多甚至远远不及它的产品，一旦花点精力和经济包装出来，都可以成为香饽饽。而赤水河李子，有着"李中凤凰""果中茅台"之誉，但由于缺乏品牌效应，包括自身的名字都还不够响亮，知名度也还不高，而且基本都还徘徊在低端市场，仅仅靠口碑维持生存和发展，时时面临烂市的巨大危机。

世事愈难，人心愈坚。近几年，当地政府逐渐感受到了滞销带来的疼痛感，除了多方努力帮助拓展市场外，已在积极引进成熟的外地公司和组建销售公司，主导和引导市场，并且已经尝试了一些比如注册商标、设计公共包装之类的手段。但这几乎还谈不上档次和形象提升的层面，至于文化元素的注入及其他，也还只是在抓紧探索中。擦亮赤水河“凤凰李”的这张“水果名片”，不仅势在必行，而且必须下深水前行。

到过赤水河的人，下了车，通常都会忙着拍照，果林、花海、果子连同对面绵延起伏的远山，以及蓝色天空和天空下的调皮云朵，很快就出现在他们的朋友圈里……这也是默默地在帮着果农做宣传，不过是举手之劳，却往往会在不经意间招引来几位销售商。这些年，我和身边不少朋友，都会不知不觉地，每年买一部分赤水河“凤凰李”，捎给远方近处的朋友，默默地为这方土地上的老百姓，做着义务宣传推广，虽然微不足道，却也算是一份心。记得 2015 年，我把赤水河“凤凰李”带到驻会的北京中国自然资源作协的办公室，领导、同事以及来访者，品鉴之后都是赞不绝口，无意间也增加了我对赤水河“凤凰李”的宣传推广底气。

再回想一下这几年，远方的亲人、朋友，年礼、节礼统统都免掉了，往往就选在每年这个季节，捎去夏日的赤水河鲜香。这时，耳畔又响起采风创作期间，一位当地老人教自家孙子唱的一首童谣：

李花香，桃花香，
奶奶巧手编竹筐。
采得满山“凤凰李”，
远方客人尝一尝！

2022 年 8 月于永宁河畔

叙永竹笋香

朱自清先生当年小住叙永，喜欢上了这座位于川滇黔交界处的小县城，在给朱光潜先生的信中这样夸赞：“叙永是个边城。永宁河曲折从中流过，蜿蜒多姿态。河上有上下两桥。站在桥上看，似乎颇旷远；而山高水深，更有一种幽味。东城长街十多里，都用石板铺就，很宽阔，有气象。西城是马路……”叙永不仅人文历史底蕴积淀深厚，还是一座很讲究吃的城市，豆汤面、江门浑豆花等名声在外，竹笋也是很有特色，据不完全统计，县域内居然有五十七种竹笋，一年四季都有鲜笋吃，其中，这个季节为最多，可以说，叙永人的生活中时时刻刻弥漫着竹笋的鲜香。风过小城带笋香，是不是很惬意、很令人羡慕的生活？

眼下正是吃苦笋的季节，几乎每个家庭的餐桌上，都有苦笋做成的菜，没吃完上顿就想着下顿，吃不够；接待或朋友聚会的饭局上，不用问，通常也都安排苦笋，或炖鸡汤、或白灼、或凉拌。如果再简单点，剥掉壳就可以直接进口了。苦笋实为苦甜笋，吃起来的真实感受是先苦后甜，苦尽甘来，一截小小的苦笋，吃出人一生一世的味道，这是哲学的苦笋。

那时候，我们是真的很穷，骨子里都透出穷味，经常吃苦，吃多了苦，听说是苦笋，死活不吃。看到别人吃着香，心里想，明明那么苦的东西，还如此喜欢，真傻。却不知道，真傻的却还是自己，宁愿饿着肚子，也不愿去亲口尝尝带着个苦字的竹笋。也不是不尝，而是生活中的这些东西，苦楝、苦参，哪样不是苦的呀，就是带个黄字的，因为感受过黄连，也都一律视为苦物。我对苦笋的认知当初竟然是这样的。

好在别人都在说读书苦的时候，我并没有嚼出其中的苦味来，要不然，一个出生在偏僻闭塞深山里的农村人，舍弃了读书，这一辈子真得吃苦下去了。要说，苦也是相对的，就看你怎么想了，做生意的、做官的、当教师的，时不时都有人说苦，不苦吗？

学着吃苦笋也是在后来认知不断提高之后，那时我正在读初中，大约20世纪80年代中期，我正在长身体，家里供给的粮食总是不够吃，和一个同学打赌，如果一顿吃下两斤餐票的饭，我再赔给他一斤餐票。眼睁睁看着他把饭吃进肚子里，打着饱嗝，我后悔得一截肠子都青了。如果换做我，这两斤米的饭，也能轻松下肚的，但话已出口，只好自认倒霉了。然后，自己也在暗暗找机会这样吃一顿。

没有了下顿的餐票，一个人生着闷气走进了教学楼后面的苦竹林，想找个地方静静，说不定心情好了还可以解一道数学难题，提高一点儿成绩。正好坐在一丛茂盛的苦竹旁边，穿林的风轻轻打叶，伴随一股新土的气息扑面而来。闻过各种花香，这香却不同于花香，很特别，很清新，我当时还不知道，那竟然就是苦笋出土带来的鲜香。深深地呼吸了几口之后，居然不觉得有之前那么饿了，这时，一根硕大的苦笋出现在眼底。“干脆把它刨出来。”土很松软，真没有费多少劲儿，就把苦笋攥在手里了。它的鲜香一阵阵地侵袭着我的鼻孔，让我居然有了立即吃下它的念头，我还是担心它会很苦，转而一想，只要能填饱肚子，就是苦点又算什么？

学会了吃苦笋，从此就再离不开苦笋。老家有一片苦竹林，每年苦笋还没有长出来，我就在不断打电话回去追问了。苦笋就是有点奇怪，你越是催促，它越是出土得慢，就像在磨炼你的耐心。有时候等不及了，抽个时间跑回去，坐在竹林深处某个地方，东瞅瞅，西望望，用手机播放着音乐，说不好在不远处就已经长出来一两根苦笋，也可能发现更热闹的十根八根。全都刨出来带回去，打几通电话，临时叫朋友出来吃苦笋，哪怕就是之前有别人约了的，也都因为苦笋而忘了朋友，口福大过一切啊，苦笋竟然在我们的生活中有如此神奇的魅力。

出于工作等原因，我们很难回一趟乡下老家，父亲知道我最爱苦笋，到了季节，就在电话里大声说“苦笋出来了”，于是，我们就都乖乖回去了。一家人围着一盆苦笋炖鸡汤，再配上一份豆花、腊肉，热气腾腾的，话也就多起来，亲情的氛围也随之浓郁起来了，一家人能聚在一起，苦笋功不可没。

由我创办的鱼凫书院里的家常菜小厨，每年都要持续使用一段时间苦笋，这些苦笋都是从我们自己家竹林里刨出来的，鲜嫩可口，苦后的甜特别诱人，我经常剥了就动嘴吃，而别人在吃了苦笋做出的菜后也赞不绝口。要说，进入书院的理由可以有许多，可这个季节，为苦笋而来的的确不少。苦笋分大小年生长，今年我们家那片竹林长得多，老婆三天两头开车回去刨几十斤回来。去年是小年，几十亩一大片的竹林里，很难刨到多少苦笋，老早就有朋友在预约，却往往吃不上。这年头，肉食已经不怎么稀罕了，倒是苦笋这样的绿色食品成了香饽饽，谁不想自己活得健康一点儿?

据说叙永之外的一些地方也有苦笋，但并不多见，而且也可能因为气候、土壤等原因，质量赶不上这边的，就像酒，在我的家乡赤水河流域的白酒金三角地区，生产出来的酒自然要胜一筹。以前，叙永之外的人不大会吃苦笋，近几年，绿色食品越来越火爆，苦笋也让更多的人喜欢起来，时不时，就连成都、北京都有朋友让捎去一些。叙永既然有不少苦笋这样的生态好产品，当地政府也就瞅准了巨大的市场空间，抓住乡村振兴的大好机会，加大了苦笋产业发展的推动力度，叙永的苦笋大镇天池镇每年还坚持举办苦笋节，已经连续办了七届，对叙永苦笋和林下山珍起到了巨大的宣传推广作用。

叙永虽然有不少苦笋，却也只有在这个季节才能吃到鲜的，是才从山间土里刨出来的。不过，叙永可以一年四季吃到其他类的鲜竹笋，冬笋也很不错，但冬笋量就更少了，味道虽不及苦笋，却也很鲜，是食客的最爱。尤其是冬笋中的罗汉笋很稀少，它生长在川南地区海拔最高的罗汉林一带，每年有十天左右的上桌时间。能在叙永吃到罗汉笋那是福气，它有着“笋中虫草”的美名。

当年朱自清先生来的时候并不是这个季节，遗憾错过了苦笋，但以叙永人的热情，想必也一定是让他品尝过其他鲜竹笋的，不知他是哪类竹笋的食客。

大竹笋烧猪排骨是叙永的一道名菜，每年过春节，城市农村，家家户户的餐桌都少不了它。笋寓意节节高，希望家人的生活工作一年好过一年，只是大竹笋并不是鲜笋，而是干笋。

2022 年 4 月于鱼凫书院

摘果记

南种一片桃，
北种一坡李，
趁着好时光，
带上老小者，
一同摘果去
…………

稍微有点生活常识的人都知道，摘果子，6 月正是一年中的好时节，虽然我们这地区不是水果主产区，可无论出门往哪里的乡村走，都会满载而归。今日一大早，小盛、老罗和我分别驱车载着家人们向着云山坝村方向疾驰而去。

虽然还没到达现场，可在我的脑海里，已经闪现出满山的硕果累累。具体到果子是红是绿却还不能肯定，也就是说，那一片林子所结出的李子，成熟之后是红的，还是熟了后有别的颜色，需要到现场才能确定。我们这一带种植的李子，因这些年种植得太多，品种复杂，往往说不上来名字，只好以颜色区分，而颜色又以红和绿为多数。

一路上满眼都是青山翠绿，就如同行走在一幅美丽的画里。路旁的玉米也正好是成熟的时候，大大小小的玉米秆一字排开，果实饱满、形态丰盈，要是随手摘几根回来，煮熟了一定香喷喷，煮玉米也准能吃个饱。

眼下我们奔去摘李子的那片林子，大约两个月前我和小盛就去过，这是一片种在云山坝南边石夹缝里的李子。位于云山坝西面一个叫后槽湾子的坡面上，石夹缝土少石多，据说很多东西无法栽种，倒是特别耐旱的李子种下去相对较好，比别的更有收成保证。那片果林面积可不是一般大，据说足足有五百亩。说五百亩这个数，估计很多人都不会有具体的概念，包括我自己。当时我站在林子边，和村子里的支书聊起，信口开河说这应该有两三百亩。他先是让我眼睛瞪大点看看，后来告诉了我具体面积。五百亩的林子可真大呀，一眼望不到头，山坳里、山脊上，放眼望去都是果林；林中有一些鸟儿不断在啼叫，有林子的地方，鸟儿总是欢快的。那时候，这些树已经结果了，我们也看见了许许多多的小果子正在努力生长，它们都要长成又大又好的果子。如果再提前十多天过来，我们看到的会是大片大片白色的李子花，花团锦簇，人声鼎沸，当地人都称之为“观赏花海”。小果子们挂在树枝的高处低处，小毛孩似的，一点儿也不起眼，如果你不仔细，还真就看不出个动静来。但以我多年的乡村生活经验，我知道这里有奇迹正在发生，也就是几场雨、几阵风、几轮太阳之后，如果没有意外的灾害，这些小果子就会变成美味，销往各地。说不定那时候你居住城市的街边水果摊上，那一筐子或一篮子的果子就是从这里走出的。大自然的馈赠，永远让人垂涎欲滴。村支书后来又带着我们登上最高处，仔细看了一遍这一片林子和整个云山坝，也没说多少话，就往回走了，他的眼里满是家乡好的自豪。我们倒也没想过，什么时候回来摘李子。

先前我们原本打算去落卜镇新华村常乐桃花岛摘桃子的，小盛昨天打电话过去，说胡姓业主告诉他，早熟的已经被线上线下的食客们抢了个空，只剩下一些叶子和树干了；迟的还没成熟，不到采摘时间，需要再耐心等待。小盛只好安排我们去摘李，他说他要带上自己的老婆一起去。我心里有数，他的车顶多还能坐三人，而我们还有四人，只好再开一辆车。我们的两辆车，一前一后，向着还算宽敞的乡村公路行驶。这些年，乡村哪里都通了公路，很是便捷，这样的周末，如果不出去找个地方摘桃子或是李子，而是一直待在小县城的哪个角落里，实在是太可惜了。为了不辜负一年一度的果熟季节，这些年，每到此时，我总是要安排去南山、北坡走上几趟，享受果熟的快乐。

一路上，我就和老罗一直在聊一下子还想不明白的话题，那就是这些年，许多山都长起树、竹、草了，绿得密不透风，时时如面对一堵厚墙，为什么河里的水却日渐“消瘦”了呢？老罗说，这个问题他倒也想过，就是没有找到答案。我让坐一旁的老婆回答。她说自己没太注意过，反而问我，这种现象存在多久了呢？我一时半会儿答不上来，但我却知道不是一年两年了，以前我曾经归结为天旱导致，可今年老天也是三晴两雨的，水都到哪儿去了呢？

这时，老罗身旁不到四岁的小孙子嚷嚷着饿，他就把车停在路边，递过去花卷给小家伙吃。可据说往常特喜欢吃花卷的他，今天却偏要吃包子，还在为争取包子哭鼻子呢。老罗又逗他说，一会儿到了摘李子吃吧，可这小家伙很固执，说李子哪能吃饱？孩子的话，让我们几人都不约而同地吃了一惊。老罗对孩子的爱已经超出我们的想象，虽然爱孩子是每个人的天性。到了大树街上，他一边开车，一边扫视着街边早餐店有无包子卖。我老婆帮着沿街打探，直到快出街口时，终于买到了。他又急着给小孙子递过去，顿时，一股包子味弥漫在车内，食物的芳香永远闻不够啊。

过了落卜镇政府不多远一段距离，大约就是一公里多点，分道左边去草坝、新华村，右边往山上去是硐坪村。过了硐坪，才是云山坝村，这路，我并不算陌生。眼前的这一片就是垌坪村。我和老罗聊起，过去十年，这里可是磺烟酸雨严重污染的区域，寸草不生，一片绝地，可现在，竹、花椒、水果已经完全长起来了，尤其是花椒，已经成了这一带的主要经济作物。花椒的种植面积不小，车窗外的山上山下都是，连片种植，也是快要到收获的季节了，说不定再过几天，就会有许多村民赶着采摘花椒挣工钱呢。现在留守在家的村民们也够精明的，除了种好自己的一亩三分地，哪里能挣钱都会去蹚一下。要知道，老罗可真是个热爱粮食的人，在车上，小孙子吃剩的半个包子也被他给吃掉了。他问我，怎么这些地方种这么多的花椒，不种庄稼呢？我回答说，之前我实地调查时就听人说过，这种地方的土地种不出来庄稼，能种的都种了玉米或是高粱。车继续往前开一点儿，果然就看到了一些长势喜人的玉米，玉米秆一直沿着公路两旁延伸。直到后来，我们又看到了许多的玉米棒子，今年的玉米长势特好，确实是太喜人了。

车很快就进入了云山坝村，此时，我们的位置在高处。透过车窗，我看到了上次过来还极度缺水的整个坝子，现在已经全部栽种上作物了，远处近处被绿色覆盖得看不到一点儿空隙，高处矮处不是水稻就是玉米，齐刷刷地长起来，横起来竖起来看都很整齐、很好看，往哪个地方望去，都是一派丰衣足食的图景。老罗说，每次回到乡村，看到这样的庄稼，眼里就热，心里就踏实，毕竟碗里有装的。上次过来，看见村支书为缺水的事就像热锅上的蚂蚁，愁缠着他，也不知后来从哪里来的水救了急。哦，对了，说不定就是冷水河大堰整修通畅了，流过来的水的功劳，塘、库、堰、渠在这样缺水地区显得越发重要了。

很快，我们的车已经行到云山坝中央，小盛在前面把车停了下来，原来是他要让我们看看路边的荷花。荷花正在绽放，红白相间，很美丽。抬眼环顾云山坝周围，半山腰的雾正在缓缓上升，袅袅婷婷，把整个环境渲染得就像是一幅绝美的山水画。旁边水沟里有水在流动，声音细微，就像是谁在演奏一首小曲。上次我过来，这里的村支书告诉我，过去这儿就是几十亩连成片的荷花，每年都有许多人赶过来拍照欣赏，但今年基本不再保留了，大部分都要拿出来种水稻。果然是兑现了的，眼前的荷花就只剩下不大的一小块和一些零星的。看来，种庄稼这事，村子里是下了一番功夫的。云山坝是一个欣赏云雾中的水墨丹青的好地方，吸引过不少摄影师前来。也许，他们还不知道，一年之中，此时此刻的云山坝，什么地方都是一片绿油油，水稻和玉米正是这里当家的主角。我想，再过一段时间，我一定会再过来欣赏这里秋天金黄、稻黄米熟的乡村，最让人流连忘返的是大片大片的金黄，那场景足以让你眼花缭乱。

还没到达果林，已经迎来大片的欢笑声，我以为此刻的林子是安静的，却因为许多摘果子的人在奔忙而变得热闹喧哗。除了来自合江县的两三个果园承包业主和一些陆续前来购买李子的游客外，林子里都是云山坝村本地的村民，清一色的中老年人，在这里打短工摘果子赚取工钱，虽然全身上下差不多都被汗水浸湿了，但他们仍然在忙碌着。高处低处，极其诱人的李子，被他们或强拉下枝头摘下，或站立地上伸手摘下，背篼、箩筐、塑料篮子、架子车已经装得满满，如果要摘下果子来堆积如山，在这里瞬间就可以变成现实。我们下车走过去，“吃李子”的招呼声不断潮涌过来，撞击着我们的鼓膜。这片按大家说的不适宜种庄稼的土地，种出来的李子让我们感到惊讶：个头大、甜、脆、汁水丰富，而且恰如其分的红润外观具有极大的诱惑力。

我们连忙奔赴到林子里采摘，太多了，简直不知道从哪里下手；老罗的小孙子也忙得不亦乐乎，急着用车上拿下来的网子像网蜻蜓、蝴蝶一样，居然一下子就网到了三颗。小家伙一脸汗水，却又一脸欢笑，显然，他也同样享受了此刻丰收的喜悦。我们都在忙着采摘最大最好的，很快就采摘了不少，回过头一比较，才发现我们采摘的原来比起村民们采摘的要小很多。“还不如优选他们的带走。”大家都同意我的建议。见我们要选果，每个摘果者都热情地把自己采摘的果子放在我们的眼皮底下。此刻，采摘者的心思都那么澄澈透明，就是巴不得把最好的都让我们带走。可好的也太多了吧，我们只有表示遗憾了。在果农们的欢声笑语里，果子们就如同一个个顽皮的孩童，畅快地游着，突显着自己被我们选中的身手。

业主王先生和范女士一个劲儿地嚷着：“随便吃，你们多吃点。”小盛的老婆回答，才吃了三颗，已经吃不下了。我顶多也就吃了五颗，算是超量了。话说回来，水果就是水果，也不是粮食，再怎么好吃，终究填不饱肚子，只是一种日常生活的补充而已。就连老罗不到四岁的小孙子也知道果子填不饱肚子，何况我们这些经历过饿肚子年月的人呢？毕竟水果不是主食，是当不了家的。没有水果的生活，人永远少不了一只耳朵或眼睛；但没有粮食，还会有我们人类的存在吗？

穿梭在果林间，我突然闻到一股香，好像是花椒香，又像是果子香，但我宁愿相信，那就是粮食的芳香。乡村，尤其要把这种维系生命芳香的根基留住，有粮食芳香的地方才有生机。这些年许多地方都加大了支持种植庄稼的力度，荒废土地的行为得到了有效遏制，种庄稼的地块，国家也以划红线方式进行了严格保护，粮食安全提到了前所未有的高度，端牢饭碗的意识逐渐深入人心，土地就如同是自然界中的大熊猫。

如此一来，今年这样风调雨顺的年景，定能持续下去。我和一位在果园里打短工采摘果子的饱经风霜的老伯闲聊，他的目光穿越果林，望向不远处云山坝里那些丰茂的庄稼。他激动地说：“今年一定又是好收成，真希望年年如是，岁岁今朝。”

2023 年 6 月于云山坝

石漠新颜

2022 年初夏开始，川南的雨就没下透过，史上罕见的高温干旱，使山上的竹木和野草都受到了不同程度的伤害，病恹恹的；河流也降到了历史同期的最低水位，有的地方甚至泉水枯竭，溪沟断流。直到 2023 年 3 月，陆陆续续下过几次蒙蒙细雨后，大面积的旱情才有所缓解，春意已经迫不及待萌发了，竹枝、树梢的新绿让乡村逐渐热闹起来。

4 月中旬，我从叙永县城乘落卜镇政府机关干部盛明树的车出发，向着前方疾驰。乘着调研之风，我踏上了走深走实，感受山乡新颜新貌的采风创作旅程。车窗外满眼的春天绿意，让我无比欣喜，小盛大约也被我的情绪感染了，像一只枝头鸟儿一样对眼前的美好不断赞美。和春天约会，总是有意想不到的惊喜，让人充满期待。

小盛，充满活力而又务实的青年党员干部，调到落卜镇工作还不到两年，但他显然已将全镇的情况了然于胸：生态环境修复治理、乡村振兴产业布局、基层治理……他说起来头头是道，我感受到了年轻一代干部身上透射出来的希望。

不少人的记忆中，叙永县落卜镇政府现在的驻地是非常热闹和喧哗的，毕竟那时，它是全国五大硫铁矿之一的大树硫铁矿矿区所在地。由于它地处河谷地带，整个矿的五个工区就密密麻麻地分布在河东和河西两侧的高山上，最多时，有一万多名矿工在这里出入，日出而作，日落不息，昼夜奔忙。而且在这些矿工中，还有很大比例是携家带口住在河谷两侧的小街上的。可想而知，当时那种热闹程度简直是没法形容的。有人曾经说，哪怕就是在距离近20公里的叙永县城里，也能听到这里的人声鼎沸，同样还能看到闪亮的灯火……

如此庞大的“掘金”队伍，在这里先先后后存在过近五十年，祖父母辈、父母辈和我辈整整两三代人的黄金岁月全都留在了这里。他们对国家建设做出的贡献当然是大的，也是有目共睹的，但他们的辛勤劳作所带来的环境破坏无疑也是触目惊心和不可估量的。最直接的感受就是在最严重时期，漫天磺烟、酸雨，遍地横流的磺矸水导致周围数平方公里范围内土地寸草不生，流经的河流鱼虾尽绝……这样的环境，曾经一度使叙永被专家、学者们定义为不宜居和石漠化最严重的地区。

大约十年前，我偶然从报刊上得知这样一则消息，大意是：叙永县林业高级工程师栽培技术获国家专利，在位于大树硫铁矿的石漠化最严重地区栽种竹子成功，地球“癌症”将有望得到治理。这则消息着实让人兴奋，我当即赶赴大树硫铁矿这块污染重灾区现场。果然，远处近处光秃秃的石头山上，正在点点泛绿，而且有的地方已经长起来三五株竹子……我强烈感受到了春天里的希望和困境中的星星之火，它们势必会成燎原之势。

这次我们也是径直赶往彼时四公区山上的污水处理厂。小盛介绍，黄褐色、pH值小于3、铁离子和锰离子超标严重的磺矸水从计划经济时期之后废弃的矿井里源源不断地流出，引流到一系列的处理设施中，采取曝气、氧化、中和、沉淀等措施进行处理，再注入大树河边的三千立方米容量的生态塘进行二次酸性吸收处理后排入大树河管控区，然后对河流三公里处的风险管控断面进行跟踪监测。从这些年的监测情况看，各项指标均能达到地表水Ⅲ类标准。

像这样污水处理厂（站），落卜镇目前就有七个，正是因为它们夜以继日地工作着，才有这些碧波荡漾流至永宁河，最终汇入气势宏大的长江。

在曾经尾沙堆积如山的三家坝村，我们和祁德湘拉起了家常。他告诉我说，就一个小小的三家坝村，曾经硫金砂矿多达十五家，而自己就是其中一家的股东，也是生产矿长。“我自豪，自己现在已经是一名生态养猪场的农场主。像我这样实现身份转换的，在我们落卜镇，还有三台村生态养牛场业主万书大。”

“可喜的是，不管是养猪还是养牛，大都已经成功转型，很快就顺应了新时代绿色发展。”祁德湘说，“我可是实现过一锄头挖出金娃娃梦想的人，十年前，我天天都在梦想着做大做强，但随着石漠化综合治理、长江大保护等国家战略的实施，我的掘金梦破灭了。回到现实中来，我开始思考接下来如何发展。于是，我拿下了眼前这片尾沙堆积场，筹措资金修建了这个养猪场。”眼前的养猪场，占地面积近五十亩，存栏肥猪有近千头，每头在三百到七百斤不等。精明能干的祁德湘当初采取的是一举两得的双赢措施，既顺利完成了上级矿山环境恢复治理的目标，又实现了生态养殖。先后投资近五百万元建起来的养猪场，粪污处理就花掉了一百五十万元，以目前的规模，最高峰可以达到一次存栏肥猪两千余头，经粪污处理后的农家肥可满足周围上千亩耕地的肥力，处理过程中产生的沼气还能够免费供应周边邻里作日常燃料。

祁德湘兴高采烈地领着我和小盛围着转了一圈，边走边看，他指着一些地块和我们聊：“种植粮食的地已经圈定，必须不折不扣地种满种尽保饭碗，其余的地方，哪块种菜，哪块种草，哪块种树，哪块建塘，已经全部进行了规划，花会开，草会绿，树有四季荣枯。接下来，我会再投入一些资金进行一些打造，再通过三两年时间，把这生态养猪场变成公园式的养殖场，打造公园式的工作环境……”

离开祁德湘的生态养猪场，我们来到了草坝村。也许是当地村民在彼时期待村子里能有一片草坝的缘故，这个离大树硫铁矿直线距离大约三公里的村子，名字叫草坝。只是那些年，草坝村同样没有躲过寸草不生的命运，村民们也过着烟熏火燎、苦不堪言的日子。小盛开着他的宝贝爱车载着我，沿着环村公路转了整整一圈。在我看来，这个原本就缺水的村子，种养业的发展都是相当有难度的，然而，所到之处现在都是种上了的。不管种植什么，玉米、高粱、油菜、牧草、水果等，根本就看不到哪怕一小块空地，这确实让我十分惊讶。

在陈家湾一处经过修复后四百亩连成一片、一望无际的油菜地里，我们见到了村党支部书记罗永均。五十多岁的他，一身朴素的老农打扮，此时此刻，他正和年轻的乡镇驻村干部商议油菜收割之后高粱套种大豆事宜。他给我算了一笔账：“脚底下的这些地块，只要没有特别旱情出现，一季油菜套种高粱加大豆轮作，就可以实现全年不空地。加上国家相关补助政策，承包耕种的村资公司占10%股份，每亩可实现四百元以上的村集体收益，而投资人的收入也是相当可观的。”

罗永均说：“我们这个村，一直都有着种植的好传统，老百姓的‘饭碗意识’很强。除此之外，种植内容也是相当丰富的，有的农户下半年利用冬闲种青菜交给公司，也要挣几千上万元。向地要效益，我们从不马虎。眼下整个村子一片绿油油的场景，去年同期还上过央视的《朝闻天下》呢。”

新华村尽管相对草坝村离大树硫铁矿更远、更偏僻，但同样受到了不同程度的磺烟、酸雨侵蚀，再加上海拔较高等原因，发展受到严重制约，部分地区种植粮食很难有收成，且找不到合适的种植项目。

经过反复论证后，三年前，外出成都龙泉驿创业返乡人员、乡村振兴带头人、青年党员胡兴贵，自带资金和种植经验在新华村高高的常乐山上种植了一片水蜜桃。在他的带动下，村民们开始参与进来。这家三亩，那家五亩，逐渐连成一片，很快就上了规模。截止目前，整个面积已经接近两千亩。常乐山上，三四月桃花粉红似海，夏秋季蜜桃成熟飘香，休闲度假的乡村文旅氛围正在形成。

胡兴贵告诉我：“村子里外出务工的年轻人太多了，可供使用的劳动力主要还是当地五六十岁这一批，也有七十岁以上的，每人每天可收入一百元，整个桃园每年可以让村民获得劳动报酬五十万元以上，一家两口子最多可增加近两万元的收入。产业带动就业，就业增加收入，整个村子就有经济活力了。”

第一批桃子马上就要上市，由于桃园技术总负责胡兴贵所带领的团队管护非常精心，照目前当地的天气情况看，应该会有一个好收成、好开端。离开时，胡兴贵不断邀请我们到时候上山摘桃子。那时候，满山的桃子成熟了，看起来一定很诱人。

正是插秧时节，水田里，农人们正在忙碌着，一副副弓身下去的背影，如一幅幅动人的图画，镶嵌在蒙蒙雨雾中的手机镜头中。“咔嚓咔嚓”的快门声引来不远处的耕牛的警觉，它们发出一阵阵的哞哞叫声；远处农房的上方，炊烟又起，伴随着雨雾飘过来，已分不清是雨雾还是炊烟。这就是云山坝。

云山坝村是县域内大家熟知的粮仓，这里的大片水田，在过去同样饱受污染，歉收是常事。近些年，矿山环境得到了及时的恢复治理，加上冷水河堰渠的全线贯通，极大地改善了云山坝水稻的种植环境，水稻丰收有了更大的保障。

▲ 大片水田 （叙永县文旅局供图）

站在最高处，眼前的整个云山坝村笼罩在一片烟雨中，仿佛就是一个世外桃源。无论谁在这里，随手一拍，都是一张绝美的手机壁纸。这样的美景融入乡村文化旅游，将是人人向往的诗和远方。

返回到四公区高处的矿山环境恢复治理点，眺望河东河西，远处青山绿水相伴，一幅不墨画卷徐徐展开；近处林荫下，家禽野雀觅食嬉戏；脚底流水一路欢歌，鱼翔浅底，逐浪奔向长江。

如今的落卜镇，已然从当年的矿业大镇脱胎换骨为生态大镇，通过近些年持续不断的环境恢复综合治理，正逐渐变为乌蒙山中的一颗“绿色明珠”，在生态文明建设的新征程上，谱写着新时代的美丽篇章。

2023 年 6 月于叙永

古蔺走笔

一

这么多年了，对于神秘的革命老区古蔺，我这次终于有了较为深入的了解，但还远远不够，稍微留有遗憾。

这还是要从 2022 年 4 月说起。当月 13 日，2022 年度青花郎·人民文学奖颁奖典礼在古蔺郎酒庄园举行。贾平凹、舒婷等来自全国的文学大咖会聚一堂，中国自然资源作协主席陈国栋先生在列。颁奖典礼的第二天一大早，我们就赶到了位于古蔺县二郎镇的郎酒庄园与国栋主席会面。午饭后，我们一起离开了郎酒庄园，匆匆往叙永赶。由于这些年，国栋主席一直在坚持创作红军长征题材的报告文学作品，刚上车，他就提出要实地考察一下位于赤水河边的太平古镇。这个比较简单，稍微绕个道就到了。古镇参观的路途中，我们慢慢地走着，认真地领略着这一方土地上的红色文化。除了聊一些红军当年四渡赤水的话题，他就赤水河流域生态环境治理这一重大主题，向我提出了采风创作建议。在国栋主席的应允下，中国自然资源作协秘书处很快为我准备了采风创作的介绍信，就这样，我今年的赤水河流域采风创作如期踏上了行程。

从我的家乡叙永县沿着赤水河流域的赤水镇、落卜镇、石厢子彝族乡等乡镇辗转行走十余天后，我于“五一”劳动节之后，开启了令人难忘的赤水河流域生态环境治理采风创作古蔺之行。在前后大约十余天的时间里，我与古蔺县进行了“亲密”接触。一路走来，我最大的感受是，新时代的古蔺山乡正在发生着巨大的变化，到处呈现出勃勃生机，尤其是除了以郎酒、潭酒为主的县域内最大的支柱产业之外，种植业和养殖业都非常地有活力。

古蔺县沿赤水河流域的乡镇很多，算起来大约有十五六个，严格意义上讲，它的所有乡镇其实都是沿着赤水河流域的，因为整个古蔺县域都在赤水河边。在我的行程里，每个乡镇、多数村都要去一趟，虽然我知道这样会花掉我的很多时间，但真要圆满地完成一项创作任务，尤其是写纪实文学，好像并没有别的捷径，只有苦累才能泡出有味道的文字来。

这次采风创作的重点放在最近才招投标完成的赤水河流域综合治理项目上，有同志带着我往项目点跑。所到之处，有的地方准备启动，有的正在实施……第一天下来，收获并不是我所期待的，于是，在我的要求下，第二天开始，就及时调整了采风创作的方向和路径，沿着赤水河古蔺段走下去，采摘了许多我想要的“蔬菜水果”。

二

石屏镇是过去当地硫铁矿企业的所在地，师范学校同学侯俊告诉我，这片生他养他的土地，那时漫天磺烟弥漫，遍地污水横流，草木绝迹。国家要求关闭后，当地的化工企业陆陆续续进行整治。2015 年前后，以客土回填复垦等方式进行矿山环境恢复治理，昔日堆积如山尾沙，陆续变成了一片崭新的面貌。经过这些年持续耕种，那里逐渐成了成熟的耕地，主要种植着红粱、玉米和大豆等作物。

蓝天下，白云悠闲地在头顶盘旋，时而如鹰飞，时而如羊奔，阳光满地，绿色如水，在一大片面积约有四五十亩的已经半人高的红粱地边，我们看见几位中年村民正在为红粱浇水、施肥、治虫。已经好久没有体验农活了，我急忙奔过去，拿起农具来，却完全不灵活，完全不是自己在乡村时的那副模样，全都生疏了。一旁的当地人云师对我讲：“刘老师您还算是好，真要去种庄稼，静下心来干一段时间，应该还能行，可是，现在许多乡村的年轻人，根本就使不来锄头、镰刀这些‘传家宝’，更谈不上栽种这些技术活儿。”这样的现状，说起来着实也是令人担忧。

同行的小陈打电话把这里承包种植红粱的老陈请过来了。眼前六十多岁的老陈，略显清瘦，但在他的腿脚和手腕间，却透出一股不同寻常的力道来，这也许正是庄稼汉子特有的那股劲儿。他告诉我们，今天家里有点事才没有下地，平时每天自己都要领着大家一起干，今年承包的还不到四百亩，也许是面积少一点，管得要更精心些，加之今年的天气状况较去年要好，红粱的长势也就明显要好很多。顺着老陈的手指方向看过去，那边还种植有更大面积的红粱、玉米和大豆等，据说是由村资公司承包种植的，长势虽然不如老陈承包种植的，但也难相信这是尾沙堆积之上长起来的庄稼。老陈说："这些地方以前全是尾沙，要不是环境恢复治理，哪里谈得上种庄稼？"原来，庄稼之下正是同学侯俊和我聊起的地方。2016 年，我曾经来过这里，想不到几年之后，竟然已经成了亩产红粱达三百公斤以上的土地。同行的小陈是这片矿山环境恢复治理的施工监理，他对我说："这样的地方，除了经济价值，生态价值也是通过种植得到了很好的体现。古蔺县域是生态环境脆弱地区，很多地方石漠化环境非常严重，通过这些年持续不断的治理，已经取得了非常明显的效果，石屏这样的最典型地方都发生了翻天覆地的变化，其他地方就更不必说了。"环顾四周，山清水秀，犹如一幅巨大的画屏悬挂在天地间。

又一天上午，我们驱车去了茅溪镇的杨梅山。应该说，这是一个因地制宜建起来的杨梅基地，整个规模足足有近两万亩，放眼望去，山下山上，全是清一色的杨梅树，大大小小的植株都结着果子，再过两个月，一年一度的杨梅节就会在这里开启。村党支部书记王叶飞告诉我："我们的杨梅林里，上百年树龄的植株就有五百多棵。"据我所知，前几年，宜宾市兴文县也从这里引种了一片，邻近的叙永等地也相继引种，我笑着对王叶飞说："原来我家乡的杨梅竟都是从这里嫁出去的。"

王叶飞说，一村一品，他们村的杨梅，由于一年一度的杨梅节的宣传影响，加之自身的品优味美，线上线下都卖得很好，已经走向了贵州、浙江、上海等地。除了了解这些，我更进一步地打听了关于杨梅种植所产生的生态价值和由此带来康养度假产业。由于当地植被非常好，海拔高度适宜，加之交通相对便捷，已经成了"网红"度假打卡地，每年来自各地的"候鸟"早早就把山上山下的木房瓦屋给预订走了。据王叶飞讲，他们整个村由于有了这个支柱产业，村民有相对固定的经济来源，几乎没有外出打工的，空闲时，顶多就在茅溪镇上做点日工。

“随着马嘶新茶的规模发展，它的品牌影响力也逐渐起来了。”业主小魏指着自己家后面的一片茶山说，“除了外卖，我们在县城和每个乡镇都布了售卖点。”马嘶苗族乡种植茶树的地方，都是贫瘠的沙土，种不出来庄稼，却特别利于茶叶生长。白页沙茶配上白页沙水，泡出来的茶，简直是绝了。整个乡域，有三个行政村都因地制宜种植了茶叶，有的种植大户，一年可以实现十万元以上的收入。站在高处矮处，一眼望不到头的全是茶树；一片碧绿如云映衬在蓝天之下，风拂过，顿时嗅到几缕茶香。

站在白泥镇沙坝村的一大片绿色葡萄园前，我仿佛是看到了一支正在肃立的部队，齐刷刷的。据说，以前这里全是光秃秃的山坡，又是石夹缝，在贵阳搞建筑多年的冷彬带着十个农户把这片废弃地给承包下来，引种上了水晶葡萄，今年已经大面积投产。见着眼前这些威严的“士兵”，我忍不住向身边的种植大户冷彬打听：“这样的管理，效益肯定不错吧？”他答：“除了挣钱，关键是绿了荒山，保住了水分。”据同学侯俊讲，古蔺县由于生态环境持续向好，赤水河里的鱼类也越来越丰富，多年不见的一些鱼类又从长江洄游来到了古蔺，鸟飞鱼跃的场景在县城的落鸿河畔十分常见。

从我采风走访的十余天来看，整个古蔺已见不到丝毫石漠化的踪影，整个县域内完全就是一幅巨大的绿水青山的美丽画卷，绿色种植业发展很好，一乡一业，一村一品，绝不是停留在口头上的空话，而是落实在具体的行动中的。此外，政府在品牌打造上也下足了功夫，马蹄甜橙、东兴猕猴桃这些在泸州乃至四川区域范围内已经响当当的品牌，均出自古蔺的乡镇和村。

其实，在走访过程中我了解到，古蔺还是非常具有养殖业特色的县。在猪、牛、羊养殖上都有相当规模，几十头、上百头规模的大户在椒园镇、马蹄镇、观文镇等遍地都是。养鸡就更不用说了，几千、上万只鸡的养殖户具有一定数量，品牌影响力在北京、上海、广州、深圳等地相当大，这些城市有很大的古蔺麻辣鸡需求，全出自本土。另外，大家都在推行绿色养殖、生态养殖，椒园镇水田村助理村主任闫黔飞的家庭养殖农场就是典范。截至目前，他已经为动物们建起三个“微信群”，其中羊群最壮观，有三百多名“群友”；牛群次之，也就三十多头一个群；“猪队友”最少，只有二十来头。我问他，为什么大学毕业了不去考公职呢？他给我的回答是，农村是个广阔天地，需要有更多的年轻人留在乡村，振兴乡村。他父亲在一旁告诉我，别看他年纪小，田间地头的农活儿他样样会，在养殖上他还兼着兽医、配种员、饲养员和销售员等职。

在采风走访过程中，我强烈感受到，古蔺对“口粮田”耕种更是十分扎实有效，站在大寨苗族乡的高处，能看到整个大寨坝子里的稻田里，秧苗一大片绿油油，长势喜人。县自然资源和规划局小潘告诉我：“我们保饭碗是下了真功夫、死命令的，可以说，能种粮食的大小田地块都种满了，从硫铁矿的复垦种植就能窥见。”

三

对于古蔺这片神秘又充满生机活力的老区，我还有很多不了解。严格意义上讲，这次古蔺之行是不了了之的，因为就在中途，接待的单位说有更重要的工作，请我这边暂时中断一下，而且直到现在，他们也没传递出可以继续完成任务的信息来。无论如何，我还是觉得有点愧对古蔺，我是个很忌讳做事虎头蛇尾的人，我自己又怎么能变得虎头蛇尾呢？

如果条件允许，我想，我还得走到古蔺的更多地方，再次进行深入的调查研究，但愿什么时候也能写出一两篇鲜活而又有巨大影响力的作品，力所能及地把它宣传推介出去。作为一名把脚力付诸万里长途的写作者，能做到的，确实是很微不足道，但也正是古蔺这样的地方需要的。讲好中国故事，是我们时时刻刻应该牢记的使命和担当，让世界了解中国，需要我们有更多更艰难的付出。我们这群人一直在路上，就这样风雨兼程。

2023 年 6 月于古蔺

兴文绿竹

丛丛挺拔，绽放生机。行走在兴文，放眼望去，高处矮处，山腰河谷，撑起大片绿荫的，都是它们。它们已经成了这片土地上的显贵新宠，这方绿水青山的主力军。

其实，这些竹子大多都是最近不到十年时间才逐渐栽种起来的。在县域内种不出粮食也长不好大树小草的地方，在土地贫瘠的角落，全县上下一使狠劲儿，干群齐心协力，居然就造出几十万亩来了。

川南一带的竹子多，这又是大家都悉知的。兴文侧边的长宁县，早有“蜀南竹海”的美誉，以竹为景区的主角，早已名声在外；以海形容的竹子，多得难以计数，无论走到哪里，绿竹漾碧波，翠色绕四季。而位于兴文另一侧的叙永县，也有面积达百万亩的竹子生长在山间水边；无处不长竹，这里的多数人都生活在竹林中，过着大熊猫一样的日子。

位于这两个县连接地带的兴文县，在人的记忆中，是以矿产资源丰富而声名鹊起的。煤、硫、铁等矿遍地都是，一锄头挖出“金娃娃”绝对不是夸张，可靠挖矿过日子毕竟是过去的老黄历，一旦撕掉就再也回不来了，往后又靠什么来富民富县?

粮食？兴文县种满种尽，顶多也就能保证自己几十万人口的饭碗。一个自然条件相对较差的山区县，一日三餐能自给自足也是尽了最大的努力。大坝、共乐坝……这些金贵的米袋子随时都被他们抓得紧紧的，想想看，干部、老百姓谁又不怕饿肚子啊？能种粮食的地方，绝不含糊，哪怕就是巴掌大的一块土地，能种几株就是几株，必须种上粮食，粮安天下，粮稳人心。

那些种不了粮食的大片区域，曾经尝试着种过一些树和草，但因多是石漠化岩溶地貌，怎么也不见好的长势。半死不活的这些植物直接地影响着观感，行走在这片土地上，总免不了被病恹恹的自然景观影响着心情。

当地又开创性地试种果树、桑树等，可终归能种的还只是零星，成不了大片、大面积。可无论如何，还是得想方设法栽种适合的植物，哪怕只是供观赏也好，也能养眼。

于是，他们终于还是想到了栽种竹子，像左邻叙永县、右舍长宁县那样在大片土地上长起来竹子。在川南一带，竹子的种类很多，又以毛竹、苦竹居多。没有发掘出它们的价值之前，除采食少量笋子之外，更多还是让其自由自在地长成竹子。可用处真的并不大，有的眼看着长高了长老了，就只能砍伐晒干，化作袅袅炊烟；命运好一点儿的，也不过供老篾匠们茶余饭后偶尔弄点竹编自用。

不用怀疑，竹子这样的原材料，迟早会有巨大的利用空间，只是在人类的认知还没达到之前，它们就只能闲置在高山深谷间。

说起来，兴文这些年大面积栽种竹，还要归功于一个叫朱长华的当地农民，是他用几十年田间地头的劳作苦干，培育出了一个特别适合兴文地域范围生长的新品种巨黄竹。一开始，他只在自己的田边地角试栽种。后来，他逐渐扩大了栽种范围，又去给邻居们义务栽种。虽然这时候的竹子，还没发挥更好的作用，价值也远远没能体现出来，尽管很多人的生活境界还远未达到“宁可食无肉，不可居无竹”，但大家却仍然十分喜欢竹子，总之，任何地方栽种了竹子，肯定都比空着、闲置着要好许多。朱长华，这么个爱管闲事的平凡邻居，一不小心就和栽种竹子较上了劲儿，很快，巨黄竹以品种优、产量大等优势占据了兴文的更多地域。

才不过五六年时间，以巨黄竹为主要品种的兴文县，竹面积已超五十万亩，目前，已人均实现拥有一亩以上的“挣钱地”。县境内的仙峰苗族乡、僰王山镇等乡镇已是万亩翠竹连片生长，随地一站立，眼底都是绿旗招展，绿波荡漾。

这些年，兴文竹子的利用空间也得到了极大的拓展，它们已经迈出了漂亮的步伐。大约从 2018 年开始，兴文县在全国打出了“以竹代塑”的先手牌，着手建成了三十余万平方米的竹产业园区，而今园区内设计生产的竹制品已达一万余种。

目前，“兴文竹品”正从线上线下广泛进入全国很多消费场所和千家万户，你家里放在桌上的饭碗、筷子、餐巾纸，你捧在手上的茶杯、纸杯及杯里的饮料、啤酒，以及穿在身上的内衣内裤，还有脚底的袜子，说不定就是由兴文或周边区域高山深谷里的某一根并不起眼的竹子，摇身一变而来的呢。

朱长华兴奋地告诉我：“兴文的竹子，不但对石漠化岩溶地貌起到了很好的治理作用，绿了山稳了水，而且正在成为富民富县的支柱产业。”

2023 年 5 月于兴文

兴文，兴文

算起来，我在兴文工作时间前后不到两年，但它于我却有太多的情缘难以割舍——兴文那一方主要以三十多种竹类和林下溪流支撑起来的万顷生机勃勃的青山绿水，以及兴文的众多朋友时刻都让我难忘与牵挂。任何时候，我始终把兴文当成自己的家，也乐意为“兴文，兴文”发展战略做出贡献。

2015年，在中国国土资源作家协会组织和领导（现已更名为中国自然资源作家协会）的关怀下，我从叙永县一名最基层的国土资源工作人员、田坎干部成为了《中国国土资源报》报社的记者、中国自然资源作协的驻会作家。驻会期满，我重新回到了原来的单位叙永县国土资源局继续从事原来的工作，可心底里老是不甘，一直期待着有朝一日能为宣传家乡和家乡文化传播贡献自己的力量。

现实和梦想终归是有着距离的，而且有时候，梦想的阳光再灿烂也是照不进现实的。正当我陷入深深的矛盾和苦恼之时，邻近的宜宾市兴文县的县委县政府领导却突然向我伸来了“橄榄枝”，安排相关领导多次登门邀约前去参与他们“兴文，兴文”发展战略的实施。这时候，我无疑是被注射了一针兴奋剂，2017年7月，我从叙永县国土资源局去往中共兴文县委宣传部工作。

就在当年9月，拙作长篇报告文学《新时代的映山红》研讨会就在兴文县如期召开。我之前的奔波努力，没想到在兴文短短两个月时间里，就得以付诸实施，这让我亲身体验到兴文的办事速度之快，也深感“兴文，兴文”

战略名不虚传。记得研讨会当天，中国国土资源作协的陈国栋、徐峙、周习及四川省作协创研部负责人黎正明等相关领导纷纷赶赴兴文参加。时任中共兴文县委副书记朱远鹏（现任兴文县人民代表大会常务委员会主任）出席并代表县委、县政府在会上致欢迎辞，我在会上讲述创作历程时感动得热泪盈眶。现场讨论气氛非常热烈，到场的作家、评论家们各自为该部作品的出版发行提出了许多很好的意见。就在研讨会的第二天，时任兴文县委书记张健（现任温州大学党委书记）还在百忙之中抽出时间与采风创作团队一起，到县域内的僰王山镇等地开展活动。《新时代的映山红》也在 2019 年由海洋出版社正式出版发行，这是一项自上而下凝聚了领导和同事众人心血的文学创作成果，该作品后来还荣获了第六届“中华宝石文学奖”，并被学习强国等重要媒体一再宣传推荐。这本书不但塑造了十二位形象可亲、业绩不凡的脱贫攻坚第一书记的榜样人物形象，而且起到了宣传兴文、推广兴文的作用。

如此高规格的作品研讨会，在兴文召开尚属首次，整个研讨会简朴紧凑而又隆重，给与会者留下了极为深刻的印象。四年又六个月后的 2023 年 3 月，全国首家“自然生态文学创作基地”如约在兴文县挂牌建设，陈国栋主席再次赶赴兴文主持。后来，在他创作的纪实作品《兴文新颜》中，开篇就提及了这件已经过去近五年的往事，高度赞扬我的书是对兴文发展战略的恰当解读，一个相对偏僻的山区县，把“兴文”作为首要，确实是非常有远见的明智之举。

我在兴文工作，确实是一件很幸福的事，所在单位县委宣传部一直在尽最大努力为我解决实际困难，提供帮助。虽然单位离我在叙永县的家很近，走高速公路也就是三十公里的车程，即使每天早出晚归也是很方便的，但他们考虑到我自己不会开车，加之有时要到乡镇村采风创作或者做别的工作，不能及时返回，于是，又向组织部门申请，破例为我提供了一套一室一厅的人才公寓，从而让我在兴文工作期间，有了属于自己温暖的临时小家。之后，县委一位副职领导在了解到每天和同事共用办公室不利于我创作的情况后，又想方设法在县文馆相对安静的地方为我落实了一间十二平方米的创作室，从而最大限度地保证了我有良好的创作环境。在这样的呵护下进行创作，说出来是会被人嫉妒的，虽然我之前并不是以专业文学创作者的身份被调进来的，事实上已经完全享受了这样的高规格待遇，这在县级基层确实是非常罕见的。每年春节，县委、县政府还专门指派县委领导对我进行慰问关怀。兴文县对人才，尤其是文化人才的重视，由此可见一斑。

在此期间，我积极主动参与“兴文，兴文”发展战略的各项具体工作中，长征国家文化公园等一些文化旅游项目的前期策划中也能瞥见我的身影。身在其中，乐在其中，兴文在发展，我在进步。如今，兴文长征国家文化公园已成为红色旅游的新地标，是四川省首批中小学红色教育研学实践基地。长征国家文化公园的建设，更好地传承和发扬了伟大的长征精神，展现了兴文的红色文化，同时也促进了乡村旅游发展，助力乡村振兴目标的实现。

在僰文化的挖掘方面，兴文一直走在周边县区的前列，率先于 2014 年 5 月成立了中国僰文化研究中心，而且还出版了相当有分量的《中国僰文化》内部会刊。在调离兴文回叙永之前，我受邀承担起了该研究中心秘书处的工作。在兴文工作期间，我也还花了一定的时间和精力，先后深入九丝城镇等地区进行走访调研，在前人研究整理的基础上，陆续收集整理了近二十万字的僰文化研究文稿，带动了更多热心研究人士为“兴文，兴文”发展战略探寻历史文化的根与脉，为全县文旅产业发展注入文化的灵魂和血液。

2018 年年末，受雷锋生前的班长、兴文籍年近九十岁的党员干部陈国辅一辈子学雷锋做好事的精神感召，我决定利用自己的经历和文学积累，在县精神文明办的指导和帮助下，把自己之前在叙永坚持开展的“向暖而行·作家写作公益讲座”活动继续带到兴文。在去到一些偏远山区学校讲座的过程中，县委分管领导、精神文明办的同事们也尽量抽空一起参与，一起把文学梦想的种子播撒在更多孩子的心田。直到现在，我还会时不时抽空去到学校开展公益讲座。

在兴文，为兴文，我始终把书写兴文，讴歌兴文干群精神面貌，作为参与“兴文，兴文”发展战略的重要事项来落实。在这期间，我还和兴文县青年作家罗元彬合作，创作完成了另一部报告文学作品《兴文力量》。2019 年 12 月 16 日，兴文突发 5.7 级地震。地震发生后，时任县委书记张健一边统筹指挥各路前来的救援人员，一边深入抗震救灾的第一线，带着重感冒，几日几夜没合眼；时任县长石进（现为宜宾市筠连县委书记）与张健书记紧密配合，在注重处理好救援工作的同时，带着干部、志愿者冒着危险深入重灾户家庭；县委副书记朱远鹏守在救灾一线，却没能看上重病的母亲最后一眼，留下了终生遗憾；全县党员干部、教师冲在一线，受灾群众也广泛组织起来开展自救……接到创作通知后，我当即与老家位于震中的罗元彬会合，分头行动，赶赴现场进行素材收集，通宵达旦进行创作。此后，《兴文力量》随即在《时代报告·中国报告文学》其 2020 年 3 期头题刊出。当年 4 月 12 日，传递了兴文精神、兴文力量的报告文学《兴文力量》作品研讨会在北京鲁迅文学院顺利召开。正是这一次北京之行的研讨活动，中国自然资源作协挂牌建设首个“自然生态文学创作基地”之约才得以实现，李春雷等一批著名作家也在那时就约定了到访兴文的日程。

2023 年 3 月，在多方努力下，在兴文县委县政府领导们的高度重视下，中国自然资源作协“自然生态文学创作基地”在兴文县挂牌建设。就在创作基地挂牌的同时，中国自然资源作协领导和中共兴文县委宣传部领导商定，将以此作为党建品牌进行培育，并争取县委每年以专项资金进行落实推动。兴文县在践行文化自信自强上，无疑又是基层的先行者，在文化相对落后的乌蒙山区跑出了加速度，做出了示范。

随着“兴文，兴文”发展战略的走深走实，兴文必定会早日实现“文旅富县”的宏伟目标；“兴文，兴文”的发展战略也必定会在县委、县政府坚持不懈的推动下，书写出更加浓墨重彩的新时代篇章，兴文的文化软实力必将会在乡村振兴新征程上得以日渐彰显。

2023 年 6 月于泸州

从这里出发

——首个“自然生态文学创作基地”兴文诞生侧记

一

谁在薄雾轻绸的意境中第一次轻轻呼出寿山湖之名，又是谁在醉意微醺中给出了寿山湖之称？蓄积的文学力量在兴文张臂拥抱山水，关怀自然生态和关注生命来了。

踏着春天的晨昏雨露，沿着曲折柔美的盘山公路行进。“到了吗？”“到了”。一番劳顿之后，眼前耸立在湖畔的寿山湖民宿，有几分典雅，也有几分宁静。接下来，中国自然资源作协首倡建设的“自然生态文学创作基地”，即将在这里揭牌，与此同时，将向全国首次发布”自然生态文学创作指南”。思路决定出路，一条唱响自然生态文学创作的道路，将从这里沿着曲折柔美的竹林间公路，走出很远，而兴文县委、县政府一班人早就已下定决心把文化的根继续深扎下去，在一次又一次的激烈研讨中，逐步凝聚起了以文学基地建设促进经济、旅游长足发展的共识。兴文人有胆识，这样的做法最终实现的就是把石海、竹海，转化为文化的海洋，从而实现“以文兴县”的战略构想。

阅过千山万水，读遍万苦千辛，再来阅读这方山水，定能知道它的不俗与灵性，每天默不作声地迎来送往，并不代表它只是逢场作戏的道具，没有灯红酒绿，有的只是一山的寂寞和一脸的慈祥。我本人来这里，不止是一次两次，确切记得的，应该就有四次，而在这四次来往中，直接与文学关联的就有两次。但可以肯定的是，所有的到来，好像都是在为今天打下基础。如果说这些到来是一篇完整的文章，那今天应该就是最吸引眼球的精彩部分。而且今天之后，这篇文章还会继续写下去，我相信，这样的精彩还会不断出现，高潮会不断迭起。山水的华章让我们从四面八方奔赴而来，祖国山水有幸，它正经历着一个崭新的时代；这片山水有福，它正迎来一群为山水而歌的作家、诗人和记者们。兴文将跟随他们的笔下文字走向全国各种报刊、杂志的版面。

十年前，我是用一本《我的土地我的村》的稚拙散文集叩开这方山水的。说它是一块砖，却并不是什么金砖银砖，而是区区的一块敲门砖，我不仅用它无意间敲开了迷糊寻找了几十载的文学大门，而且用它敲开了文学之途上文友和依然固守着内心宁静的当地一朋友的心灵大门，关键是我还用它敲开了这方神圣山水的大门。可以设想，如果没有这部文集，我可能就会胡乱地在这里咚咚，那里哐哐……一阵慌乱响动之后，一位老者出现，轻轻看我一眼，眼光里透出一行话，你是谁呀？我忽然就知道了，我谁也不是，就是一个虔诚的文学爱好者。

那是一次由当地作协承办的周边几个县区爱好者参加的文学采风活动。爱好者中，能有作品集面世的不在少数，高手在民间。只可惜，他们都没有想到把作品带到这边来，因为本来就是到这里欣赏风景和游玩的，带自己的作品来干吗？我却是这次活动中的少数者，甚至是极个别者，偏偏带来了自己的作品集，并结识了一个热心文化的朋友。朱远鹏，这位兴文土生土长的官员朋友，他敬我的文字，我敬他的人品，我俩就像一对忘年的知音，各自走散，散落天涯陌路，为着那天的文学聚会突然间又碰到一起。彼此抬起眉宇间，四目完成了以后即将成为文化道上朋友的交流。时任县政法委书记的他，好像已经知道了我的往后，我好像也已经知道他要为这方生育他、养育他的山水做点什么。肯定地说，多年以后，或许许多人并不记得他曾经在这片土地上担任过什么职务，但一定记得他为兴文留下了什么。

今天，我们为着十年前在这里的相遇而来。是巧合，还是上天有意而为的安排？当几经反复修改的活动地点终于确定，当我走进正在布置的活动现场时，我心里说，原来如此。只能是如此——我们就是在赴一场十年前在这里为文学定下的约定。信守承诺，兑现承诺，您来了，我也来了。

除了赴十年前的约定，我俩又何尝不是在赴三年前在北京的一场关于“僰”的约定？几年前，兴文地震题材报告文学《兴文力量》在鲁迅文学院召开作品研讨会期间，李春雷老师就和带队参加研讨会的朱远鹏也有类似约定，什么时候来兴文探“僰”，究”僰”，写“僰”。文学缘于情谊，文学也是情谊的种子，播下去就会生根发芽。

缘于文学，谁都愿意在这万顷竹林间做一只快活鸟一样的人，呼朋唤友，活动现场一下子竟然就到来了二十余人。我们聚在这里，一揭牌，聚声合呼，肯定还会吸引更多的鸟儿会陆续飞到这片竹林里来，来了再高呼低唤，引起更多的共鸣，那就又有了新的呼叫。山鸣谷应，水流瀑溅，这架势，不就是要把自然生态文学弄个风生水起吗？兴文，扛起建设全国首个“自然生态文学创作基地”的这面旗帜，恐怕是最为合适的了。寿如山，寿如湖，恐怕也是对自然生态文学最美好的永恒期许吧。

二

截止目前，兴文县境内发现的石头奇观已经有四五处，尤以“亚洲第一天坑”，僰人排兵布阵的神奇巨石阵两处最为壮观。其中，天坑石林还是四川首个世界地质公园的一大奇观，很多人为之震撼。然而，就在这满山石头中，却生长出了两片最为引人注目的竹海，一片是位于僰王山镇的毛竹海，还有一片是仙峰苗族乡的方竹海。据资料显示，兴文竹面积已经达到了五十万亩。有目共睹，再持续栽种几年，随着竹面积进一步扩大，整个兴文多半会成为继长宁蜀南竹海之后的第二片竹海，而名噪一时的石海也将会与竹海交相辉映。整个兴文，荡漾在山山岭岭间的万顷绿波中，高高低低的竹，枝枝蔓蔓的竹，瞬间令人置身在浩瀚中，绿醉了山野，氧醉了人。

让中国自然资源作协跻身全国，建设自然生态文学创作基地也一直是中国自然资源作协主席陈国栋这位文化战线老兵的梦想。自然生态文学创作在“绿水青山就是金山银山”强劲号角的鼓舞下，有大作为、新作为的势头愈加强劲。“文学为时代鼓与呼，我们自然资源作协应首当其冲，贡献自然资源文学力量。”陈国栋斩钉截铁地说。他不但身先士卒，自己拿起手中的笔，写下了在《人民文学》头题刊发的自然生态纪实作品《地球印记》，而且还向1600余名全国自然资源作协会员发出了创作号召。这一切，全都是在为建设一方创作基地做铺垫。

陈国栋筹谋的“自然生态文学创作基地”一直在等待时机，怎样建设他早已成竹在胸；至于落户哪里，却是他和作协秘书处团队们悬而未决的事。放眼如今的中国，哪里不是绿水青山巨幅图画胜景呢？全国符合条件的地方是不少，想建设创作基地的申请也很多，讨论会上，大家你一言，我一语。通过兴文县委、县政府、人大、政协和宣传部及自然资源和规划部门领导们，以及热心人士连续几年坚持不懈的努力争取，一朝终于尘埃落定，由中国自然资源作协首倡的全国自然生态文学创作基地如愿以偿落户兴文。兴文方面经过深思熟虑、反复斟酌，并没有将揭牌仪式的地点选在早已闻名天下的兴文石海，而是最终选择在僰王山这片至今还默默无闻的万顷竹海间。浩浩山风，阵阵鸟语，一株株绿竹都将陪伴它成长。

2023年2月初，当我把在兴文建设中国自然资源作协全国首个自然生态文学创作基地的想法，向主办方中国自然资源作协和承办方兴文县领导沟通后，几乎在一夜之间，双方对基地的基础条件以及全国“两会”结束就开展这样的时间做了决定。毕竟，这是利于双方长远发展的一条大道，在期待已久中需要尽快凿开。

活动组织本来也算是麻烦事，好在主办方和承办方的主要策划人都是身经百战的“老帅”，他们在各自扮演的角色中施展才能。值得一提的是，在人员组织上，承办方还是费了一番周折的，中国自然资源作协副主席、秘书长周习当获首功。这次由作家、诗人和记者组成的阵容都是大腕级的，来自全国各地，他们平时都很忙，尤其是当前这段，还要把他们聚拢到交通等相对还不是特别方便的兴文来。中国作协办公厅的李一鸣主任受邀后，委托了王璇副主任来，给我们的活动提供了大力的支持；李春雷老师也连夜赶来……

为兴文，为文兴，所有参加的人员到了兴文，也都是那么拼。陈国栋甚至要求承办方增加采风点和工作量。他说既然大家都来了，就要尽可能多走走，多看看，更多地感受兴文力量带来的山乡巨变，各自为宣传热情好客的兴文尽最大的力。来自中国自然资源作协的胡红拴副主席，一路走一路歌，在兴文期间创作了十六首质量极高的诗。以诗助兴，助力发展，作家、诗人们义不容辞。

三

特别值得一提的是，揭牌活动结束的当天晚上，大家都已经累得动不了身，来自中国作家协会办公厅、社会联络部、《小说选刊》杂志社、中国青年出版总社、中国报告文学学会、《长篇小说选刊》杂志、四川省自然资源厅、中国大地出版传媒集团有限公司、中国青年报社、《文汇报》《世界侨报》《中外通讯社》等报社的作家、诗人以及兴文县领导、朋友们还不辞辛劳，驱车三十余公里，到访了由我在九年前创办的、在乌蒙山地区推广传播文化的阵地——鱼凫书院。这次文化活动，同样给了我这个致力于乌蒙山地区传播文化的党员作家更大的信心和动力。家乡发展需要文化助力，我为家乡发展开渠引流，义不容辞。

回首这半辈子，我一向执着于自己的老婆、孩子和朋友，还有自己的文学创作、文化传播。为这丢不下的文学、文化，把我折腾得经常彻夜难眠，甚至生病住院，为伊消得人憔悴。揭牌仪式上，我主动作了交流发言，表达了我的想法：“如果我们下一次叩访寿山湖，我想，依然是因为文学；我们再次来这里，一定是发布自然生态文学的成果。我在兴文工作了两年，兴文厚待我，兴文是我家，我为我的这个家有一个不情之请：请中国作协、中国自然资源作协把这里作为自然生态文学题材最高奖项‘中华宝石文学奖’的颁奖地，请寿山湖收下，请兴文县接纳，‘中华宝石文学奖’颁奖地当属兴文！”

这次活动，从筹划到举办，历时不到两个月，时间很紧，但效果却是有目共睹的。不用说，超乎我和许多人的想象。双方不仅应允了我的不情之愿，而且还进一步达成了以下几点共识，并形成了会议纪要，谨摘录如下：

> 为充分发挥中国自然生态文学创作基地作用，努力打造成宜宾市文学骨干的培育基地，每年要不定期组织作家的采风、研讨活动，邀请作家到兴文创作文学作品并集册出版。

会议还议定由兴文县委宣传部牵头，县自然资源规划局、县文广旅游局配合，全面建立中国自然生态文学创作基地运行的相关管理制度，确保创作基地工作的正常开展和发挥好带动作用。此外，会议还商定中国自然资源协会牵头开展的第七届“中华宝石文学奖”颁奖活动2024年在兴文召开，进一步加大兴文的宣传，提升兴文在全国的影响力。最后，会议决定由县委宣传部牵头，县自然资源规划局、县文广旅游局配合，将兴文自然生态文学创作基地打造成为2023年兴文县党建创新品牌。

揭牌仪式发布的《自然生态文学创作指南》指出，围绕山水林田湖草沙一体化保护和系统治理、人与自然和谐共生的现代化目标，以耕地保护、地质找矿、海洋、河流、林草、国家公园、湿地等为创作主题，倡导以文学的姿态直面大自然，以人性的、自然的、审美的、思考的、历史的思想与情怀，表达中国式现代化进程中的人与自然的关系，推动自然生态文学创作上高原、攀高峰。

揭牌采风活动虽然短暂，留给人的却是长久而芬芳的记忆。历经十余年酝酿和焦急等待的自然生态文学创作基地得以顺利落户兴文值得祝贺。这是兴文的一步大棋，这一来，不但兴文在文化建设上遥遥领先了乌蒙山地区，而且还领先了全国，想必不仅文化在兴文有地位，文化人在这样的环境中无疑也会有更大作为。显然，兴文并不是我们的目的地，而是出发点，从这里出发，未来的路很长很长，自然生态文学创作也必将在祖国大地繁花盛放，大有作为，文开大道著山水，文以大德铸人心。

2023年4月于叙永

后 记

历时三年多，一路行走一路歌，我几乎走遍四川，终于完成了自然资源厅“系统作家写系统故事”文学实践活动的一份“答卷”——《望山看水》。这是一部以“绿水青山就是金山银山”“望得见山，看得见水，记得住乡愁”为主题的纪实文学作品。

成书不易，采风创作过程中，我得到了中国自然资源作家协会，四川省自然资源厅，泸州市自然资源和规划局，叙永县委、县政府及其东西部协作单位莲都区委、区政府，我所在的叙永县自然资源和规划局等单位的领导和同事们的全力支持和帮助，特别感谢你们！

还要感谢笔底的山水和行走在字里行间的朋友们，以及为我的采风创作提供便利，但未被提及到的单位和个人，如有不周之处，敬请谅解！

另外还有出版前为我提出宝贵修改意见的评论家朋友们，以及题赠书名的书法家毕开文前辈，拍摄内页部分照片的邱易东及其他老师，我也要感谢你们。

最后，感谢我的读者朋友们！

2023 年 8 月 8 日于叙永